ハイナー・ミュラー・マシーン

Heiner Müller Maschine

谷川 道子著

未來社

目次

ハイナー・ミュラー・マシーン

序章　ハイナー・ミュラー——二〇世紀あるいは〈近代〉への挽歌？

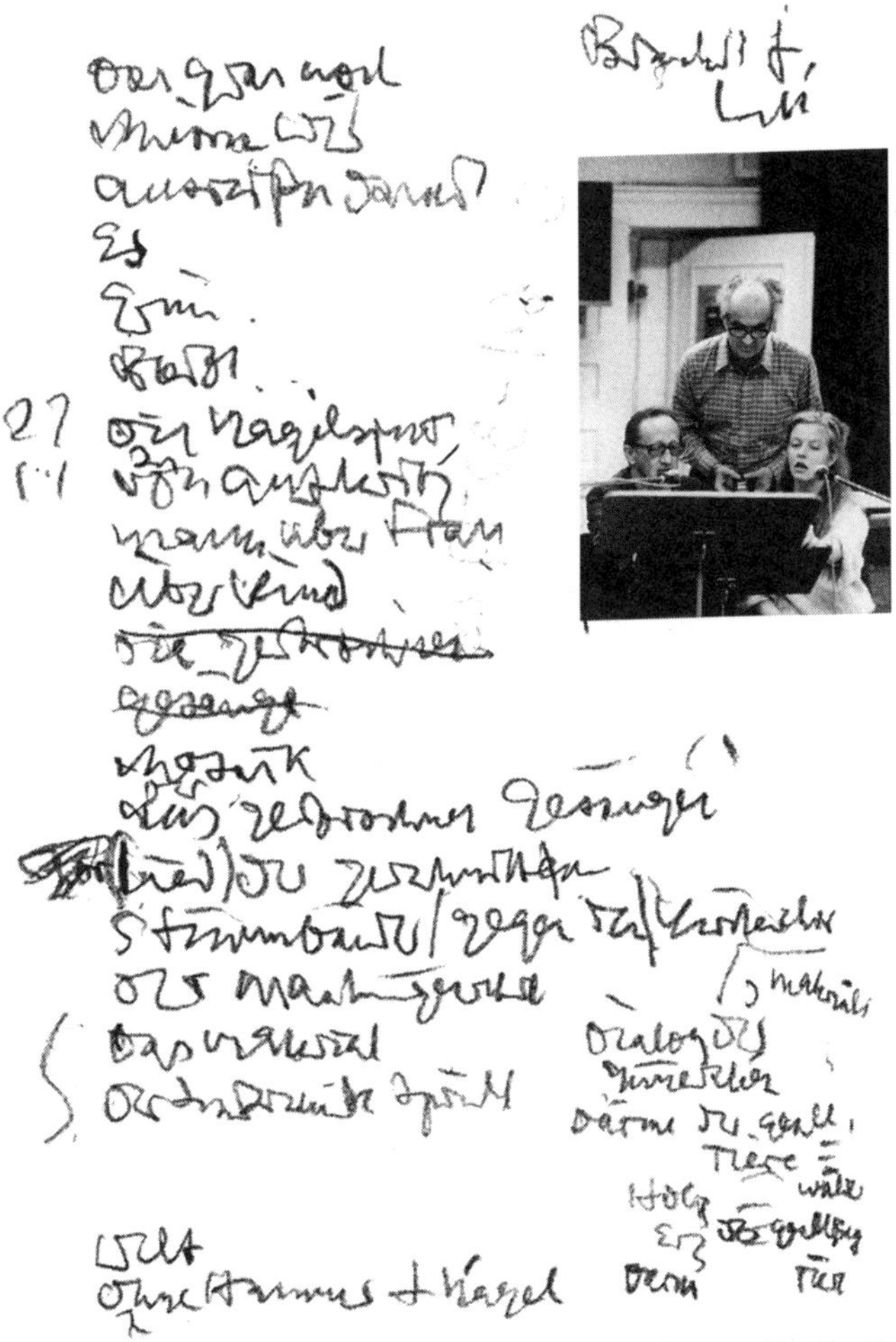

詩『ルイジ・ノーノに捧げる断章』の手書き原稿。挿入写真は1985年、ヴェニスでのノーノ演出『プロメテウス』のために声の録音をするノーノとミュラーと女優のマルガリータ・ブロイヒ

引き裂かれた声帯で
マーシャスが
アポロンに向けて歌う
歌声
諸国民の採石場で

楽器の肉体

ハンマーと釘のない世界

前代未聞

草をまだ
僕らは
刈り取らなければならない
草を緑に保つために

アウシュヴィッツには
釘の瘢痕
男　女の上に
子供たちの上に

砕け散った歌声

機関銃からなる
教会の合唱団

——一九八五年、詩『ルイジ・ノーノに捧げる断章』

「私はハムレットだった。岸辺に立って、寄せては返す波とおしゃべりしていた、ぶつぶつぶつ。背後には廃墟のヨーロッパ」――そんなふしぎな台詞で始まるテクストが、西ドイツの代表的な演劇雑誌「テアーター・ホイテ」に掲載されたのが一九七七年。登場人物や時空の指定もト書きもなく、いきなり誰だかわからない人物がそう語り出す、三頁たらずの短いモノローグの散文詩のような作品である。題して『ハムレットマシーン』――いったい、これは何なのだろうと、最初に読んだときはほんとうにそう思った。

作者は、ブレヒトに代わるように東ドイツの演劇界に登場したハイナー・ミュラー。それまではおもにドイツの歴史や東ドイツの現実に素材をとった作品を発表してきていて、それらもけっしてわかりやすくはないものの、それなりに理解できた。だがこの『ハムレットマシーン』は、わかりがたさの次元が根底から違う。『ハムレット』を下敷きにしていることは、タイトルからしても、ハムレットやオフィーリア、ホレーショといった名前がでてくることからもわかる。いちおう五景にわかれているし、「テアーター・ホイテ」誌に掲載されたのだから演劇テクストなのだろう。だがこのままではおよそ上演は不可能だし、いったいミュラーは何を考えているのか。そして『ハムレットマシーン』のあとに発表されるテクストは、さらにラディカルに変容していった。だが、寄せては返す波が次第に激しくなって津波となるかのように、いつしかミュラーは、世界の演劇シーンやアート・シーンでも、台風の目のような存在になり、戦後のドイツ人作家では「比肩するもののないほど言及される」(1)、またもっとも「写真数の多い」(2)劇作家になっていったのだった。

ハイナー・ミュラーの意味と新しさはどこにあって、こんなに難解なテクストの何が人をそんなに惹きつけるのか。ヨーロッパ演劇の源泉は古代ギリシアにあるとすれば、近代演劇への最大の変革者はなんといっても一七世紀のシェイクスピアだ。三八の戯曲で人間と世界のすべてを描ききったといわれる。そのあとの最大の変革者は、やはり二〇世紀のブレヒトだろう。叙事的演劇や異化効果、教育劇などの理論や実践をひっさげて、四〇を越す戯曲で、たしかに世界の演劇に大きな影響を与えた。そしておそらくはそのブレヒトのあと、〈演劇〉と〈近代〉を根底から問いなおしたのが、ハイナー・ミュラーだったのではないか。「私はハムレットだった」とは、まずは『ハムレット』、つまりシェイクスピア以来の近代演劇を完全に過去形にすることだ。そして「ハムレット」をも、つまりはシェイクスピア以来の〈近代〉とその主体をも問い直して、過去形にすること。

一九五六年に没したブレヒトが二〇世紀前半を歴史の渦中で生ききったとしたら、一九九五年に故人となったミュラーは二〇世紀後半の歴史を生ききった。二〇世紀は事実、戦争と革命の世紀だったろう。結果としての死者たちと、風景の荒廃、個人の孤立。反ファシズムを闘い得たブレヒトに比して、ミュラーや私たちの二〇世紀後半はしかし、歴史や現実も、それをになう主体も、全体を構成する網の目のなかに見えなくなっていった時代ではなかっただろうか。そういうなかでそれぞれが深層／真相を見透すには、まなざしのラディカルな変換が必要なのだろう。「私はハムレットだった」——〈近代〉を総体として過去形にする、双眼鏡か天体望遠鏡か電子顕微鏡かはわからないが、そういうプリズムがそこには置かれていたのだ。しかもハムレットでなくなった「私」にまだ固有名詞がないように、その実質の特定は、それを受けとめる私たちひとりひとりに託されている。置かれたプリズムは、徹底してデモクラティックでリパブリックであることを志向し、要請しているのではないだろうか。

ともあれ、ハイナー・ミュラーに「出会った」人は、それぞれに何かの変容をこうむってしまう。

それだけ、ラディカルな〈謎〉と〈謎かけ〉の塊なのだ。

一九九九年秋、ポール・ヴィリリオ編集になる「出版物《ドゥルックザッヘ》N・F・（続篇）1」が送られてきた。一九九三～九六年までベルリーナー・アンサンブルで劇場監督であったミュラーによって刊行されていたが、ミュラーの没後設立されたハイナー・ミュラー協会の手に移り、続篇としてまわりもちの国際的な責任編集として刊行されることになった、その第1号[3]である。

巻頭に、フランスの建築家で哲学者であるヴィリリオは「ミュラー＝シェルター」[4]と題する文を寄せ、三歳年長だったハイナーに、「ひとえに情け容赦のないひとつの世紀をつらぬく戦車の道」で出会った同志だったと呼びかけ、そしてこう書いている。ミュラーの戯曲は、二〇世紀の戦場で埋葬された犠牲者たちの大群の上に封印された記念碑だ。その場景は、ブレヒトと違ってもはや都会のジャングルではなく、都会の廃墟、瓦礫の埃。そこからは戦争の霧がたちこめてくる。東西のシンメトリーのたががはずれたとき、彼の運命はひっくり返った。鉄のカーテンが瓦解して、彼の地下水槽が消え去ったとき、ハイナー・ミュラーは逝った……。「テレビの画面に同胞たちが／四〇年前には僕らのものだった真理に／無条件に反対する姿が映っている／どんな墓が僕を僕の青春から守ってくれるのか」、そう『テレビ』という詩で問うたミュラーに、ヴィリリオは、わが兄貴よ、守ってくれるのは墓ではなく、シェルターなのだよ、近いうちに僕にもそれが必要になる、と応じているのだ。

イタリアの政治学者・哲学者であるアントニオ・ネグリも「懲りない男と永遠」[5]という一文を寄せ、政治犯として亡命したパリでミュラーと親交を深め、かつつたないフランス語でドイツ語のできないフェリックス・ガタリとミュラーのテクストを読もうとし、それを共犯者同志としてしっかり理解しあった思い出を想起しつつ、さらにこう語っている。ガタリの死に捧げられたミュラーの絶望のトーンに裏打ちされた詩『モムゼンのブロック』は、深い共感をもって受けとめて自分のために翻訳した。先年十五年ぶりに帰国して祖国の刑務所に収監されたネグリにとって、その詩はそらんじえるほどの心の糧となり、そしていつかガタリの墓前でそれを朗誦するのだ。「懲りない男」ミュラーは亡霊たちを呼び起こし、永遠のなかで新しい共通の冒険へと呼びかけているのだ、と。

序章の冒頭に掲げた詩もこの号に収められているのだが、この詩はそもそもは、ミラノのスカラ座でのルイジ・ノーノのオペラ、『プロメテウス』の上演パンフのために書かれたものだった。

また同じ続篇第一号で、晩年のミュラーとテレビ番組で何年か対話をつづけた映画監督のアレクサンダー・クルーゲが、「ハイナー・ミュラーとルイジ・ノーノのプロジェクト」(6)について語っている。ミュラーとノーノは、『リア王』第五幕の前の「タブロー」として構想された「大きな歌唱マシーンのための間奏曲」を書いていた。それは厳密な意味ではもはや音楽ではなく、ノーノが集めたたとえばヴェルデイの『レクイエム』や『リゴレット』、ワーグナーの『トリスタン』などの歌唱に随伴するテクノの響きやノイズの収集で、それをヴェニスの大聖堂の六六の聖歌隊席で上演して映画のドキュメントにし、その映画と、四つのスピーカーで流れるミュラーのテクストを大きなタブローとして、『リア王』の第五幕を開ける、という壮大なものだったとか。イタリアの前衛作曲家でありつづけたノーノは一九九〇年に他界して、このプロジェクトは未完に終わった、と。

そのミュラーも、ピエール・ブーレーズに約束していたオペラの台本を完成させ得ずに他界。〈ハイナー・ミュラーとオペラ〉という領域のみならず、未完のプロジェクトは他にもまだいろいろあった。ともあれミュラーは、語り手それぞれのスクリーンに、それぞれのさまざまな像を映し出して、逝った。

ハイナー・ミュラー――さて、ここではなんと形容しよう。

ブレヒトなら多くの形容詞があろう。現代演劇の最大の変革者、二〇世紀の演劇史の巨星、ワイマール共和国から世界を一周する十数年の亡命を経て戦後の東ドイツ帰還まで、一貫して自らの問いに答えを紡いでいった劇作家／演出家……。三一年後発のミュラーにだって、それにならった言い方はできるだろう。現代演劇の最大の破壊者、二〇世紀末のブレヒトの後継者、ワイマール共和国からヒトラー・ファシズム国家、ドイツ民主共和国（東ドイツ）、ドイツ再統一までを生き延びて、ひたすら自らの問いだけを紡いでいった劇作家／演出家……。

しかしミュラーには、どう形容しても、その言葉の端からするりと抜け出て消え去ってしまうところがあるようだ。ブレヒトの遺産を出発点としつつ、「ブレヒトの精神でブレヒトを否認した」（ギュンター・リューレ）ミュラーは、ミュラーの精神でミュラーを否認して逝ったのだろうか。「僕は皆から忘れ去られたい／砂の中の痕跡」（『ゲルマーニア3』より）――。

コード化と脱コード化をたえず同時に自らのうちにも作動させていた〈ハイナー・ミュラー・マシーン〉。そして遺された象形文字《ヒエログラム》のような〈ハイナー・ミュラー・マテリアル〉。そこに刻印されているのは、〈ハイナー・ミュラー〉を構成したさまざまな言説の網の目であり、そこから浮かび上がってくるさまざまな二〇世紀への疑問符だ。それが同時に、二〇世紀末を生きている私たち自身をもそのスクリーンに映し出し、突き動かしていく。そしてそれこそが、〈ハイナー・ミュラー〉

だったのではないだろうか。

一九九二年に刊行された語られた自伝『闘いなき戦い』をミュラーは、お気に入りのブレヒトの『ファッツァー』からの台詞、「亡霊はかつては過去からやってきた／いまでは未来からやってくる」で締めくくっている。その三年後に、ミュラーその人が「未来からやってくる亡霊」となった。〈ハイナー・ミュラー・マテリアル〉は、いまなお謎かけの言葉の貯蔵庫だ。たとえば――

「歴史という目には、白い部分がある。それは、政治を記述する代わりに人類を登場させる歴史には反映されないような、もうひとつの現実である。真の経験が押しよせたとき、我々はその白い部分を垣間見られるようになるのだ。」（『泥棒仲間の隠語集』より）

「私は歩きつづける、人間の消滅を待つだけが仕事である風景のなかへ、と。やっと自分の使命を悟った。服を脱ぎ捨てる。外的なものなどもう問題ではないのだ。いつか他者が、私に向かってやってくるだろう、敵が、雪でできた私の顔をもつ分身が。生き延びるのはどっちだ。」（『指令』のなかの「エレベーターの男」より）

「私の死の演劇は／私が山々のあいだに立ったとき／石の上の死んだ仲間たちの輪の中で幕を開けた／そして頭上に待ち望んでいた飛行機が姿を現わした／考えなくてもわかっていた／この〈飛行機《マシーン》〉は／祖母たちが　神と名づけてきたものであることが」（『メディアマテリアル』第三部より）

二〇世紀と近代の堆積のなかを、両ドイツや東西ブロックだけでなく、芸術や思想のジャンルや言説の壁などに取り囲まれながら、そのもろもろのはざまを生きて、根源的な懐疑を〈テクスト〉に透かし出して逝ったハイナー・ミュラー。だからこそ、〈世界〉と〈演劇〉を構成している言説の網の目を見透して、それを「未来からやってくる亡霊」の逆ベクトルで照らし返しうる存在となったのではないだろうか。自らの歴史を素材・共犯者として生ききったからこそ、彼のテクストは二〇世紀への挽歌となり、さらには〈近代〉に穴を穿つかもしれない浸透水、二一世紀に向けた脱構築の変換マシーンにもなり得ているのではないか。国民国家にしても、〈啓蒙〉や〈進歩〉にしても、〈芸術〉や〈演劇〉にしても、二〇世紀末のいままた、〈近代〉の枠組みは総体として問い直されてもいよう。「忘却　忘却　そしてまた忘却」（『ヴォロコラムスク幹線路』第五部より）に抗して、私たちなりの〈近代〉へのまなざしを探るためにも、〈世界〉と〈演劇〉の脱構築に向けられた〈ハイナー・ミュラー・マシーン〉を、読み、作動させていく試みをつづけていく必要があるのではないだろうか。

そういう〈ハイナー・ミュラー〉を本書でも、私たちにとっての〈謎＝疑問符〉として読んでいくこととしたい。

第一章　ハイナー・ミュラー・ファクトリー

ハイナー・ミュラー演出による『ハムレット／マシーン』の舞台、1990年初演、ベルリン・ドイツ座。前方中央に座っているのがハムレット役のウルリヒ・ミューエ。

ツーリズムの時代には　殺しは恩寵
見るとはもろもろの像を殺すこと
何者でもない僕の名前の　灰色の外套の下で
ウィリアム・シェイクスピアは　君の殺し屋　僕の殺し屋
彼を殺すことが僕らの結婚　ウイリアム・シェイクスピア
僕らのインクで彼が流した血のなかで
僕の名前と君の名前が　赤々と輝く

――一九八四年、『解剖タイタス』より

1　極小の謎のテクスト『ハムレットマシーン』の位相

やはり、『ハムレットマシーン』のことから語りはじめようと思う。それはまずはとりもなおさず、ハイナー・ミュラーの個人史における、そしてドイツひいては二〇世紀の歴史における、一九九〇年と一九七七年を問うことでもある。

一九八九／九〇年はたしかに、二〇世紀後半の世界史の大きな転換点であっただろう。ドイツにとってもまさに政変の年だった。一九八九年夏、ハンガリー政府のオーストリア国境開放を契機に東ドイツ市民の大量脱出がはじまり、秋にはライプツィヒからベルリン、ドレスデンへと民主化のデモのうねりがつづき、暮れには国家主席ホーネッカーの退陣と「壁」の崩壊をもたらした。だが「我々こそが民衆〈das Volk〉だ」の叫びはあっという間に「我々はひとつの民族〈ein Volk〉だ」

の叫びに変わり、一九九〇年三月の初の自由選挙で事態は一挙にドイツ統一へと向かい、十月三日、東側ブロックの優等生を誇って建国四〇周年を祝ったばかりの東ドイツ＝ドイツ民主共和国は、あえなくもついえさった。ドイツ再統一、ミュラーの言葉をかりれば「西ドイツによる東ドイツの植民地化」、Germany ならぬ Germoney の成立、そして第二世界の消滅と第三世界化――。

ミュラー演出による東ベルリン・ドイツ座でのシェイクスピアの『ハムレット』とミュラーの『ハムレットマシーン』を合体させた『ハムレット／マシーン』は、奇しくもその流れと時を重ねることとなる。稽古開始の八九年八月から初日の九〇年三月までのプロセスをフィルムに収めようとしていたクリストフ・リューター監督の映画『たがのはずれた時代』[1]は、結果として政治の季節のまっただなかにおかれた『ハムレット／マシーン』制作ドキュメントとなった。ドイツ座そのものがあの八九年「十一月四日の赤いカーネーション」と呼ばれた東ベルリンでの改革を求める五〇万人大集会の主軸を担っていたし、聴衆からやじり倒されたがミュラーもこの集会で、「独立労組のためのイニシアティブを」と呼びかけた。「すべては遅きに失したのではないか、決着はもうとっくに付いてしまっているのではないか」と懐疑しつつ、それでもなお、現存社会主義の変革に資本主義世界システムに抗するオールタナティブな可能性を託そうとした「最後のチャンス」（ミュラー）が、「一九八九年秋のベルリン」であっただろう。九〇年十二月にひとまず完成し、『ハムレット』第一幕の台詞をタイトルにしたこの映画は、共感と連帯の高揚感が幻想としてはじけさり、ドイツ再統一の苛酷な現状が露呈し始めた時点からこの『ハムレット／マシーン』の製作プロセスを入れ子の枠構造にしつつ、旧東西ベルリンを分断して流れるシュプレー川が氷河でおおわれる情景で終わっていた。ハムレット役のミューエによるあの台詞をかぶせながら―― "To be, or not to be

── that is the question"。在ったのは何だったのか、在るものは何なのか。ともあれ映画の冒頭に置かれたミュラーの言葉には、「芸術の時代と政治の時代は異なるものだ。両者が触れ合うこともある。運がよければ火花も散ろう」とあった。

だがもとより、この『ハムレット／マシーン』の上演計画は、そうした状況を見こんだものではなかった。ながらく東ドイツでは自作の上演あるいは出版すらも拒否されてきたミュラーだったが、ゴルバチョフ発言も機縁になったのか、八〇年代後半からは自国でも受け入れられはじめ、八八年にはドイツ座で自作で旧作の『賃金を抑える者』を演出、次の演目として、東ドイツでいまもっともアクチュアルな作品として『ハムレット』演出を思いついたという。「国家の危機、二つの時代、その時代のあいだの裂け目とかかわり合う戯曲」、「あらゆる政治の背後に口を開ける深淵を描き出した作品」（「ツィッティ」誌のインタビュー）だから、と。そしていうまでもなくそれは、ミュラーが演出家として『ハムレット』を演出する、というだけの単純なものではなかった。

一九七七年に発表された『ハムレットマシーン』は、初出の西ドイツの代表的な演劇雑誌「テアーター・ホイテ」十二月号ではわずか二頁余という極小のテクストで、それまではブレヒトの後継者と目されてきたかのミュラー像を覆すようなこの作品が、西ドイツでは遅ればせながらのベケットとアルトーの特集に挟まれるようなかたちで登場してきたのは、象徴的かつ鮮烈な事件であった。だがいったいこれは何なのだと私も思ったそれが、じっさいに〈事件〉であったことが判明するまでは多少の時間がかかった。ミュラーの述懐によるとそもそもは、東ドイツ・フォルクスビューネでのベッソン演出のための上演台本を依頼されて、七六年にマティアス・ラングホフと共同で『ハムレット』を翻訳・改作し（初演は一九七七年、台本はロートブーフ社刊作品集第八巻所収）、それと並行するかたちで『ハムレットマシーン』が生まれたのだという――「三十年間、『ハムレット』は私にとって強迫観念だった。だから『ハムレット』を破壊しようとして短いテクスト『ハムレットマシーン』を書いた。ドイツの歴史もまたもうひとつの強迫観念でした。だから私はこの強迫観念、このコンプレックス全体を破壊しようと試みたのです」（「テアーター・ホイテ」誌）。折しも七六年にはシンガー・ソングライターのヴォルフ・ビアマンが東ドイツの市民権を剥奪され、ミュラーも加わった抗議声明が無視されるという事件が起こり、東ドイツはまた新たな氷河期に入って、作家や知識人の西ドイツへの亡命・移住もあいつぐことになる。『ハムレットマシーン』には、そういうミュラーが当時東ドイツで置かれていた状況も、色濃く反映していた。

この『ハムレットマシーン』は、東ドイツでは上演どころか出版もされなかったが、しかし西側でいわば〈謎の塊〉としてひとり歩きしていく。七八年に西ドイツ・ケルンでの初演の計画が挫折して、なぜ挫折したかが一冊の本になった[2]。七九年のブリュッセルでのマルク・リーベンス演出とパリでのジャン・ジュルドゥイユ演出を皮切りに、八六年のアメリカの「ポストモダン演劇」の旗手ロバート・ウィルソン演出によるニューヨーク版は、パリ版、ハンブルク版とつづいてその上演伝説の頂きをつくりつつ、他にも幾多の世界の演劇人を挑発しつづけていく。それは、自国では排斥されたミュラーが西側で受容され、あたかも〈遅れてきたアヴァンギャルディスト〉として台風の目となる道程ともオーバーラップしていた。七〇年代後半からは「テアーター・ホイテ」誌に毎号のようにミュラーの名前が登場するように、西ドイツでのミュラー作品の上演もあいつぎ、八〇年前後からはミュラー自身も西ドイツで、当時クラウス・バイマンが率いていたボーフム市立劇場を根城に演出家としても活動しはじめる。八七年には東西ドイツでもっとも上演回数の多いドイツ人作家となったし、八八年には市制七五〇年を祝う西ベルリン市で二十二日間におよぶ「ハイナー・ミュラー作品ショウ」が開催され、八九年三月にはミュラーの還暦を祝う集いがドイツ座でにぎにぎしくおこなわれた。さらには九〇年五～六月に西ドイツ・フランクフルトで十五年ぶりに再開された「エクスペリメンタ6」はミュラーひとりを十七日間にわたって特集、九一年夏のアヴィニヨンの演劇祭でも「ハイナー・ミュラーの事件」と題する特集が組まれた。九二年には再びベルリン・ドイツ座で自作の『マウザー（モーゼル銃）』を演出、九三年夏にはバイロイト音楽祭でワーグナー作『トリスタンとイゾルデ』の演出と、ハイナー・ミュラーは劇作家／演出家として世界の演劇シーンの最前線でも不可欠の存在となっていった。

だがミュラーの作品はむしろ難解きわまりないといわれ、けっして世界の劇場がこぞって上演したがるような代物ではない。かつて一九六八年に世界一斉上演されたヴァイスの『ベトナム討論』のような話題性や時事性があるわけでもないし、ウィルソンやブルックのように世界ツアーをやるという演出家でもない。ブレヒトとベケットが世界の演劇を二分したといわれる六〇年代の後、〈一九六八年〉をはさんでアルトーが復活し、ムニュシュキンやグロトフスキー、リヴィング・シアターなどの演劇が登場したが、ミュラーの位相はそれらともどこか本質的なところで異なるようにみえる。ハイナー・ミュラー・ブームというよりハイナー・ミュラー現象とでも言おうか。根底にあったのは、近代（演劇）の文法を打ち破る何かがそこにあるのではないか、という直感のようなものだったような気もする。それが、一九七七年の『ハムレットマシーン』と一九九〇年の『ハムレット／マシーン』とのあいだの問題でもあったのだろう。この第一章の前半では、そこで作動したであろう〈ハイナー・ミュラー・マシーン〉の道程を〈シェイクスピア・ファクトリー〉

「ハムレット／マシーン」稽古中の写真　1989／90年、ベルリン・ドイツ座

エーリヒ・ヴォンダー装置の第一幕の演出稽古をするハイナー・ミュラー。左写真の前方と右写真の右方が主役のウルリヒ・ミューエ

として探ってみたいのだが、まずはそこまでの歩みから語ろうと思う。

ハイナー・ミュラーは一九二九年一月九日にドイツはザクセン地方エッペンドルフに生まれたのだが、演劇人ミュラーの位置を何より特徴づけるのが、ブレヒトに代わるようにして東ドイツの演劇界に登場した、という事実かもしれない。五七年にジョン・リードの小説『世界を揺るがせた十日間』をゴーリキー劇場のために劇作化したのがそのデビューといえる。

ブレヒトが没した一九五六年はフルシチョフによるスターリン批判の年、その「雪解け」に端を発したかのポーランドのポズナニ暴動とハンガリーの民衆蜂起がソ連軍に鎮圧された年でもあった。その前のスターリン死去の五三年には東ベルリンで労働者の暴動が起こり、このときもソ連軍の戦車で鎮圧された。これに抗議してブレヒトが政府当局にあてて書いた手紙の前半部分だけが恣意的に公表され、西ドイツでブレヒト・ボイコットがおこる契機ともなった。さらにその前の五一年にはハンス・アイスラーのオペラ『ファウスト博士』が古典遺産の尊重を唱える党の文化政策に抵触して〈古典受容をめぐる論争〉が起こり、ブレヒトは慎重な言いまわしながら「古典の前での畏縮」[3]の論を発表してアイスラーを擁護している。〈社会主義リアリズム〉主導の風潮のなかで「形式主義的偏向」への批判は厳しく、一九四八年に亡命から帰還したブレヒトの八年足らずの東ベルリン時代は、たとえ『肝っ玉おっ母とその子供たち』が観客の圧倒的な支持を受け、五四年のパリ国際演劇祭でグランプリを得て世界的なブレヒト・ブームの契機となったとしても、けっしてたやすいものではなかったのだった。

ブレヒトのいわば息子の世代で、五一年頃から劇作を始めて筐底に原稿を書きためていたミュラーは、当然のことながらこうしたブレヒトの営為を関心をもってみつめていた。八六年の東ドイツの演劇雑誌「テアーター・デア・ツアイト」誌の対談では、ブレヒトの『ファッツァー』断片を挙げて、こう述べている。「これはより厳密でよりペシミスティックな洞察から生まれたもの。一九三三年以前です。彼は何がやってくるのかを、他の大半の左翼知識人たちよりよくわかっていた。その事態が短期で終わるという幻想ももってはいなかった。それがおもしろいと思うのです、なぜならその時点から、契約の履行が、寓意劇がやってくる。つまりドイツの具体的な状況から切り離されて、ヒトラーに抵抗して、チャーチルにでなく、スターリンの側に決断したのです」。その一九三三年の亡命で中断したブレヒトのゼロ地点に戻ること、それがいわば劇作家ミュラーの起点だった。

これにミュラー自身も『父』という短篇などで小説化している自分の父親との関係を加えれば、一九七七年までのミュラーのスタンスの基本構図が浮かび上がるだろうか。社会民主党員だった父親クルトはナチスの時代に二度も逮捕されたが、息子ハイナーはそれを黙って見送った。その父親は終戦後に東ドイツ・フランケンベルクの市長になるのだが、五一年に階級闘争の重荷に耐えかねて「西へ夜逃げ」、西ドイツに家族とともに移住する。しかしハイナーはひとり東ベルリンに留まった。恋人が妊娠したからだというが、その看護婦であったローズマリーは最初の妻となるのだが、「壁建設」以前のことだから、この多重の「裏切り」は、ハイナー・ミュラーの新生東ドイツ選択の決断ともオーバーラップしていただろう。一九八九年に、東ドイツがこうなる予測はすでに一九五三年の時点でついていたと語ってはいるが、ミュラーの東ドイツへのスタンスも、当然ながらリニアルではありえなかった。

それゆえ、戦争中は自らも兵役・捕虜の経験をし、戦後は東ドイツ建国期をともに生きることとなったミュラーの劇作の題材は、まずは克服されざるファシズムの過去と社会主義建設の矛盾の剔抉となる。この時期の作品も、圧縮された簡潔な言葉、あるいはブレヒト教育劇のような抽象化で状況の矛盾を異化的に浮き彫りにする手法、時代のモザイク的断片の叙事的な集積化と、斬新な試みが多様になされている。書きためた原稿から次第に戯曲が完成していくミュラーの作品は、執筆時と刊行時、初演時が大幅にずれるものが多いのだが、劇作家としてのデビューは五七年に刊行された二人目の妻インゲ・ミュラーとの共作『賃金を抑える者』で、五八年にライプツィッヒで初演され、五九年にはハインリッヒ・マン賞も受賞した。しかし六一年にカールホルストで初演された『移住者』が党と国家上層の干渉で上演中止、この件で作家同盟より除名されることとなる。「壁建設」の直前だった。六四年には批判された『移住者』を書き直した『農民たち』を完成させるが、今度は同時期に完成した『建設』がビアマンの詩とともに名指しで批判されて、ただでさえ大劇場では上演されにくいミュラーの作品はますます上演の場を失い、そのうち刊行すら危うくなっていく。この時期の生産現場を扱ったいわゆる〈生産劇〉には、他に『トラクター』、『訂正』等々があり、歴史に素材をとったものとしてはおもに七〇年代に、ドイツ三部作ともいわれる『戦い　ドイツの光景』、『ゲルマーニア　ベルリンの死』、『グンドリングの生涯　プロイセンのフリードリッヒ　レッシングの眠り夢叫び』が発表されている。ちなみに同じく作家でミュラーとの共作も多かった第二の妻インゲが、何度も自殺未遂を繰り返したあげくに一九六六年に自殺。それを直接の題材にした短篇『死亡公告』のみならず、後のミュラーの作品にはそのこともさまざまなかたちで反映しているようにみえる。

最初の妻ローズマリーと二番目の妻インゲ
上右・作家インゲ・ミュラー、1958年頃
上左・ローズマリーとハイナーと娘のレギーネ、1952年頃

1959年、ハインリヒ・マン賞授賞式――「賃金を抑える者」（インゲ・ミュラーと共作）で受賞。左端がアンナ・ゼーガース。後方にヘルベルト・イェーリング等の顔も見える。

そして党の名指しの批判で自作の上演・出版がことさら厳しくなった頃から、ミュラーの仕事にはいわゆる古典の〈改作物〉と呼ぶべきものが多くなっていく。第一は〈ギリシア物〉といおうか、『ピロクテーテス』、『ヘラクレス5』、『僭王オイディプス』、『プロメテウス』等々。第二が〈シェイクスピア物〉、『お気に召すまま』、『マクベス』、『ハムレット』等々。第三が直接のブレヒトとの対峙、『ホラティ人』、『マウザー（モーゼル銃）』、『ファッツァー』。これらはいわば、ヨーロッパ演劇史の三大転換期の作品群と対決して、それらをどう自らの問題としてひらいていくかという探究の試みでもあった、といえるだろう。ここで〈シェイクスピア物〉に即して語る前に、ブレヒトとの関係について、もうすこしだけ付言しておきたい。

六八年の『ホラティ人』は、もちろんブレヒトの教育劇『ホラティ人とクリアティ人』を借りながら、登場人物もト書きも場や景の切れ目もない、形とすればローマとアルバの支配権をめぐる争いについての一篇の叙事詩のようだ。作者注によれば、「演技はテクストに従って進行する」らしいが、何をどう「上演」するかは、ひとえに受け手次第。しかも狙いはあきらかに語られることにではなく、語られ方にある。つまり、言語で「明確化」されることによって、何が差異化あるいは虚偽化されるのかというイデオロギー批判であり、マルクス主義の通時的な世界把握にたいする、共時的な〈ポスト構造主義〉からの異議申立てであった、といえる。このことは、ブレヒトの『処置』をショーロホフの『静かなるドン』の処刑場面にスライドさせた七〇年の『マウザー（モーゼル銃）』で、さらに先鋭化する。「マウザー」とは、そのとき使われたモーゼル式拳銃でありつつ、鳥が雛から成長するさいの羽の生え変わりをも意味するのだが、ここでは、「革命」の「主体」として「敵」を処刑する任務を遂行してきた人間が、自ら「革命の敵」として裁かれるようになる経緯を語る合唱団との対話を置きつつ、「人間とは何か」という問いが次々と解体（脱構築）させられ、「人間」を構成している網の目へと還元させられていくのだ。〈一九六八年〉を挟んで、ミュラーの懐疑も根源化していったのだろう。これが一九七五年にやっと、しかもアメリカで初演され、それがミュラーの初めてのアメリカ滞在の契機になった、というのもおもしろい。

「ブレヒトが到達したゼロ地点」から歩み出すこと――たしかにそれがミュラーの起点だった。ブレヒトの教育劇の狙いも〈イデオロギー破壊〉にあった、と思う。その起点のとりあえずの終点が七五年頃からの、ブレヒトの未完の教育劇『ファッツァー』との対峙であったろう。ブレヒトの膨大な遺稿を取捨選択・再構成し、ミュラー自身のつなぎをいれた上演台本を作り上げ、それがミュラーとブレヒトの共作として七八年に西ドイツはハンブルク・シャウシュピールハウスで、クライスト作の『公子ホンブルク』と抱き合わせで初演されている。ライナー・シュタインヴェークがこれまた膨大な未刊行の資料を駆使して、ブレヒト演劇における教育劇の位置の重要性あるいは未来性を主張する『教育劇』[4]の書を七二年に刊行し、ブレヒト演劇への視点の転換ともいえる教育劇再評価の波が到来したのも、同じ七〇年代であった。しかし繰り返すが、この『ファッツァー』がとりあえずのミュラーのブレヒトとの対峙の終点、つまりゼロ地点となる。ミュラーのいわゆる「教育劇との訣別宣言」[5]がシュタインヴェーク編集の『教育劇活性化のために』に発表されたのは一九七七年、『ハムレットマシーン』と同じ年なのだ。これはこの後も何かと言及されることになるので、ここで全文を引いておきたい。

「シュタインヴェーク様

〈教育劇〉についての私たちの対談の言葉の泥〈泥は私の発言です〉から第三者にとって役に立ち

そうなものを捻り出そうと努めたのですが、次第に気乗りがしなくなりました。挫折です。〈教育劇〉についてはもう何も思いつきません。ブレヒト主義者のさる女性に一九五七年、私の『訂正』にたいして、この物語には宛先人がないと批判されました。宛先のないものは上演できない、と。貧しい芸術観です、前近代的な社会観であることはさておいても。一九七七年の今日では私の宛先人はもっと少ない。戯曲は一九五七年よりももっと顕著に、ひとりの観客のためにではなく劇場のために書かれます。〈革命的な〉状況が到来するまで、何もしないでいるというわけにもいきません。かといって基盤なしの理論は私の本職ではない。私は考えるための根拠を必要としない哲学者ではないし、考古学者でもない。次の地震がくるまでは、我々は〈教育劇〉と訣別するしかない、と思っています。『処置』のキリスト教的な世界終末のときは期限切れ、学んだものたちのコーラスはもはや歌わないし、ヒューマニズムはかろうじてテロリズムとしてやってくる、モロトフカクテル爆弾がブルジョアジーの最後の教養体験です。何が残るのか。歴史（／出来事／物語）を待つ孤独なテクスト、そして大衆の穴だらけの記憶と断片的な知識、それもすぐに忘却にさらされてしまう。〈教え〉がかくも深く埋葬され、しかも地雷まで敷設された土地では、先を見るためにはときおり頭を砂〈泥、石〉の中につっこむしかありません。モグラ、あるいは構築的な敗北主義です。

一九七七年一月四日」

2 ハイナー・ミュラーの〈シェイクスピア・ファクトリー〉

〈シェイクスピア・ファクトリー〉とは、ミュラー自身が「シェイクスピア改作物」を集めてロートブーフ社から二巻本で刊行するにあたって、自らつけたタイトルである。「私のシェイクスピアに関するものすべてを出版しようという計画があった。そのとき必死でタイトルを探して、〈シェイクスピア・ファクトリー〉に落ち着いた、これならじつにぴったりだと思ったからだ」。ちなみにこれは、西ドイツのロートブーフ社から一九七四年より刊行された〈ハイナー・ミュラー作品集〉の、八五年と八九年刊の第八巻と第九巻のことである。

ミュラーのこの発言は八二年の「テアータター・ホイテ」誌四月号のインタビューからなのだが、興味深いことにそのまま直後に、「そのときまだタイトルのついていなかった作品があった。そのなかにデュシャンの画集のどれかのイラストを入れたいと思ったので、自動的に『ハムレットマシーン』のタイトルが生まれた。これはその後ハムレットマシーン＝H・M＝ハイナー・ミュラーというように解釈された。この考えを私は慎重に広げていった」とつづく。『ハムレットマシーン』はすでに一九七七年にはこのタイトルで発表されているのだから、〈シェイクスピア・ファクトリー〉の刊行計画はそれ以前のことであったろうと推測される。だが、『ハムレットマシーン』はそのなかには収められず、七八年刊の第六巻『マウザー（モーゼル銃）』の末尾に入れられた。ここがやはり、ミュラーの到達したひとまずのゼロ地点だったからではないだろうか。

いずれにせよ、ミュラーの「シェイクスピアに関するもののすべて」は、白と黒のあいだのさまざまなグラデーションを示している。「ウィリアム・シェイクスピア『お気に召すまま』〈ドイツ語訳・ハイナー・ミュラー〉」、あるいは「ウィリアム・シェイクスピアの『ハムレット』——マティアス・ラングホフとの共作」、「『マクベス』〈シェイクスピアによる〉」と翻訳・改作であることがタイトルに銘うたれたものから、『森の劇』のように、「シェイクスピアの『真夏の夜の夢』とサイバネティクスのモデル概念から出発した」とミュラー自身が注記して、東ドイツの労働者たちの姿を笑劇のように浮かび上がらせたもの、あるいは『解剖タイタス　ローマの没落　シェイクスピア・コメンタール』のように、すでにタイトルのなかにシェイクスピア・コメンタールであることを謳いこんであるものを経て、『ヴォロコラムスク幹線路』五部連作のように、何故この〈シェイクスピア・ファクトリー〉のなかに収められたのかが一見しては判然としないものにまで、その射程は及んでいる。しかも第八巻の巻頭に据えられた『画の描写』には、「『アルケスティス』の彩色補筆と読めるかもしれない」という注記さえついている。彩色補筆（Übermalung）とは画の上にまた色を塗って補筆することであり、ミュラーは〈改作（Bearbeitung）にたいして、ここでさらに新しい用語＝概念をもちこんでいるのだ。このことにはあとでまた触れることになるだろう。

〈シェイクスピア・ファクトリー〉——たしかにどこかで、〈ハイナー・ミュラー・テクスト工場〉のマシーンは、それぞれ違う位相で作動し始めているようだ。外側から見るならそれは、ミュラーが文芸部員としてデビューし、劇作家となり、自ら演出の領域にも携わりはじめていった、ということとも連動していよう。ミュラーは五八—五九年にはゴーリキー劇場の、七〇—七七年はベルリーナー・アンサンブルの、七七—八二年は東ベルリン・フォルクスビューネの文芸部員のポストにあった。

文芸部員つまりドラマトゥルク（Dramaturg）という職分は、日本ではなじみが薄いかもしれない。だが、古くはレッシングがハンブルク国民劇場でその地位にいたおかげで劇作のみならず『ハンブルク演劇論』も書き残してくれたし、ブレヒトも戯曲『夜打つ太鼓』で認められてミュンヘン・カンマーシュピーレの文芸部員となり演出家としてもデビュー、そして三三年に亡命を余儀なくさせられるまではベルリン・ドイツ座の文芸部員としての職を得ていた。近くはボート・シュトラウスが西ベルリン・シャウビューネの文芸部員として上演台本にかかわり、シャウビューネがイプセンの『ペール・ギュント』やゴーリキーの『別荘の人々』などの舞台でドイツ屈指の劇団として評価されていくことに貢献した。シュトラウス自身はいまや、新作が多くの劇場で競って上演されるというドイツきっての人気劇作家である。人によってかかわり方の内実に多少の差はあるとはいえ、レパートリーの選択、上演台本の翻訳・改作・作成、自作品の提供、場合によっては演出スタッフにまで加わる〈文芸部員〉という職分は、公立劇場を中心とする劇場＝劇団のレパートリー・システムであるドイツの劇場には必ず存在し、劇作家誕生の温床にもなっている。ミュラーは八五年のインタビューで文芸部員としてどんな仕事をしたのかと問われ、こう答えている。「ブレヒトとツックマイヤーは二人ともラインハルトのもとでの文芸部員だった。二人はいつも給料の支払われる日に会い、ときには自分たちの暖房用に豆炭まで家に持ち帰った。それが給料を支払ってくれる劇場でのふたりの唯一の仕事だった。私も当然ながら似たようなものでした。どの劇場も文芸部員のポストを置かなければならない、そして作家と結びつくために作家を文芸部員として雇うのです。戯曲を書くためには、そしてそれ以上のことをしないで済ますためには、いつもどこかの劇場とつながっていること、そもそもそれだけが大事だったのです」。

たしかに何年もかけて書き上げた戯曲が上演されずお金にならないミュラーにとって、時間もさほどかからない「改作あるいは翻訳は金を得るためのより確かな可能性だった」だろう。そしてなぜとりわけシェイクスピアなのかと問われて、ひとつにはフランス語はできないという単純な理由、もうひとつは、「シェイクスピアを翻訳することは輸血のようなもの。書くことが危機に陥ったりひとつの段階が終わったようなときには、シェイクスピアを翻訳したり改作したりするのは、吸血鬼的な活動になる」と答えている。いったいにヨーロッパ、とりわけドイツでは古典は演目の重要な柱であり、それが演劇のみならず現在を世界や歴史の大きなひろがりのなかでとらえる視点を陶冶もするのだ。だからこそ東ベルリン帰還後のブレヒトも古典改作をその主要な仕事の柱においたのだろうし、テクスト・レジー（翻訳・改作・上演台本つくり）は基本的に演出家の仕事ではなく、文芸部員＝劇作家の仕事である、ということでもあった。それに、シェイクスピアは何より需要がある。『お気に召すまま』や『ハムレット』などはそういった意味での〈改作〉で、とりわけ『マクベス』は、「権力の骨粉製造機」のメカニズムを浮き彫りにするという〈唯物論的解釈〉としてブレヒトの線上にたつ改作であった。

しかし〈改作〉という作業は、もっと大きなコンテクストのなかでも捉えられるべきことなのではないだろうか。亡命帰還後のブレヒトが「古典文化遺産の継承」を唱える党の文化政策へのアンチテーゼとして執拗に〈古典改作〉作業を展開しつづけたのは、古典作品受容による伝統形成の役割の重要性を認識し、そのなかにこそイデオロギー性がひそむと考えたからでもあっただろう。演劇という場はその機能の自覚において、上演のために一度〈受容〉した〈作品〉をもう一度受け手である観客の〈受容〉に託すという、〈読み〉の実践的な性格をもっている。東ドイツでは七二年頃にも、ブレヒトの伝統との関係を論じたミッテンツヴァイの論が契機になって〈古典受容論争〉が再燃し、ミュラーの『マクベス』における「歴史へのペシミズム」が激しく非難されもしたのだった。

同じ頃に西ドイツでは、ヤウスやイーザー等によって文学芸術作品の〈受容と作用〉、〈読者あるいは読み〉の問題が提起されて〈受容美学論争〉が起こり、さらに同じ頃すでにフランスでは、バフチンやヤコブソン、トドロフなどのロシアや東欧の構造主義の再評価と重なって、ロラン・バルトやクリステヴァなどによる〈テクスト理論〉が展開され、またソシュール、レヴィ＝ストロース等の影響を受けて、デリダやラカン、フーコー、ドゥルーズ、ガタリなどが活躍する〈ポスト構造主義〉の時代に入っていた。西側ではベトナム反戦運動と世界的な学生反乱、東側ではチェコの「プラハの春」のあった〈一九六八年〉を挟んで、ヨーロッパ思想界も根底からのパラダイム・チェンジのときを迎えていた、といえるだろう。ちなみにこの一九六八年に東ベルリンではヴァイス、リュビユーモフ、ワイダ、千田是也等も参加して「演劇における政治」をテーマに〈ブレヒト対話一九六八〉が開催され、フランクフルトでは一九六七年に始まった実験演劇祭〈エクスペリメンタ〉が、六八年と六九年にも大々的に開催され、そこで日本の寺山修司の「天井桟敷」、西ドイツの演出家パイマンやシュタインもデビュー。さらにアルトーの復活にグロトフスキー、ブルック、ムニュシュキンと、演劇界にもニュー・ウェーブが吹き荒れ、並行して、演劇の場における戯曲の位置も微妙に変化していった。

ミュラーに即していえば、そうした西側のニュー・ウェーブの動きにたいしては東ドイツは「か

や の外」であったとはいえ、七〇年に『処置』の脱構築ともいえる『マウザー（モーゼル銃）』が書かれ、七二年には『マクベス』が〈古典受容論争〉の標的となり、しかもその『マクベス』の東西ドイツでの初演が契機となってミュラーの作品は西ドイツで次々と上演され始め、七五年にテキサス州オースティンでの『マウザー』初演のためにはじめてアメリカに滞在した頃から、東ドイツ市民には許されなかった特殊ビザでミュラーは「国境移住者」として東西の壁を自由に行き来する人となって、七七年に『ハムレットマシーン』が登場。それをいわば分水嶺とするかのように、その後のミュラーの差し出す演劇テクストは、『カルテット』や『メデイアマテリアル』、『ヴォロコラムスク幹線路』五部連作等々と、ラディカルに様相と性格を転換させていく。他方で八〇年頃からは演出家としても、〈読み手＝書き手〉の部分を合体させつつ、『ハムレット／マシーン』に見るように、果敢な演劇実験を展開させていくこととなる。文学と演劇の関係について、七五年にミュラーは次のように語っている。「原則的には、文学は演劇に抵抗するためにあるのだと思う。テクストは、演劇の性状にそくして作り得ないときにのみ、演劇にとって生産的、あるいはおもしろいものになるのだ」[6]。〈演劇する〉という動詞の可能性をみすえながら、読み手と書き手と創り手が、ハイナー・ミュラーというひとつのコード・マシーンのなかでそれぞれに拮抗的に作動しはじめた。『ハムレットマシーン』はそのひとつのシグナルだったのだろう。一方で演劇にたいして自発的に自らを拒む演劇テクスト、他方で自作品をも他者のように自在に簒奪的に扱うミュラー演出――その両者は、車の両輪のように作動しあいながら、しかも相互解釈的な関係にはない。

先を急ぎすぎたようだ。当面の問題は『マクベス』と『ハムレットマシーン』、および『ハムレ

三番目の妻でブルガリア人演出家のギンカ・チョラコーヴァと。70年代末頃

1982年、ミュラーとギンカ・チョラコーヴァの共同演出だった『マクベス』（フォルクスビューネ）の舞台は話題を呼んだ

ット／マシーン』のあいだである。

七二年の『マクベス』は、いわば非人間化された〈死と殺し〉の空虚な歴史のメカニズムとして、勝利者の歴史が抑圧してきたものが表層の人物たちの背後から浮かび上がってくる、といったふうの改作であった。本人曰く、「農民場面の挿入はたしかにいささかメカニックになされているところもある。しかし私には他の可能性は見つけられなかった、この封建的パトス、このレトリックをそのまま受け入れるわけにはいかなかったからだ」。一七世紀初頭のエリザベス朝時代の作品と二〇世紀末の東ドイツに生きるミュラーの読みの対峙――被支配者の抑圧された苦しみが〈死と殺し〉の背景として示されれば、魔女や奇跡といった領域への関心は後退しよう。そこからひとつの問いがうまれる、この一見必然的で悪無限的な進行に裂け目はありうるのか、ベンヤミンのいう「歴史のメシア的静止」として、勝利者の歴史に与えられるべきショックはいかにすれば可能なのか。「求められているのは進行のなかの裂け目、同一のもののの再来のなかの他者」（『画の描写』より）。ミュラーの「読み」とて、『マクベス』への「読み」として完結させれば、必然的進行という性格を帯びてしまう。たとえ「読み手の視線」を入れても、過去と現在のあいだのシンボル的な指示の〈劇〉として、やはり作品内で閉じてしまうのだ。この二重の進行のなかで、裂け目はいかにすれば可能となるのか。

『マクベス』についで七三年にベルリーナー・アンサンブルで上演された『セメント』は、革命建設期のソ連を扱った一九二五年のグラトコフの小説にもとづく戯曲なのだが、しかし、現実的な場面にほとんど相互にギリシア神話の世界が重ね合わせになり、芝居の筋はそういうコメンタール・テクストでそのつど中断される構造になっている。つまり、出来事は神話的パラダイムのメタファー的な現在化として置かれるのだが、ギリシア神話とのかかわりやこの作品については第四章でまた触れることになろう。ここでの文脈でいうなら、しかしこういったいわば第二のテクストの抽出も、メタポジションにあるかぎりでは作者の知の審級の優位と結合し、「イラスト的になる危険」を孕んでしまいかねない。

『ハムレットマシーン』はその意味で、「『ハムレット』を破壊しようとして」書かれたと同時に、ミュラー自身の改作上演台本『ハムレット』への対抗劇でもあったのだ。おそらくはもうひとりの〈読み手＝劇作家ミュラー〉が欲求不満になって、ミュラー内部で爆発的に反抗した。〈読み手ミュラー〉のスクリーンが『ハムレット』を巨大な暗喩の鏡にしてもろに浮かび上がってきて、その極小の鏡が逆にヨーロッパ近代の意識をも極大の鏡のように表層にあぶりだす。それがさらに受け手＝読み手であるこちらのスクリーンまで照らし出すかのようである。この無限の「鏡」は、もはや最終的に〈意味するもの《シニフィアン》〉と〈意味されるもの《シニフィエ》〉がひとつの等号で結ばれるシンボル的な関係ではなく、〈暗喩《メタファー》〉あるいは〈換喩《メトニミー》〉として、繋ぎ方は〈受け手〉に託されるのだ。だからといってすべてがシュールレアルなイメージに拡散するのではない。全篇にちりばめられて手渡される記号は、ハムレット、オフィーリア、ラスコーリニコフ、ブダのペスト、エレクトラ……それぞれに具体的であり、しかもその表象される記号は、意味の表示としてそのつど象徴《シンボル》的あるいは寓意《アレゴリー》的に読まれることに、意思的・意識的に逆らっている。たとえばハムレットは、自明に「ハムレット」ではありえないし、そのシンボルでもアレゴリーでもない。そもそも冒頭で語り手の指定もなくいきなり「私はハムレットだった」と語りだす「私」とは誰なのか。この「私」の登場の仕方そのものが、すでにメタファーなのだ。

七〇―八〇年代のミュラーの発言には、「アレゴリーではなくメタファー」という言葉が散見される。「いや、問題は暗号化ではないのだ。私はアレゴリーは書かない。素材がなんであれ、私は私のアクチュアルな文脈のなかで、たとえば東ドイツのコルシカ島について書く」。ミュラーに言わせれば、アレゴリーはひとつの意味に還元可能でそれが経験を妨げてしまうのにたいし、メタファーは「ひとつの意味には還元不可能」、エリザベス朝の文学はメタファーの洪水で、しかも「あまりに速く変わっていく現実にたいするある種の遮光装置のようにメタファーを構築する。現実はそういうふうにしてしか自分のものにできないのだ。そしてひとつの表象世界が想像力を解放して、概念ではこんなに速くは定式化も把握もできないような経験をするために構築され、使われる」。だから「作者はアレゴリーより賢く、メタファーは作者より賢い」(『錯誤集』あるいは『資料集』より)。この頃にミュラーの関心は、シニフィアンとシニフィエのシンボル的な関係である現実模写の演劇から、記号群がメタファー(隠喩)的にあるいはメトニミー(換喩)的に相互干渉しあう演劇へと、ラディカルに転換していったのではなかったか。解釈学の精神からの演劇的改作(他人の筋の変容的な獲得)から、その分節化のディスクール地平での記号指示の間テクスト的な演劇への移行。演劇記号のシンボル的捉え方からメタファー的捉え方への変換、と言い換えてもいい。「『ハムレット』を破壊しようとして短いテクスト『ハムレットマシーン』を書いた」という先述のミュラーの発言は、さらにこうつづいているのだ、「戯曲を書くさいの私の主要関心は事物を壊すこと。……しかも最も強い衝動は、事物からその皮膚と肉を剥ぎ取って骸骨にまで還元することなのだと思う、そうすればその事物は決着がつく」。

ミュラーの〈読み〉は、一方で『ハムレット』を骸骨にまで還元する。つまり「ハムレット」を構成するディスクールの網の目だけを表層に浮かび上がらせる、国葬、亡霊、父、母、叔父、殺人者、復讐、友人、花嫁、……。他方でそれらのメタファー的表層化がパラダイムを転倒的に現在化させる、ブダのペスト、暴動、コカ・コーラ、吐き気……。つまりは〈読み手〉の地平のディスクールの網の目が二重に映し出されるのだ。〈読み〉とはそもそもバルトも言うように、意味がシニフィアンとシニフィエの単純な合致としてではなく、送り手と受け手のパラダイム相互の間テクスト性として定着されることであろう。上演という舞台化を挟めば、この「読み」はさらに多層化し、そこはさまざまなエクリチュールが重なり合って、さまざまな層のテクストや記号体系がぶつかりあう場となる。受容美学やテクスト理論が問題にしたのも、まさにそういう〈読み〉の関係の構造性であったはずだろう。そしてなお「私はハムレットだった」と語りだし、「ハムレット」布置を召喚する「私」が何者か特定されないことによって、『ハムレットマシーン』と〈読み手〉とのあいだも、間テクスト的であることが要求されることとなる。閉じないのだ。

　ともあれ『ハムレットマシーン』には、そういう〈ミュラーの読み〉の間テクスト性を示すさまざまな織物《テクスチャー》の記号《テクスト》がさらに無審級的にちりばめられている。シェイクスピア、ドストエフスキー、ショーロホフ、カフカ、サルトル、アルトー、おまけにミュラー自身、そしてベンヤミンにニーチェ、マルクス、フーコー、さらにデリダ、ドゥルーズ、ガタリ、ラカン、のみならずスターリンの国葬にハンガリー暴動、プラハの春、ビアマン事件、マンソン事件まで――いや、全篇が引用の織物、読もうとすればなんでもあり、といった風情だ。しかも実際の出来事と固有名詞と書物も区別されない。すべてが同等にからまりあって、そこにある。しかしそれが、ヨーロッパ近代を一身に背負っているかのような〈ハイナー・ミュラー〉を構成している網の目なのだ。さらにしかし、これらのメタファーはそれぞれに自律し、プロセスのなかでもさまざまに換喩し、そして自爆する。外部からそれらを統括するメタ・ポジションの作者、というような上位の意識審級は存在しない。「作者の死」――それをミュラーは、「作者の写真が破りちぎられる」というト書きで〈実践〉してみせたりまでする。作品や作者内で完結するひとつの支配的でヒエラルキー的な意味は、「テクスト」の側から意識的・積極的に排除されるのだ。ひとつの記号体系がしめだそうとするものを召喚された別の記号体系がひきうける、あるいは別の記号体系が裏をかいて先行記号の効果を失わせる。召喚は転倒的に相互の破壊のプロセスとして起こる。排除されたものが排除する権力に向けて顕現するバフチン的なカーニヴァル空間、とでも言おうか。クリステヴァがバフチンの「対話性」から展開させた「間テクスト性」という視角を、ミュラーは実践的に自らの構成原理に転換させていったように見える。「テクスト」内で完結することなく、作者や読者をもテクストのひとつとしてインターテクスト的な「場」へと拓いていくような演劇――そこでは送り手＝作者も受け手＝読者も演者となる。「みんなが同じ資格で参加するということが、カーニヴァルのルールだからである」（クリステヴァ）。

そしてまたたとえていえば、『ハムレットマシーン』は、『ハムレット』のなかのあの劇中劇構造が独立したようなものとも言えるだろう。ハムレットが叔父の父殺しを露見させるために旅役者たちに上演させる『ゴンザーゴー王殺し』の改作は、いうまでもなく二重構造になっている。原作テクストのなかに想起としての第二のテクストが埋め込まれ、それが第一のテクストのなかで完結しえない〈劇〉を動き出させるために作動する。つまり問題は『ゴンザーゴー王殺し』の筋ではなく、そこから爆発して動き出すはずの〈復讐劇〉なのだ。はたしてその鼠が出るか出ないか、ともあれの鼠捕り。それが、ミュラーの演劇の基本構造ともなった、のではないか。

それは、「上演」という演劇の「場」の問題とも重なってくるだろう。間テクスト性の構成原理に、同時にメタファーとしての改作原理にふさわしい演劇とは、どのようにすれば可能なのか。ミュラー自身はこの『ハムレットマシーン』は「上演不可能」と言いつつ、それまで「ヴィジョンの演劇」や「イメージの劇場」の旗手とされてきたウィルソンの演出は認めている。ミュラーはこう語っている。「彼はテクストの解釈などけっしてしないだろう。それがヨーロッパ演劇の演出家がテクストとかかわるさいの普通のやり方なのだが——。しかしいいテクストというのは演出家や俳優による解釈など必要としない。テクストが言うことはテクストが言う。……ウィルソンは解釈しない、それはまったく本質的な特質なのだと思う、それが私には興味深い。テクストがそこにある、それが手渡される、価値づけられたり、色づけされたり解釈されりしない。そこにある。まったく同様に像《イメージ》もそこにある、それも解釈されることなく、そこにある。そして音がある、それもそこにあって、解釈されない。それが重要なことなのだと思う。これはデモクラティックな演劇構想だ。解釈は観客の仕事であって、舞台で起こってはならない。観客からこの仕事を奪ってはならない。観客からこの仕事を奪うのは消費主義、噛んだものを食べさせる。それが資本主義の演劇だ。いま存在しているのはそれであり、余計なことなのだ」（『錯誤集1』）。

たしかにウィルソンの『ハムレットマシーン』は、従来は演劇を構成する諸要素がいわば縦の関係にあったものが、横に平等に並存していた、といえる。だがこのウィルソン的演劇が即、ミュラー的演劇の顕現ということでもないだろう。要は解釈的再現としてでなく、『ハムレット』と『ハムレットマシーン』のあいだのような間テクスト的関係が、テクストとシアターのあいだでも、ひいては「上演」の場と観客のあいだでも、生まれ出てくることではないのだろうか。テクストもインターテクストのひとつとして、演劇のさまざまな記号体系の対等な実践とともに対話的に受け手である観客にひらかれていく演劇――「デモクラティックな演劇構想」という語には、そんなひらきが想定されているような気がする。しかも「鼠とりの仕掛け」の演劇は、何を観客のなかの「鼠」と想定するかにひとえにかかっていよう。必要なのはやはり「演出家ハムレット」ということか。その意味で、演出家ハイナー・ミュラーの登場も不可避ではあった。

3　コード変換の起動装置――〈ハイナー・ミュラー・マシーン〉

だが〈シェイクスピア・ファクトリー1〉の巻頭に置かれたのは、『画の描写』だった。それは、『ハムレットマシーン』がむしろひとつの段階のゼロ地点で、そこから展開したもろもろの次のゼロ地点が『画の描写』だった、ということではないだろうか。ミュラー自身もこう述べている、「『画の描写』で、私にはひとつの段階がある点に、終点あるいはゼロ地点にまでもたらされた」、「それを頂点と名づけてもいいかもしれません。しかし頂点はゼロ地点でもある、そこで何かが終わりまで書かれてしまった、それゆえ静止してしまう、とすればそれは頂点です。そこから先には進めない、何か違うことをしなければならない。私も違うところで始めなければならない」、「テクスト史が螺旋を描くようなものだとすれば、テクスト史を螺旋と見れば……、たとえば『賃金を抑える者』から『セメント』までのことを考えているのですが、その後で何か違ったものが始まっている。

あるいは別の位相で、別の手段で仕事がなされている。それが再びひとつの点に達し、そこでまた、始めたところに戻る。もちろん新しい位相でですが」(「テアーター・デア・ツァイト」誌、一九八六年)。

終点はゼロ地点で頂点、ひと螺旋を描いた出発点、という言い方はおもしろい。ゼロ地点、エントロピー、白熱の炎——ある時期からのミュラーの言説によく現われて、バルトの『零度のエクリチュール』もアルトーやドゥルーズ/ガタリの「器官なき身体」も想起させる言葉だが、たしかに何かが爆発的に集中してゼロ地点に至っているかに見える時点というのが、ミュラーにはある。一九七二年頃も、一九七七年頃も、そして一九八五年頃もそう見える。『解剖タイタス』やビュヒナー賞受賞講演『ヴォイツェック傷痕《トラウマ》』も、『ヴォロコラムスク幹線路　第一部』も、同じ一九八五年頃に書かれた。その『画の描写』は、『ハムレット』を破壊しようとして書かれた『ハムレットマシーン』よりもさらに意識的に、というか演劇にとって純粋に超越的な状態を指し示しているのではないだろうか。これもじつに不思議なテクストで、あるブルガリアの女子学生の舞台スケッチ画を契機に生まれたというが、ともあれ目の前にあるらしいひとつの絵画を、誰だかわからない「私」がどういう画なのかを言葉で描写・記述していく、だがイメージはどんどん増殖・破砕していって最後までひとつの像は結ばない。しかも最初から最後までつながったひとつの文という形をとっていて、これも従来ならば散文としか名づけようもないものである。理論的な文章でもないし、詩でも戯曲でもない、それでもやはり演劇の場に投げかけられたテクストだ。問題はこれが〈シェイクスピア・ファクトリー〉の巻頭に置かれている、ということである。ミュラーは理論構築はしない、ひたすら実践的に問いをさしだす。

作者の注記にいわく、「『画の描写』は、能の『熊坂』、『オデュッセウス』の第十一の歌、ヒッチコックの『鳥』、シェイクスピアの『テンペスト』を引用する、『アルケスティス』の彩色補筆と読めるかもしれない。テクストは死のかなたの風景を描写している。筋は任意である、つながりは過去であり、死滅した劇的構造のなかの想起の爆発なのだから」。しかしここに挙げられている「文献」は明示的な引用ではない。むしろ引用されていることを〈読み〉において参照せよ、しかもその引用は「死滅した劇的構造のなかの想起の爆発」として読むように、という指示のような性格をもっていよう。さらにこの指示さえ、『画の描写』のなかの「実験用の指示」のように、それ自体があいまいさのなかに消えていくかに見える。あえてこれらの「文献」の共通項を探すなら、死、恐怖、復活、となろうか。のみならず、これも読もうと思えばいくらでも引用は読みこめよう。あくまで読もうと思えばの話だ。そして全体としてはエウリピデスの「『アルケスティス』の彩色補筆と読めるかもしれない」。すべては塗り込み、何重にもさまざまな色で上塗りされていて、どこまでが原画なのかわかりはしないのだ、というのが「彩色補筆」ということなのではないだろうか。どう読むかは〈読み手〉まかせ。さらに、次第に姿を現わす不特定の「私」がある画を観察者として〈読む〉というのが、最表層の仕掛けになっている。ここにフーコーのあの『言葉と物』の第一章、ベラスケスの『侍女たち』の画の描写を重ね合わせて、フーコーのまなざしのミュラーによる意識的なその戦略化を読むのは容易だろう。が、要するにこれは「読みのディスクール」のディスクール化の構造をもち、そういう超越的な場を純粋に前に置くことによって、ひょっとしたらそれが他の作品への関係のつけ方への、そこで生起するプロセス（鼠とり）の可能性の条件査察への媒体となりうるかもしれないような、そんな位置をもっているのではないだろうか。だから、〈シェイクスピア・ファクトリー〉の巻頭に、この『画の描写』が置かれたのではなかっただろうか。

少なくともウィルソンは、一九八七年のシュトゥットガルトでの『アルケスティス』上演にさいしてこの『画の描写』をプロローグとして置いたばかりか、全篇に「画の観察者」なるものを置いて、『画の描写』のテクストをちりばめた。『アルケスティス』そのものが画となって、『画の描写』がその画の観察者となる構図で、『画の描写』は『アルケスティス』の明示化された査察媒体となっているのだ。エピローグに日本の狂言が付けられてはいるが、この『アルケスティス』の「作者」は「ウィルソン／エウリピデス／ミュラー」となっていた。またブルガリア出身の劇作家イヴァン・スターネフは自らの劇団ソフィアで、この『画の描写』をビュヒナーの『ヴォィツェック』、さらにミュラーのビュヒナー賞受賞講演『ヴォイツェック傷痕《トラウマ》』に結びつけて上演し、八八年の西ベルリンでの「ハイナー・ミュラー作品ショウ」でも客演している。もちろんというべきか、この『画の描写』は単独でも「上演」されていて、初演はミュラーの三人目の妻でもあったブルガリア人演出家ギンカ・チョラコーヴァによる、一九八五年のグラーツ芸術祭での上演だった。九一年夏には、ベルリンでミュラーを訪ねたときに知り合った演出家アッティリオによってイタリアのジェノヴァの中世の修道院で「上演」された『画の描写』のデモ・ビデオが送られてきた。そのビデオには、ミュラー自身も観客としてなのか、「出演者」としてなのか定かではないかたちで映っていたが、ほとんどが言葉のないヴィジュアルなパフォーマンスで、ここまでくると何をその作品の上演というのか。テクストがどう使われるかも〈受け手〉に最初から全面的に委ねられている、そういうテクストでもあるのだろう。

『画の描写』と同じ頃に書かれた『解剖タイタス　ローマの没落　シェイクスピア・コメンタール』は、いわば『画の描写』がシェイクスピアの原作に最初から入りこんでいる、と言えよう。すでにタイトルに「シェイクスピア・コメンタール」であることが銘打たれ、観察者＝読み手＝コメンテイターとしてのミュラーのまなざしがこれまた全篇に、しかし多様な角度から遍在している。それどころか、シェイクスピア自身とミュラー自身が影絵のように姿を現わしてまなざしを交わし合うかのような個所もある。ここではシェイクスピアもミュラーも演者のひとりなのだ。そして誰が語っているのかはこれまた特定されない、ギリシア劇のコロスというより歌舞伎の義太夫か能の地謡を思わせる「語り」は、視点と視角を次々とずらせていき、対話のなかにまで入りこみ、いつしか原作よりも残酷な「タイタスの物語」は「アーロンの物語」へ、「ローマの没落」は「南北問題の劇」から「地球という惑星の没落のお話」へと拡散していって、そのまま遠景へと消えていくかのようだ。これは最初から上演台本として書かれ、八五年にボーフム・シャウシュピールハウスで西ドイツ初演、八七年には東ドイツ初演としてドレスデン国立劇場で上演された。

これがはたして本当に講演原稿なのだろうかというような『ヴォイツェック傷痕《トラウマ》』と『シェイクスピア　差異』（一九八八年、ワイマルでのシェイクスピア学会講演）も、しかしまさにミュラーとビュヒナーの、あるいはミュラーとシェイクスピアの、〈読み〉＝〈エクリチュール＝レクチュール〉の織物、文字通りのインターテクストのテクストといえるだろう。

ミュラーにならって螺旋状に冒頭に戻るなら、九〇年の『ハムレット／マシーン』（H／M）は、七七年の改作上演台本『ハムレット』（H）の文芸部員ミュラーと、『ハムレットマシーン』（HM）の劇作家ミュラーと、その後の十数年間の螺旋状の運動を経たのちの演出家ミュラーとの、インターテクストであったともいえる。だから『ハムレット／マシーン』、そして「作者」は「シェイクスピア／ミュラー」だ。このあいだのスラッシュ（／）が、いわば一九七七年と一九九〇年のあいだの浸透膜の溶解過程でもあったのだ。そしてこの舞台は圧倒的な評判と評価をえて、ミュラーの演出家としての力量をも世界に知らしめるものとなったのだった。

三回の休憩を挟んで、しかも二回目の休憩のときには劇場ロビーに夕食のビュッフェのスタンドまで並んだ八時間近くに及ぶこのドイツ座の『ハムレット／マシーン』は、時間の長さなど微塵も感じさせない圧倒的な演劇体験で、たしかに楽しく不思議なカーニヴァル空間だった。祭というのではない。劇場外ではドイツ再統一を挟んで矛盾が噴出し、「壁」が壊れて入場料も一挙に五倍にはねあがり、「大半はあなたのように西側のお客さんだ」とミュラー氏に苦笑されたが、劇場外のそういう状況とも響きあって、あれやこれやのメタファーが明確な像を結ぶのではなく、しかしどこかで像が結ばれることを求めて、劇場内でも観客のひとりである私自身の内部でもこだましあっている、そんな「シニフィアンの遊び」（クリステヴァ）の豊穣なカーニヴァル空間だった。基本的には、氷河期か壁を象徴するような紗幕を駆使したほぼモノトーンのヴォンダー装置による舞台空間に『ハムレット』を中心に置いた四部構成で、その第三部に『ハムレットマシーン』が置かれている。しかし『ハムレット』のなかにもさまざまに『ハムレットマシーン』のテクストが遍在しつつも、亡霊たちの影絵か身体と声のポリフォニーのような第三部の『ハムレットマシーン』は『ハムレット』に挟まれて一見異物のように屹立し、前と後の『ハムレット』を無化して解体しようとするかのようだ。そのなかで『ハムレット』の各場面もさまざまな〈読み〉にさらされる。たとえば演出時にミュラーが「『ハムレット』の亡霊はこれまではスターリンだったが、いまやドイツ銀行だ」と語ったように、一九九〇年の刻印もはっきりと刻まれていた。

HからHMへ、そしてH／Mへ――つまりはこれは、シェイクスピアとハイナー・ミュラーの、読み手と書き手と演出家の仕切り膜の、それぞれの溶解過程のデモンストレーションでもあったろう。〈読み〉の位相のヴァリエーションといいかえてもいい。この〈読み〉は、改作―対抗劇―上演のあいだでも、実践的にはさまざまな濃度差での浸透膜となりうるはずだ。アメリカ出身のウィルソンが演出したポストモダン的な『ハムレット／マシーン』にたいして、『ハムレットマシーン』は、意識的にミュラーが、ヨーロッパ近代演劇の文法のHディスクールとポストモダン演劇の文法のHMディスクールを互いに交差・拮抗させた、劇場空間での演劇文法のインターテクストの試みでもあったように思った。ヨーロッパ演劇の歴史、その伝統と蓄積は、そうやすやすと無化できるものでも、無化していいものでもないということなのだろう。そしてそのうえでなお一九九六年春にミュラーはフランスのモンデールで、『ハムレットマシーン』を単独で野外劇として上演することになっていたのだ。二〇〇〇年春にパリを訪れたときに、ミュラーのドキュメント映画“I was Hamlet”も撮った映像美術家のドミニク・バルビエールにすでに構想の練られていた壮大なスケッチ画を見せてもらったことで、それを実現させうることなくミュラーが他界してしまったことが、なおさらに惜しまれた。どんなミュラーの『ハムレットマシーン』になっていたことだろうか、と。

ともあれそれぞれのテクストをどう使うかも、その上演（＝舞台上のテクスト）とのあいだの連結の仕方も、そのつどの狙う「鼠」、つまりは置かれたコンテクストのなかでの上演意図に応じて、どうにでも自在なのだ。とりわけ八〇年代からのミュラー演出の舞台は、そのつど演出家ミュラーが舞台に新しいテクストを書くという演劇実践のようだった。九一年の『マウザー（モーゼル銃）』

の演出ではそれに自作の『カルテット』や『ヴォロコラムスク幹線路　第五部』を連結させたし、それへの対抗バージョンのように、九四年には『カルテット』を単独で――しかしテクストでは二人芝居になっているのに、当時八三歳の往年の名女優マリアンネ・ホッペと壮年の男優マルティン・ヴトケを配しつつ、それにさらに三人の黒衣か召使のような登場人物を置いて――ベルリーナー・アンサンブルのネオ・バロック調の劇場空間をも引用に代えるかのように演出した。客席はくすくす笑いの連続で、これも演出家ミュラーの才を遺憾なく示した絶品だった。九三年の『決闘トラクター　ファッツァー』も自作とブレヒトの連結である。

そういう連関においてみれば、『画の描写』はとりあえずはウィルソンによるエウリピデスの『アルケスティス』演出のために書かれたにしても、前に置かれた画のいかんにかかわらず、それを見つめる観察者の網膜〈＝脳髄〉に生起するプロセスだけをモデル的に抽出してとりあげてみせて、演劇の場における〈読み手〉のまなざしの位置を問いかけ、その〈読み〉の多層性と両義性を最初から露呈させるための、意識的なコード変換の起動装置だったのではないか、と思えるのだ。「上演」もいうまでもなく、テクストの単なる再現ではなく、もうひとつのエクリチュール、新たな「テクスト」なのだから。

シェイクスピアは旅人、ミュラーのなかを旅をする。ミュラーも旅人、シェイクスピアのなかを旅をする。そのさまざまな旅の様相が、〈シェイクスピア・ファクトリー〉。この工場のなかで作動していったのが、つまりはミュラーの〈読みのマシーン〉だった。彼のテクストはすべてが読むことからはじまっている。その「読み」においては、書物も現実の出来事も、史実も、私事も、すべてが同等に同位に存在し、シェイクスピアを「殺して」しまうほどにどんどんインターテクストになっていく。それが僕と君との「僕らの結婚」だから。その「結婚」があなたや私のスクリーンという風景で、もしかしたら何かの鼠を跳び出させるのではないかと――。それゆえ〈シェイクスピア・ファクトリー〉に収められたテクストは、そういったミュラーのシェイクスピアの使い方の実践集、その方法論の探求の実例集とも言えるだろう。演劇の技術革新のためのマシーンともいえる〈ハイナー・ミュラー・マシーン〉は、〈読み手／劇作家／演出家／俳優／観客〉のあいだの従来の関係性をも脱構築させながら、それぞれは〈演劇する〉という動詞のなかでは内部他者として自律的に、拮抗的に、破壊的に作動し合うようにしかけるのだ。「私は演出家としてはディレッタントの劇作家なのだ」――「ツィッティ」誌のインタビューでそう語ったハイナー・ミュラーは、しかし「死滅した劇的構造のなかの想起の爆発」を作動させようとする劇作家であった。

4　ハムレット・マシーン vs オフィーリア・マシーン？

さて、方法論の探求はひとまず置いて、ここでやはり『ハムレットマシーン』のテクスト内部に入りこんで、私なりの鼠捕りゲームを仕掛けてみようかと思う。第一景冒頭で「私はハムレットだった」と語りはじめる「私」は男性像なのだろうか。最後の第五景で「こちらはエレクトラ」と発信する「オフィーリア」はそもそも女性像なのか。それともこれは「ハムレットマシーン vs オフィーリアマシーン」なのだろうか。

反解釈、つまりはひとつの意味＝物語に収斂することを意識的に拒否しているようなこのテクストを、あえて〈ジェンダー〉の視角から解釈しつつ〈文学〉として読む。どこかで齟齬は生じるかもしれないが、さしあたってはこのテクストはどのチャンネルにオンすることも可能で、そこからのマシーンの連結コードの作動の仕方も、テクストと入力者のそのつどの関係性のゲームとなるように仕組まれてもいる。読み手である私が性別としては女性であることも、そのゲームのなかにいやおうなくすりこまれていくだろう。敵の戦略は見え見えであるだけ巧妙なのだが、とりあえずはこのテクストに即しつつ、〈ハムレットマシーンvsオフィーリアマシーン?〉の構図で読み進めてみよう。

『ハムレットマシーン』は「私はハムレットだった」の一文で始まる。おそらく、すべてはここから始まるのだ。この「私」とは誰なのか。いきなりなんの指定もなく登場して、独白をはじめる「私」。散文ならば、この「私」には作者ミュラー、モデル・ハムレット、読み手の三者が、旧来のドラマならば、ここにもうひとつ演技者が重ねあわせになるところだろう。フーコーの言説をかりれば、しかしこの「私」は、表象される「世界」にたいして自明としてこれまで不問に付されてきたあの「王の場所」、「裂け目」、「本質的な空白」となろうか。表象=まなざしの劇場を成立させて消滅したはずのあの〈主体〉が、「私はハムレットだった」の一文で再び召喚されつつ、その〈過去形〉によってもう一度疑問符のなかに入れられるのだ。

演劇は通念としては、俳優と役の同一性を観客に作家と創り手がいわば強要する、という前提で成り立ってきた。その真ん中に戯曲が立つ——それが近代演劇がつくりあげてきた、ミュラーのいう「演劇の性状」であった。その暗黙の了解がはずれたら、〝演劇〟を成立させていた諸要素はそれぞれに分解自立して、相互の共生関係を新たに問わざるをえなくなる。現代演劇はその構図自体がもろに構造変化のただなかに置かれていよう。そこに劇作家ミュラーが意図的に差し出したのが『ハムレットマシーン』というテクストだった。

演劇の場においてはそういうことなら、テクスト＝文学の場では、テクストと受け手のあいだの〈空白の主体〉の運動そのものが問題となる。さしだされているのは〈空白〉なのだから、この隙間を埋める動きが作動しはじめるしかない、「私」とは誰なのだ、と。冒頭の過去形ですでに、その空白を埋めるべき読み手の恣意性が要請されている。それゆえ作品に内在する意味の構築という解釈学的な伝統からも、『ハムレットマシーン』は最初から撤退しているといえる。「意味」は最終的には、「すべての受け手の体験報告総計のなかにおいてしか存在しない」[7]。それが仕掛けの、乱反射のためのプリズムなのだ。ミュラー曰く「いま大事なのは主体的ファクターを重要なものにすることなのだ、と思う」（七八年のラジオインタビュー）。読み手の恣意性がのっけから要請されている。それでもテクストはそこにある。私の読みも当然ながら恣意的であらざるをえないが、先へいこう。

このとりあえず自分について語る「私」としてシグナル化された何者かが、「ハムレット」の布置を召喚する。殺人者＝叔父＝義父クローディアス、母ガートルード、友人ホレーショ、恋人＝娼婦＝オフィーリア、というハムレット・ファミリーが呼び出されるのが第一景の構図なのだが、ただし名指されるだけで、すべては想念のなかだけのことだ。「岸辺に立って」という言葉で、それがとりあえずはシェイクスピアの原作では四幕四場の、ハムレットがデンマークからイングランドへの遊学へ向かおうとする時点からの想起であることも暗示されている。しかし想起のなかの国葬の描写には東ドイツの現実を暗示する言葉がちりばめられ、スターリンの国葬とも二重写しになり、

「私」には『ハムレット』の読み手で『ハムレットマシーン』の作者、二〇世紀後半を生きるミュラーの網膜も透かし出されている。しかも天下周知の『ハムレット』の前に横たわる膨大な受容と記憶の海をもいわば神話的風景にしつつ、かつすべては「私」の一人称の語りとしてきわめて主観的な像でもある。このどうにも特定されようのない、あるいはどうにでも特定されうる「主体」に「時」と「物語」を整復する課題が担わされるのだが、シェイクスピアのテクストはもはや「意識がそこに定住できる家」とはみなされず、古きヨーロッパの廃墟として観察され、同時にそれが「家族のアルバム」というフロイト経由のオイディプス的な構図で表層に映し出されてくる。いわば心的外傷《トラウマ》や抑圧を解放させる精神分析の治療における夢分析のようなこの「私」と「ハムレット」布置は、どちらが映しどちらが映し出されているのか、「主体」と「客体」の関係、境い目すらあやうい。そもそもが「本質的な空白」なのだから。しかもこの最初の一文でまた、近代の哲学や歴史および文学を担うべき「私＝主体」が問題に付されてもいる。葬列が一九五三年の国葬と二重写しになって、亡霊がスターリンと重ねあわせになるのは、それがある時点においては、〈歴史〉を担うもののメタファーであったからだろう。しかし〈人間主体〉はいまや、権力概念すら見えなくなった自動機械のようなシステムの客体で、そのうち自分の過去も現在も召喚できなくなるのかもしれないのだ。

しかしともあれ『ハムレットマシーン』の「私」は、「ハムレット」として自らの過去を召喚して、五景のドラマのスイッチを入れようとする。その「私」にできたのは、せいぜい遺体を切り刻んで民衆に分け与えること、民衆は歓呼の声をあげてそれをむさぼり喰う。「空になった柩の上で、殺人者は寡婦と交尾した、叔父さん、上に乗る手伝いをしてあげようか、ママ、股をひろげなよ」。

さまざまな想起や引用、言及を駆使しても、「私」の醒めたまなざしには、歴史とはそんな吐き気を催すような殺人者の叔父と寡婦の母の交合ごっこでしかない。父の亡霊の指令する復讐＝歴史への参入など引き受けられずに、「私」は「家族のアルバム」の呪縛の前でたちすくむ。「私はハムレットだった」――「ハムレット」は過去形なのだ。マクベスは先王を殺した。ラスコーリニコフは金貸し老婆を殺した。あるいは「共産主義の春の第二の道化」（＝「プラハの春」のドブチェク？）まで連想しても、そういう「ハムレット」にもそのヴァリエーションのいずれにももはや自己同一化できず、過去形の「ハムレット」のなかに現在形で入りこんだ「私」は、グライナーの言うように、個人心理学としての「自己」形成の前の布置へ、「主体と世界の不確かな分離の前の布置」(8)へと退行しようとする。第一景「家族のアルバム」は、「私」の誕生の撤回のファンタジーにおいて頂点に達する。母たちのいない世界、あるいは「私」を構成するすべての同一化認定の原理の撤収。「そしてオフィーリア、君の心臓を食べさせておくれ、僕の涙を泣いてくれる君の心臓を」――それが次第に姿を現わしてきた「ハムレット」の第一景の最後の台詞だ。

そのオフィーリアだが、男ハムレットに召喚された第一景の布置の端っこに位置を得て、第二景で「私はオフィーリア」と登場はするものの、ト書きではこの語り手は「オフィーリア（コロス／ハムレット）」となっている。「女の胎は一方通行ではない」と主体としての自己の撤回を求めた「ハムレット」が、男にとっては自然の胎内の象徴と見える「オフィーリア」という風景に自ずから望んで溶解したのか、それもポリフォニーの声のコロスの一部として、あのギリシア劇のコロスを成立させた共同体と演劇の始源への想いも潜ませるかのように。この「ハムレット」の「オフィーリア」への溶解こそが、『ハムレットマシーン』というテクストを構成しているもうひとつの仕掛けだといえるだろう。

そして第二景のタイトルは、第一景の「家族のアルバム」に対抗するかのようなスケールの「女のヨーロッパ」。そこは巨大な収容所で、彼女の心臓は時計——歴史の時を刻む男たちを産んできたのは、実際には女たちなのだから、オフィーリアは歴史の根源のメタファーでもあるのだろうか。もちろんこの「オフィーリア」も、もはやシェイクスピアのテクストを自らの意識の棲家とはみなしえはしない。「私はオフィーリア。川が受け入れてはくれなかった女。縄にぶらさがった女、動脈を切った女、致死量の薬を飲んだ女、唇には雪《スノウ》、かまどに首をつっこんだ女」。無数の自殺した女たちの死者の川から現在形として蘇生してくるオフィーリアは、ゲーテの『ファウスト』第二部の「母たち」も想起させて、もはや個としては像を結ばない集団的・類的なイメージだ。というより、「女のヨーロッパ」という総体として眺めとられた「女性像」というものを構成している近代の〈言説《ディスクール》〉の網の目のあぶりだし、あるいはその要請ともいえるだろう。彼女は自らの「オフィーリア布置」を分節化しようとするが、女の布置の分節化など簡単なもの、固有名詞さえ必要ないのだ。「きのう私は自殺するのをやめました。……私を囚人にする道具を、椅子を、机を、ベッドを壊します。マイホームだった戦場を壊します。……私が愛し、私をベッドで、食卓で、床で使った男たちの写真を、血まみれの両手で破り棄てます。私の牢獄に火をつけます。……私の心臓だった時計を胸からとりだして、埋葬しましょう。血の衣装をまとって、私は街頭に出ていきます」。まるで一九七〇年代のフェミニズムの運動綱領の宣言文のようでもある。しかし、憎しみと反抗から自己を呪縛するものを破壊する力を得たいとは、男ハムレットが到達しようにも到達できなかった地平でもあろう。その意味で女オフィーリアは、さしあたってはポジティヴ・イメージとして登場しているように見える。自力で自らの現在の布置を分節化できるのだから。だが逆から見ればそれは、世界や歴史を担いうるはずの「人間主体」から除外されつづけてきた女たちにこそその権利とパワーがあるはずだと仮想されたうえでの「女性像」、それへの男ハムレットの同一化願望だったともいえるのではないか。

つまりオフィーリア／ハムレットは、近代の意識のひとつの背景への二つのアスペクトなのだ。一方の女の部分はもう一方の男の世界の裏願望、吐き気と無力感から本音としてのパトス＝憎しみ＝反抗が生まれるべき部分。それは「近代」においては現実には男（man）でしかなかった主体の「私」が自分の〈権力関係〉という理念《たてまえ》の「ハムレット布置」では分節化できなかったものでもあった。だからこそ、第二景でオフィーリアが登場し、男ハムレットとのコロスのかたちで、自分の言葉で自分の布置を分節化する必要があったのだ。

そうやって召喚したオフィーリアに第二景で自らの布置を分節化された「私」は、第三景でやっと一人称のモノローグから脱して、「諧謔曲《スケルツォ》」という対話とマイム喜劇のなかに投げ込まれ、オフィーリアひいては自分の願望像の集積と向かい合えることになる。そこは『ハムレット』第五幕第一場の墓掘人の場を思い起こさせるような「死者たちの大学」、「私」を構成したものたちが陳列されている場所、「美術館／ギャラリー」のようだ。第三景は第一景の「ハムレット」布置と第二景の「オフィーリア」布置で浮かび上がってきたもろもろの要素を別のチャンネルでまぜあわせる攪拌器か、記憶の収蔵庫のようでもある。そこでハムレットは死んだ哲学者たちからは彼らの著書を投げつけられ、バレエを踊る自殺した女たちからは観客でいることを許されず、衣装を剥ぎ取られてしまう。そして「ハムレット1」というラベルの貼られた柩からでてきたクローディアスと娼婦姿のオフィーリアを相手に（この二人もともに「ハムレット」の分身で、『ハムレット』の登場人物としては死者たちであるということか）、「私」は逆にしっかり「現在形のハムレット」にさせられてしまう。ストリップ・ショウを踊るオフィーリアに第一景のハムレットの最後の台詞を受けて、こう問われることによって――。

オフィーリア「あたしの心臓をたべたいの、ハムレット」（笑う）
ハムレット（顔を両手でおおって）「僕は女になりたい」

これが『ハムレットマシーン』のなかの唯一の対話である。『ハムレットマシーン』はこの第三景を挟んでいわば変則的なシンメトリーの構造になっている。登場人物や対話やト書きをもつ唯一の「演劇的な」場面であるかのように第三景は中央に立ち、他はすべてモノローグ的な語りで、第一景と第四景が「ハムレット」の場、第二景と第五景が「オフィーリア」の場、しかもそれぞれがひっくり返しの裏あわせという構造だ。しかもひとつの景が連動するように次の景を呼び出していく、まるでマシーンが連結するように――。
「ハムレット」の対話の相手は「オフィーリア」しかいないのだ。両者は内部他者なのだから。「オフィーリア」を対自的な鏡として措定することによって、はじめて「私」は「ハムレット」と呼びかけられ、「僕は女になりたい」という願望を表明し、女オフィーリアに娼婦の化粧をしてもらって、「ハムレットでないもの」にもなれる。そうなってはじめて、「オフィーリア」のロゴスだけでなくパトスも輸送されうるのだ。娼婦姿になった「ハムレット」をいまやハムレットの父であるクローディアスが声をたてずに笑うのは、男でなくなったハムレットにはもはや復讐は無理だろうと安心・軽蔑するからか、優柔不断でアモルフな変幻自在ともいえる「息子世代」への失笑か、あるいははたまた嫉妬なのか。そのクローディアスとオフィーリアが柩の中に戻ると、娼婦になったハムレットは、ベンヤミンのあの両性具有の歴史の天使アンゲルス・ノーヴスを思わせるうなじに顔のある天使ホレーショと踊る。柩のなかから声（たち）、「汝の殺したものをも愛すべし」。何を愛せというのか。この言葉もベンヤミンの遺作『歴史哲学テーゼ』を想起させる、「過ぎ去ったものを分節化するとは、そもそもどうであったかを認識することではない。危機の瞬間にひらめく回想を掌握することだ。唯物論者にとって大事なのは、この危機の瞬間において歴史の主体の前に予期せず現われてくる過去の像を確証することである」。未来のメシアが過去の実現されなかった夢とともにこの一瞬において到来するベンヤミンの〈いま〉をも思わせて（心臓は時計なのだから）、しかしブランコに乗った聖母の乳癌が輝く。両性具有のイメージの、幕間狂言のような諧謔曲の第三景。

太陽のように輝いた聖母の乳癌は何を意味しうるのか、ともあれ『ハムレットマシーン』の最初の三つの景が、「ハムレット」布置からの脱出としての集団的・類的な復讐＝第四景の暴動を準備した。この景がもっとも長く、全体のほぼ半分近くをしめるのだが、そこは「オフィーリアによって破壊された第二景の空間」。だから暴動は、ハムレット布置の爆発であると同時にオフィーリア布置の爆発の試みでもあるのだろう。「私は街頭に出ていきます」というオフィーリアの現在形の宣言を受けて、ハムレットは第二景の空間である第四景に登場しているのだから。この現在化が、タイトルの「ブダのペスト　グリーンランドをめぐる闘い」、つまりはスターリンの死とそれにつづく雪解けの時代の一九五六年のハンガリーの民衆蜂起で、かつデーブリンの小説『山、海、巨人』からとられたという世界の終末戦のトポスである。ドナウ川をはさんだブダは王宮のある地区で、ハンガリー語でストーブを意味する。対岸の労働者街がペスト。もちろんアルトーの『演劇とペスト』も想起させるが、そのペスト地区で起こった黒死病《ペスト》としての民衆蜂起は、現実にはスエズ危機と時期的にぶつかったこともあって〃不完全燃焼〃に終わった――「最悪の時に悪い風邪をひいたものだ」。ただし『ハムレットマシーン』のテクスト全体と同様に、第四景に置かれた史実もそれと見分けがつかないほどに圧縮されている、すべてはメタファーでしかない。「ドクトル・ジバゴが泣いている／彼の狼たちを悼んで」――ロシア革命から、五三年の東ベルリンの労働者蜂起も、六八年のプラハの春も、あるいは七七年のビアマン事件も想起させつつ、総体としてヒューマニズムとテロルのあいだの社会主義の歴史のもつれ合った像になっているとはいえるだろう。現在化された「ハムレットである私」が立たされるこの位置は、東ドイツでミュラーが置かれていた位置とも重なっている。

だからそこで「ハムレット」はまた衣装と扮装を脱いで、固有名詞のない「ハムレットの演技者」となるのだ。「僕はハムレットではない。もう役は演じない」。だが、そもそも現在化されうる「ハムレット状況」とは何なのだろうか。〃役〃からおりてハムレットの演技者〃本人〃に戻るとして、〃本人〃とは何者なのだ。またぞろ最初の不特定な「私」への還元か。歴史と文学の主役の担い手だった〈不可分な個人 Individuum〉という主体幻想にはもはや戻れないとすれば、〃本人〃の

「私」は自分の置かれた布置を、今度は『ハムレット』を借りることなく自分の言葉で分節化しなくてはならない。舞台装置は〝本人〟にかかわりなく作られてもいく。裏方たちが彼の指定する物（「舞台装置は記念碑」）とは別の、テレビ、冷蔵庫などの物質的豊かさを象徴する日常の小道具を、気づかれないように置いていくように。あるいは実際にはいまやそういう裕福さへの無意識の欲望が、歴史のエージェントなのか。

ここの「本人」の分節化は独白ではあっても、言葉と意識と深層意識と現実はすでに等号で結ばれえず、ことは「オフィーリア」の場合ほど単純ではない。言葉は語る主体を構成せず、その分裂と歪み、ずれによって、語り手を斜めに横切っていくだけだ。語れば語るほど〈主体〉は状況を構成する要因のなかに拡散し、遍在していく。モノローグ的な想念の事態の記述のなかで、いつしか「暴動」のなかにまぎれこむものの（「僕のドラマがまだ起こりうるとしたら、その暴動のときだろう」）、だがその記述のなかで、敵と味方、加害者と被害者、民衆と権力、それらの境い目のなかでの自分の位置すら、判然としない。「僕のドラマがまだ起こりうるとすれば、僕の居場所は前線の両側、両陣営のあいだ、その上だ」。共和国として歴史をになう主体とされた民衆とは、いったい誰なのか。権力とは何だ、暴動とは何をもたらすものなのか。「私」は、そのすべての側に立って、起こっている事態を見きわめるべく、静観的に、タイプライター（書くマシーン）あるいはデータバンクとしてとらえようとする。しかし結局、「僕のドラマは起こらなかった」のだ。「台本は失われてしまった、……客席の死体は剥製にされ、拍手ひとつしない」。「僕は家に帰って、自分の時間をたたき殺す。分裂していない自我と一体になって」――しかし襲ってくるのは日常のあらゆるものへの吐き気、「死んだ腹から出てくる哄笑」。その記述のなかでも、意識はもはや自己を状況の主体／主人公／登場人物としては認識しえない。

「僕のドラマ」＝歴史も現実もまたひとつのマシーン的な性格を帯び、主体はそのなかでたんなる部分・部品として配置され、操縦され、取り替えられるだけだ。「オフィーリア」のように「ハムレット役」からおりて〝文学〟から自己を解放しようとした瞬間に、この「本人」はメランコリカーとしての「ハムレット」という役の呪縛のなかに再びとりこまれてしまう。「一人の殺人者と引き換えなら、王国のひとつもくれてやろうに」。いつしか作者ミュラーにもスライドするが、「僕のドラマ」の作者になんぞなれはしないから、作者の写真も破り棄てられる。「ハムレット」布置からの離脱の試みと「僕のドラマ」への離脱の試みは、ふたつながら挫折するのだ。「自分の内臓へと退却だ」、だが、「私の思想は自分の脳髄のなかの傷痕」。そして残るのは自己消滅と自己回帰の願望だけ、手も足も、傷みも思想ももたない、「私はマシーンになりたい」。帰っていくトポスはしかし、他にはない。だからまたぞろ「ハムレット」の衣装と扮装を身につけて、「ハムレットマシーン」のなかに入っていく。第四景の最後は、「甲冑（Panzer／戦車）のなかに入り込んで、斧でマルクス、レーニン、毛沢東の頭を叩き割る。雪。氷河時代」というト書きで終わる。これもいかようにも解釈は可能だろうが、「ハムレットマシーン」は動きつづけるのだ、スターリンやドイツ銀行にも暗喩されるようなその〈システムマシーン〉の部品「ハムレット」として。はたしてそれが自分のなりたかったマシーンなのか自問する主体さえ、もはやそこにはない、そこは空洞なのだから、おそらくは「ハムレットX」と書かれた柩なのだから。

だがシェイクスピアの原作は復讐の結果の死体の山で終わるが、『ハムレットマシーン』ではその「私はマシーンになりたい」という願望が、第五景でまた女オフィーリアによってふたたび変換されて引き受けられる。ただし場面は〈歴史〉から時間のない、魚や残骸、死体の断片がながれていく深海の空間に移り、オフィーリアはそこで車椅子に座って時間や運動も否定され、拒否の思想だけを語りに分節化し、それを「エレクトラ」という発信記号で世界に伝達しようとするのだ、「こちらはエレクトラ。暗闇の心臓部。拷問の太陽のもと。世界のすべての首都に向けて、犠牲者の名において伝えます。……私の産んだこの世界を、股のあいだに窒息させ、自分の恥部に埋葬する。黙従の幸福を打倒せよ。憎しみ万歳、軽蔑、暴動、死よ、万歳。彼女が屠殺者の短剣をもってお前たちの寝室に立ち寄るとき、お前たちは真実を知ることだろう」。そのオフィーリアに男たちは包帯を巻きつけて、彼女をミイラに変えようとしている。身動きできないオフィーリアのミイラ化が先か、発信がどこかに届くのが先か。受取人のない発信を送りつづけながら、オフィーリア／エレクトラはそのうち窒息させられ、ミイラになっていくことだろう。そこには解放のポジティブなユートピア・イメージは、やはりない。

この第五景のタイトルはしかもそこにハムレットの存在を暗示するかのような、ヘルダーリンの詩句をかりた「恐ろしく武装して／激しく待ち焦がれながら／幾千年紀」、ここでオフィーリアが語っているのは、やはり第二景と同様、ハムレットが第四景で分節化しようとしてできなかったものの裏返しの代弁なのだろう。深層でオフィーリアはそれを解き放とうと、呪縛されつつも復讐の天使の叫びとして分節化しようとする。あのハムレットの臨終の言葉「あとは沈黙」、そんなものも予感させながら。それはやはりもうひとつの「ハムレットマシーン」なのだ。自分は壊死させられつつ、行為する身体や現実をもたない、エネルギーの流れを表層の男たちに輸送するためだけの装置。表層の現実では「ハムレット」は自分の吐き気に沈み込んで自分の「主体」を構築できなかった。だから深層の「オフィーリア」を必要としたのだろうが。

逆からみれば女「オフィーリア」とて、男「ハムレット」のたんなる補完物であることをやめて遅ればせながら歴史や現実の表層に浮かび上がるには、「ハムレット」の布置が必要だった。〈普遍的人間主体〉という男の衣裳を借りるしかなかった。これは男の扮装、自分の身体や言葉ではないなと思いながら、女たちにもこの「ハムレット」布置以外の出口はみいだせなかったのではないか。表層では「ハムレット」布置のなかに「オフィーリア」がいて、深層では「オフィーリア」布置のなかに「ハムレット」がいる。どこまでが「男」で、どこからが「女」なのか。しかしそれが〈人間〉を構成している網の目なのだ。その網の目が、横溢するさまざまな記号。希求されているのはその空白を埋める実質ある〈主体〉——。しかしともあれ、「ハムレットマシーン」と「オフィーリアマシーン」、このふたつのマシーンは連動していたのだ。これらの〈マシーン〉には、あのドゥルーズ／ガタリの『アンチ・オイディプス』の〈欲望機械《マシーン》〉がどうしても連想されてしまうだろう。

そして最後にスイッチが切られる。機械音が消え、残るのは深海で白い綿紗の包帯に縛られたままのオフィーリア・ミイラの残像か。つまりは冒頭の「ぶつぶつぶつ」から最後にスイッチが切られる沈黙までは、このマシーンは古典悲劇の五幕構造に則って、五景にわたってヨーロッパの廃墟から深海まで作動したはずなのに、実際には無時間、なんの〈劇的〉行動も起こりはしなかった。もとのままの布置。ヨーロッパの廃墟を背にした岸辺で「ハムレットだった私」が冒頭でおしゃべりしていた波頭は、じつはオフィーリアが呪縛されているこの深海から打ち寄せていたのだ。五つの景の「時」と「場」は、『ハムレット』と『ハムレットマシーン』のあいだの四百年を、ヨーロッパの近代を、その表層と深層を行き来したかに見えて、また最後に冒頭の岸辺の独白に戻る、

「私はハムレットだった、（……）ぶつぶつぶつ」。すべては脳髄のなかでのできごと、「私」のモノローグ、「私という意識」のなかでの像にすぎなかった。しかもそこで作動していたのは「私という主体」でなく、「私」を構成する、しかし「私」不在のマシーンだけだった。いぜんとして残りつづける問いは、「私」とは誰——。

5　異化する鏡——「見るとはもろもろの像を殺すこと」

視角を変えてみよう。

『ハムレットマシーン』の第四景と第五景は、『ハムレット』におけるハムレットとオフィーリアの二つのパラダイムをともに転倒して現在化させることによって、この現在という所与の歴史的時間においては何が生じうるのか、という問いかけであったとも言える。しかしそこで起こった暴動＝反抗は鎮圧され、「私」も民衆と権力の両側に分裂し、「私のドラマは起こらなかった」。それゆえ、「私」は表層では「肥った猟犬」としてまた「ハムレット」布置のなかに戻り、深層では「オフィーリア」布置に逃げ込みながらミイラ化されていく、ともに転倒的に現在化してしまったその布置のなかに囚われたままに。そののちに生まれるはずの未知の新しい何か、つまり歴史プロセスの担い手であるとされてきた旧来の主体の位置を打ち破る新しい可能性は、テクスト内の状況と人物像においては否定されたのだ。

だがそれとは裏腹に、テクスト自体は、第四景で作者ミュラーの写真も破り捨てられるように、描写される地平から描写する地平に移行していき、テクストの外部で「ハムレット」が「ハムレットの演技者」を越えて「ハムレットの作者」にまで変わることを、出口として要請しているのではないだろうか。ハムレット主体が歴史プロセスのなかでは呪縛されたままならば、その非中心化・脱構築が、テクスト実践のなかでは〈テクストの運動からの作家の消滅＝読み手の作者への生成〉として、先取りされてもいるのだ。テクストを抜け出ること。テクストは意味保証の権威としては登場してはいない。記号の多声性をひとつの意味や像に固定せず、グライナーの言を借りれば「個体化可能な語る主体への最終的リファレンスを拒否」[8]しつつ、シニフィアンとシニフィエの区別のなかで、旧来の「作者」と「読者」の関係性も打破され、両者をともに脱中心化・脱構築する運動が作動する。「残るのは歴史（＝物語＝出来事）を待つ孤独なテクスト」。テクストから再び歴史（＝物語＝出来事）をつくりうる「空白の主体」を埋める運動は、さしあたってはテクストの外部で作動するしかない。だから冒頭の「私はハムレットだった」の語り手は特定されていなかったのだ。それがそもそもの「鼠」なのだろうから――。

ミュラーはこういう言い方もしている、「私は書くときにはいつも人々がまず何を受け取ればいいのかわからなくなるほどたくさんのものを詰め込みたいという欲求しかもっていない。思うにそれが唯一の可能性でもあるのだ。（……）いまは人々が選択強制を迫られざるをえないほどたくさんの点を同時にもちこむこと。もしかしたらもう何も選べないのかもしれない、それでもまず何を自分に引き受けるかを早急に決めなくてはならない。（……）それはかろうじて洪水によってのみ起こるだろう」（『錯誤集1』）。「僕のドラマ」をつくりえなかった『ハムレットマシーン』は、受け手においてこそ「ドラマをつくる」ための関心・欲求を作動させようとする。それはおそらく、現在化

＝化石化のなかで身体を壊死させせられ骨格にまでおとしめられたものに、再び血と肉を取り戻そうとする運動と連動しているのだ。『画の描写』にも『メデイアマテリアル』にもくりかえしこの復活のイメージは立ち現われてくる。そのとき「誰がよりよい歯をもっているのか／血か石か」――。

だからそこにおいて、テクスト外部の運動が作動しうる場としての上演実践の位相こそが問題となってくるのだろう。「もし我々が演劇をもつとしたら、それは復活の演劇となるだろう（それはもちろん日々の死を前提としている）、我々の仕事は死者の霊を呼び出すこと、亡霊のアンサンブルを微集すること、（……）舞台装置は死のかなたの風景のガイドブックだ、そこでは復活の癌の因果性は休暇中。速度の境界線もない、静止が爆発で、爆発が静止。台風の目は、瞼をもたない[9]」と語るミュラーの言葉は、アルトーの次のような言葉も連想させる、「演劇についての、我々の化石化した観念は、亡霊のいない文化という化石化した観念と結びついている。そこでは、どちらを振り向いても我々の精神は、もはや虚無としかめぐり合わない。だが、空間は満ち満ちているのだ。それにひきかえ、真の演劇は、それが動き、生きている道具を使うゆえに、亡霊を揺さぶりつづける。そこではつねに生が秤にかけられている[10]」。そのアルトーをミュラーはさらにこう言い換えている、「アルトー、苦悩の言葉。傑作は権力の共犯者だという体験から書かれる。神の死とともに始まった啓蒙の終焉の思考、啓蒙は神が埋葬された柩、死体とともに朽ちていく。生はこの柩の中に閉じ込められている」（『資料集』）。演劇がたんに作品として完結するのでなく、生と現実のなかに出来事として立つこと、それは〈人間一般〉から「ハムレット」布置と「オフィーリア」布置へと還元された「私」が、未知の新しい相貌で立ち現われることへの要請と同義なのだろう。ミュラーの言うように、「作家の消滅は、人間の消滅への抵抗なのです」。

このことをさらに角度を変えて、ジェンダーの視点からもとらえ直しておこう。

シェイクスピアの『ハムレット』におけるオフィーリアは、男の世界の犠牲者あるいは陰の代償物としては、たとえばゲーテの『ファウスト』のグレートヒェン、ドストエフスキーの『罪と罰』のソーニャなどと相似形だろう。そういう男の世界の論理への呪縛を解き放つポジティブ・イメージとしての「女性像」が、男たちの書いた文学のなかにもたしかにあった。たとえばノラ、ボヴァリー夫人……。イプセンは言った、「私は『人形の家』を婦権の主張のために書いたのではありません。……これを広く人間の問題であると見ました。私の意図は人間の描写でした」。フロベールも言った、「ボヴァリー夫人は私だ」。それはこうも言い換えられないだろうか。女性を〈人間〉の範疇に算入し直し、それによって近代市民社会の変質のなかで形骸化しつつあった〈人間主体〉＝個人なるものの生命力の回復をはかろうとする試みが、「女性像」に仮託されたのだ、と。

そして女性を〈人間一般〉に算入させるだけでなく、これまでとは未知の姿で女性が立ち現われてくるイメージが、二〇世紀になると顕著になってくる。シュールレアリスムや表現主義の詩には、復活するオフィーリアのイメージも頻出する。その先駆者とも言えるランボーはこう言った、「いつか女性の無限の奴隷状態が打破され、女性が自らのために自らの手で生きるときがくれば、いままでは卑怯であった男性が女性の実態の純粋な照り返しを女性に与えるようになったら、そうしたら女性もまた詩人の列に加わるでしょう。女性は未知のものを発見するでしょう。女性は異質のもの、測りがたいもの、いとわしいもの、甘美なものを発見するでしょうし、我々はそれを受けとめ、それを理解するでしょう」[11]。

ベンヤミンも、一九二七年にこう書いている、「啓蒙化された博愛主義者たちが（たとえばロシアやヨーロッパのために）期待していたのとは違うかたちで、次第に女性解放の真の貌が刻印されてきている。もし現実に命令や支配という暴力が女性のものになったら、この暴力も、世界の年齢も、女性的なるものそれ自体も、変わってくるだろう。あいまいな人間的なるものに変わるのではなく、新しい謎にみちた貌が生まれてくるだろう。お望みならそれは政治的な貌だ。あるいは、それに比べれば閨房の秘めごとを消費したこれまでのすべての戯作文学を一挙に相似形にしてしまうような、スフィンクスの貌。そういう貌が、この本のなかには入りこんでいる」[12]。

じつを言うとこのベンヤミンの文章は、一九二五年に出版されて反響を呼んだ革命建設期のソ連を描いたグラトコフの小説『セメント』について書かれたものであった。そしてこのグラトコフの小説にもとづくミュラーの一九七三年初演の戯曲『セメント』は、このベンヤミンの文章を改作の中心とし、戯曲作法上においても、「女性像」においても、ミュラーの劇作の転機になったのだった。

社会主義建設の場における矛盾を批判的に浮かび上がらせる、それゆえに上演禁止や作家同盟からの除名の原因にもなった、それゆえにこそ社会主義にたいしては建設的でもあったミュラーの初期のいわゆる〈生産劇〉は、『農民たち』、『建設』、『セメント』などリアルな歴史的コンテクストに置かれた作品において、六〇年代から次第に女性の役割を、解放の社会的歴史的な問題として浮かび上がらせるようになってくる。

『セメント』における女性の主人公ダーシャは、その最後のリアルな女性像であると同時に、神話的な次元を獲得したミュラーの最初の女性像でもある。ダーシャは革命建設の数年間の死の苦しみのなかで旧来の〝女性性〟を脱ぎ捨てて〝男性性〟の次元をも獲得し、さらにそれを乗り越えていく。過去の呪縛からぬけだしたこの新しい女の貌は、しかし男の従来のまなざしには謎であり、男は自分の秩序のなかで女が自分のためにもつ機能しか認識しようとしない、恋人の輝き、母の母斑、妻の役割……。だが秩序同士が転倒する薄暗がりのなかから、アルカイックな女の貌が立ち現われてくる、殺す女メデイアの貌、自己破壊のアスペクトと結びついた死の天使としての女の構想。近代が埋め覆った古層を裂き示しつつ、補完物としての内部他者をも破壊しようとするその能力のなかに含まれる力のポテンシャル。それを『セメント』は現実的な場面に、「プロメテウスの解放」、「メデイア・コメンタール」、といった神話的世界を重ね合わせにしつつ、多層的なかたちで浮かび上がらせようとする。人物像は登場しながらその境界線が溶解していくという意味でも、慣習的な台詞の劇という構造は、すでに『セメント』においても終点に近づいていよう。そして『ハムレットマシーン』において象徴的に、そういった人物像がラディカルに変質あるいは解体したのだった。

そもそもミュラーの劇作の人物像は最初からアレゴリー的に現在化された葛藤を担うという意味で区別され、人物の心理学への関心は少なかったが、次第に女性像に自らのディスクールがひらかれてきて、男の世界と言葉から女性が自らを切り離しつつ、他者としての像を際立たせるようになっていく。〈人間〉の内部他者としての〈女性〉の発見からセクシュアリティの再発見へ。それが〈人間〉＝男という実体相をも浮かび上がらせ、〈男性像〉を疑問符に入れ、同時に〈普遍的な人間主体〉なるものの範疇の内部解体をももたらすのだ。『ハムレットマシーン』では、男性像は男

「ハムレット」の布置に、女性像は女「オフィーリア」の布置に還元され、その双方が「私」の意識の布置のなかに相対しつつ拡散していく。オフィーリア／エレクトラは『セメント』のダーシャの線上に逆向きに立って、ダーシャの希望の印を自ら抹消し、ひいては女性像が男「ハムレット」の抑圧された願望像の投影であることを露呈させるとともに、これまでの歴史への拒絶の力をも先取りする。さしあたっては孕み、産み、死ぬ、という女の抑圧の三角形からの絶望的な旅立ち。それは男と社会による女の抑圧の裏面なのだから、とりあえず償還要求されるのは、歴史の静止、雪と氷河期のあとに来る洪水、深海、沈黙のシンボル、そして女の神話的要素なのだろう。かくして〈神話〉はミュラーにとって、化石化した記号を新しい記号体系と意味のコンテクストで豊かにするための根本形式となる、「神話は集合体、新しい別のマシーンがいつでも持続できるマシーン。それは速度の超過が文化的フィールドを破砕するまでエネルギーを輸送しつづける」（『錯誤集2』）。『ハムレットマシーン』ののちに書かれた『カルテット』と『メデイアマテリアル』は、『ハムレットマシーン』で現われたこの「男性像」と「女性像」の問題を、さらに二つの相で展開している、と言えるだろう。

『カルテット』はいわばそのコメディ版。ラクロの『危険な関係』を地に借りながら、ひとりの女（メルトイユ）とひとりの男（ヴァルモン）が、自分自身と相手の性の役割をも引き受け交代させつつ、いうなれば二つの楽器で四つの声を奏でる、これはおしゃべりのレトリックの絶品、男であることと女であることの在と不在をめぐるもつれあいごっこ、致命的な結末をもつ誘惑のセクシュアル・ゲームだ。二人の台詞だけで成り立っていて一見会話劇のみせかけをもちながら、対話はモナド的な構成をもついくつものモノローグの通り抜けで、いくつものポジションを分節化し、いくつもの現実相が溶解しあう。心理的に同一化されうる人物像はもはやそこにはなく、男と女はもはや敵対関係ですらない、主体であることの重荷から解放されて誘惑ごっこに身を委ねる快楽のマシーンとなる。

たいして『メデイアマテリアル――落魄の岸辺　メデイア素材　アルゴー船員たちのいる風景』は三部構成をとりつつ、アルゴー船の伝説やメデイアの神話も現代の荒廃もすべて溶解した風景のなかに、あの野蛮国小アジアからギリシア文明世界コリントにつれてこられてイアソンに捨てられ、その復讐にイアソンの新しい花嫁とわが息子たちを殺してしまおうとする、その直前のメデイアが立ち現われ、すべてを回収する。最後に、〈私〉がアルゴー船員として遍在しつつ消失してしまった人類破滅直前のような風景だけが残る、という構図になっている。その「私」が「私」を問いつづける、「私について語るとして　私とは誰（……）私　男の残骸　私　女の残骸　きまり文句を重ねたもの　私　私にたまたま与えられた名前をもつ夢地獄　私　そのたまたまもっていた名前への不安」。

こののちに書かれた五部連作『ヴォロコラムスク幹線路』は、もはやすべてのト書きも人物像もない、「私」が「他者」や「物」と一体化して遍在する、女性とおぼしきものなど影すらもない、歴史（と文学）の想起と連想の〈詠唱《コロス》〉だ。

そう、『ハムレットマシーン』にあるのは「女性像」ではなく、「女性像」というものに結びついた、「女なるもの」を構成する近代の言説《ディスクール》の網の目なのだ。そのディスクールは女「オフィーリア」が自ら分節化したものであるかのようにみえて、自然、力、持続、未来、愛憎、反抗といった女についての男のファンタジーのさまざまなファセットの再現前＝〈表象の破砕〉でもあった。つまりは女の謎に満ちた新しい貌は、化石化した世界の表層にはいまだ現われてはこない。神話の古層のエレクトラやメデイアの貌を断層のようにかいまみせながら、それらが癌細胞のように世界という体内に潜行しているようにみえながら、像は結ばない。それは「女性」にだっていまだしかとは見えてはいないのだし、それにそれは「男性像」が像を結ばないこととも連動しているのだろうから。まずは、「見るとはもろもろの像を殺すこと」なのだから。

女たちの眼は
冷たくなっていく
明日との訣別
Status Quo（立ち尽くす今日）

——一九七七年、詩『あるのは身体たちだけ』より

第二章　ミュラー・マシーン／ミュラー・マテリアル

1990年、ベルリンの壁にカラー・ペイントでグラフィティを描くハイナー・ミュラー

私のテクストは電話帳。だから、そのように演じられるべきなのです。そうすれば誰もが理解できる。そうすることによって、テクストは他者の資料でなされる経験になるからです。経験するとは、すぐには理解できなかったことを後になって考え始める、ということでしょう。

それゆえこれまで私のテクストはすべて、間違って演出されてきた。いつもひどく啓蒙的な姿勢で上演されてきた、あまりにまじめに受け取られすぎてきたからです。

——一九八二年、『錯誤集1』より

1 HMPの起動——HMの謎

ここで少しだけ閑話休題して、話を日本にスライドさせる。

一九九〇年初頭のこと、演劇評論家の西堂行人氏にとつぜん電話で誘われた、「HMPというのをいっしょにやりませんか」。ハイナー・ミュラーの『ハムレットマシーン』を手がかりに、現在の演劇が抱えている問題を創造現場との接点においてともに考えていこうというプロジェクトだという。中心メンバーは劇作家の岸田理生、演出家の鈴木絢士、アメリカ演劇研究者の内野儀の三氏を加えた五人。ハムレットマシーン・プロジェクト——略してHMP。そのころ日本ではまだミュラーについては公けにはほとんど紹介されておらず、西堂さんも八五年の「ユリイカ」誌に掲載された『ハムレットマシーン』の岩淵達治訳に触発されながら、「いやあ、情報は少ないほど想像力がかきたてられるんですよ」と磊落に笑う。かくして、「『ハムレットマシーン』を通して私たちがもっとも希求している演劇的な核に出会えるかもしれないというきわめて危うい予感と憶測」（起草文）のもと、ＨＭＰが起動した。

幾多のシンポジウムや集いを重ねながら、そのつどいろいろな人たちと切り結びつつ、「ハムレットマシーンは可能か」と題する雑誌も刊行。その第一号は九〇年十二月にスタジオ２００で開催されたシンポジウムにさいして刊行されたが、そこにとりあえず寄稿したのが「ＨＭの謎」という文章である。第一章と重なるところもあるが、ＨＭＰ起動の初発の思いと呼びかけのドキュメントとして、ここに再録しておきたい。

〈ＨＭの謎〉

「こちらはＨＭ、暗号を解読せよ」──そんな通信が送られつづけているような気がする、たとえばパソコン通信で、「全世界の首都に向けて」。こちらは慣れない機械《マシーン》を前に右往左往。いったいこれは何なのだ、どう読めばいいのか。解かなきゃ先に作動してくれないし、かけられた謎なら解くしかない。しかも謎はたくみに錯綜している。まずはもつれた謎の特定からかかろうか。

謎その１、ＨＭ＝Ｈ・Ｍ

発信記号はＨＭ。Ｈ・Ｍとすればハイナー・ミュラーと読める。いまは亡き東ドイツの〝亡霊〟を背負ってドイツ再統一を「東独の経済的屈服、西独による植民地化」と断じつつ、九三年にはバイロイトで『トリスタンとイゾルデ』を演出することも決まっているらしい男。いまだ前史にある人類はこの氷河期を経て抑圧と搾取のない社会主義の理想に向かうのだという西側ではもはや流らないメッセージを、人間存在の根源に向けて、シェイクスピアやブレヒトやアルトー、ベケットの衣裳を借りた言説《ディスクール》と果敢な演劇実験で送りつづけ、当の東ドイツでは窓際族になり、七〇年代からはもっぱら西側で受容され、八〇年代も後半になって東ドイツでも受け入れられはじめた男。東ベルリンでさまざまな劇場の文芸部員として出発し、ブレヒトの後継者と目される劇作家となり、八〇年代からは自作の演出も手がけ、いまや世界の演劇シーンで数少ない遅れてきたアヴァンギャルディストとしてなぜか台風の目になっているらしい男。辺境は中心のパラダイム変換を促すことができるのか。ともあれHMは、まずはそんな男の送る発信なのだろう。

謎その2、HM一九七七＝H／M一九九〇

さて発信時期だが、初出は一九七七年、西ドイツの「テアーター・ホイテ」誌で、わずか三頁弱。翌年に西ドイツのロートブーフ社から刊行。東ドイツでは九〇年まで出版も上演もされなかった。七八年西ドイツのケルンでの上演計画が挫折してなぜ挫折したかが一冊の本になった。七九年にブリュッセルとパリで初演されたあと、八六年のウィルソン演出の五時間という伝説的な上演を頂点に世界各地での上演がつづき、九〇年春には東ベルリン・ドイツ座でミュラー自身の演出による、シェイクスピアのH（『ハムレット』）とHMを合体させたこれまた八時間というH／M（『ハムレット／マシーン』）が初演されて評判となり、これはフランクフルトの〈エクスペリメンタ6〉でもウィーン・ブルク劇場でも客演された。

ともあれ、HMの発信時期は一九七七年。そしてこちらの受信時期は一九九〇年。受容史を度外視しても、この落差は大きい。七七年に、いや一年前に、誰がこの〝ドイツ統一〟を予想しえただろうか。東ドイツはスターリンの死の直後の五三年六月十七日に東ベルリンで労働者の蜂起が起こったが、それがソ連軍に鎮圧されて以来なんの〈暴動〉も起こらず、ハンガリー民衆蜂起もプラハ

世界の『ハムレットマシーン』の舞台
上・ウィーンで1984年に上演されたヨーゼフ・サイラー演出
中・1979年にパリ郊外で上演されたジャン・ジュルドゥイユ演出、ジェラール・フィリップ劇場（パリ郊外サン・ドニ）
下・1985年にハンブルクのタリア劇場で上演されたロバート・ウィルソン演出

の春も何するものぞと、東側ブロックの優等生として〝鉄の結束〟を誇ってきた。その裏の抑圧、異端分子の排除。その象徴が、七六年のシンガーソングライター、ヴォルフ・ビアマンの市民権剥奪事件だっただろう。クリスタ・ヴォルフやシュテファン・ハイム等との十二人の作家の抗議声明も無視され、これを境に東ドイツの作家の西への亡命もあいついだ。ミュラーとて、六〇年代に東ドイツ建設期の矛盾を扱った戯曲が上演禁止にあって、ブレヒトやシェイクスピア、ギリシア古典素材の改作に向かい、七〇年代になってからの規制緩和（作家の特権ヴィザ）で西側での活動を許されるようになったものの、いやそれだからこそ、ビアマン事件の傷は大きかったのではなかっただろうか。「僕のドラマが起こるとしたら、暴動のとき」、「僕の席は両陣営、そのあいだ、その上」、僕は被害者で加害者。しかし、この「僕のドラマ」＝〈暴動〉は、八九／九〇年の東ドイツの民主化へのデモとそのうねりをも予見していたかのようだ。結末だけは見通せていなかったのか。人民国家を詐称してきた者への「我々こそが人民だ」の叫びは、あっという間に「我々はひとつの民族だ」のスローガンに代わり、そして十月三日、ドイツ再統一＝Germoneyの成立。九〇年春のH／M上演にさいしては、先王の亡霊は西ドイツ最大手のドイツ銀行だとミュラーは語ったが、いまや亡霊はスターリンではなく、経済システムなのだろうか。

九〇年のミュラーの苦衷は、七七年のミュラーの苦衷とどう重なり、どうずれるのか。七七年のテクストを九〇年十月三日以降に読む私たちは、どうなのだろう。この間にたしかに二〇世紀のヨーロッパひいては世界の歴史は大きく相貌を変えた。HMはそのシグナルだったのだろうか。

謎その3、HM＝H

ともあれ、いま私たちの手に託されているのは七七年のテクストだ。しかしHMは『ハムレットマシーン』、もちろんＨ（『ハムレット』）の亡霊が背後に大きくとりついている。「私はハムレットだった」。ＨとＨＭのあいだには、つまり四百年近いしかも膨大な受容史が、ゲーテもドストエフスキーもパステルナークも、ＲＳＣもワイダもリュビーモフも横たわっている。九〇年六月のブルク劇場のウィーン芸術祭は、ワイダとリュビーモフのＨと、ミュラーのＨ／Ｍを並べた『ハムレット』特集だった。いまやＨは演劇の代名詞、（復讐を）内省する近代人の代名詞？　九〇年の日本でも、片岡孝夫のＨから『流山児ハムレット』、上杉祥三プロデュース『ＢＲＯＫＥＮ（暴君）ハムレット』、横内謙介の善人会議『フォーティンブラス』まで、二十本を超すといわれるＨ関連劇が軒を並べた。まさにＨシンドローム。それにしても、いまなぜここまでＨなのだろう。ヨーロッパのそれと日本のそれは、軌を一にしているのか、いないのだろうか。

ＨＭはＨのみならず、そんなこんなのＨの背後霊も、しっかり引き受ける、Ｈの記憶の収蔵庫だ。〈本歌取り〉などというレヴェルではない。どこまでが引用、言及なのかさえ定かでないのだから。「私はハムレットだった」――冒頭のっけから、Ｈの亡霊を我々の（記憶の）前に引きずり出し、そして壊す、ぶつぶつぶつ。僕は善良なハムレット、リチャード三世＝王子殺しの王、共産主義の春の第二の道化。僕はマクベスだった、ラスコーリニコフだった。僕はハムレット役者。そんな多重の透かし絵の奥から、しかしどこかで、もうひとりの深層のＨが、私たちの奥深くに潜んでいるはずのＨが、いやおうなく映し出されてはこないだろうか。ＨＭのＨは、Ｈを解読するＨ・Ｍの私的な刻印をまぎれもなく刻んでいるが、「残るものはなにか、物語（ゲシヒテ＝出来事＝歴史）を待つ孤独なテクスト」（七七年）と語った劇作家Ｈ・ＭのＨを離れて、私たちのＨのネガ・ネガ（陰画の陰画）ともなる。送り手の言及と自己言及が、受け手の言及と自己言及をそれと明示することなく要求している。メタ・シアターのレヴェルをも、はるかに超えているだろう。
謎その4、H＝HD＝N・N・＝H・M＝H＝HM
そのHとは誰なのか。「私はハムレットだった」、背後に廃墟のヨーロッパ。第一景ですでに、父王Hの国葬の想起には東ドイツの現実を暗示する言葉がちりばめられ、五三年のスターリンの国葬と二重写しになる。だから第四景でHの居場所は「ブダのペスト」にスライドする。雪解け（スターリン批判）の後の五六年のハンガリー暴動の想起。亡霊に父（先王H／スターリン／ドイツ銀行？）の復讐を指令されたはずのHは、あっさり役から降りて、Hの演技者（Hamlet Darsteller＝HD）に〝戻る〟。だが、その暴動のなかにも居場所はない。英雄の役なんか僕には役者不足だよ、そもそも現代人には英雄なんて不可能さ、「英雄を必要とする国が不幸なのだ」とブレヒトの〈ガリレオ〉も言ったではないか、ということか。
「僕のドラマが起こるとしたら、暴動のときだろう」、しかし、「僕のドラマは起こらなかった」。うちひしがれるような無力感。テレビ、虚偽、嫌悪、消費で隠された品位のない貧困、ハイル・コカコーラの日常。ここでHDは役者から無名の人間存在（N・N＝nomen nescio＝某氏）に、エブリマンあるいはヨーゼフ・Kにスライドしている。もはや確信犯など、復讐者も抵抗者もいない世界。審判の根拠も測量すべき城もつかまえさせてはくれない世界。被害者と加害者の境い目すら判然としない世界。「僕は空港の孤独のなかでほっと息をつく特権階級の男」。いつしかHDは、東側の〝人民〟には禁じられていた東西国境の自由往来を許された劇作家H・Mにスライドしている。そんな作家の役割なんぞ何なのだ、写真を破っちゃえ。作者殺し。ロール・プレイングという名のアイデンティティを失ってしまったHDは、しかしまた出てきた胎内＝Hに〝帰る〟しかない。

「僕はマシーンになりたい」、ＨはＨＭ、ハムレットマシーン。戦闘マシーンか、表層の歴史の自動装置か。あるいは「分裂しない自我とひとつになる」ための〈自分帰り〉なのか。そもそも人間存在が外界の、時代のディスクールなのだ。ＨＭは、マルクス、レーニン、毛沢東の頭を割るが、それが亡霊に託された復讐だったのか。カフカの『流刑地にて』の自壊作用をもつ自動機械のような歴史システムの進行に手を貸す、ということなのか。それともこれはイデオロギーの呪縛に反抗するポジティブ・イメージでもあるのか。すべては謎かけのままで、だが、やってくるのは氷河期。

それにしても、このアイデンティティの移行は何を意味するのだろう。そもそも人間とは、人間主体（人間性＝ヒューマニティ）とは何なのか。人間の解放と連帯性の回復を掲げたはずのマルクス主義は、一方では歴史の必然を説く〈歴史主義〉と、他方では個人と社会の二項対立を間主観性の概念で同一地平に止揚しようとする〈弁証法〉とに支えられていた。そのじつイデオロギーとしては自己の無謬性を盾にいっさいの他者の批判を封じ、「人間の顔をした社会主義」の要求をすら戦車で踏みにじり、個人＝人間の問題を不問にふしてきた。ミュラーはその矛盾の根源に、むしろ（ポスト）構造主義の側からメスを入れようとしているようにみえる。現代言語学は人間の精神を言語の構造物ととらえ、人間の本質を言語的還元の対象とした。その方法を積極的にとりこんだ構造主義は、ア・プリオリな東側の歴史主義と西側のヒューマニズムをともに問題とし、人間主体の解明を試みてきた。その結果、歴史は仮借ない通時的な対立項へと還元され、神格化を剥奪され、人間主体も構成要素に還元され、解体、脱中心化される。固有な主体の不在、言説の虚偽性、ゼロ地点への引き戻し。それをミュラーはイデオロギー批判の武器としつつ、よろずの化石化作用のなかで、欠落した中心を満たそうとする不在の夢の主体をよびおこす梃子にしようとしているのではないか。認識のパラダイム・チェンジへの要請？　一見、難解で多義的な、破壊的とさえいえる〈ミュラー語〉は、受け手に意識的に裂け目をつくりだす。受け手は自前で像を紡ぐしかない、〈主体の言語化〉のために。Hは、不在の「私」なのだ。

謎その5、O＝E

とすれば、O（オフィーリア）はどうなるのか。OはHに、形のうえでも（全五景のうち半分はOの景だ）、言葉のうえでも、主体の在りかたにおいても、対峙するかにみえる。「私はオフィーリア」。Hが次々にアイデンティティを変換させていくのにたいし、OはOのままですべてを包含する。自殺した女たち——文学形象ならエミリア・ガロッティ、マリア・マグダレーナ、ヘッダ・ガブラー等々、現実には∞。同じ作家であったH・Mの妻インゲも自殺した。そんな無数の女たちを背後に想起させながら、OはOとして宣言する、「きのう私は自殺するのをやめました」、私を囚われ人にする道具を、私の牢獄を、いままで身にまとわされてきた衣裳（女のロール・プレイング＝娼婦と聖母）を、私が愛し、私を使用した男たちの写真を破棄して、街頭《まち》にでていきます、と。Oの言葉は、自閉的なモノローグでも、みせかけのダイアローグでもない。復活した死者たちの復讐宣言なのか。昨日のイディオムのHへのからかいなのか。天使ホレーショは、ベンヤミンのあの両性具有の天使アンゲルス・ノーヴスを連想させる。だが彼（＝彼女？）も、Hと抱擁したまま硬直。乳癌の聖母は、聖母（＝女性）が癌細胞（＝歴史の異物）であることの表明（隠喩）か。ヘーゲルのあの言葉、「女性は国家共同体の永遠のアイロニーである」へのアイロニーか。Oの〝登場〟しない第四景も、「Oによって破壊された第二景の空間」。そういえば、Oは街頭に出て行ったはずだった。大衆も、革命も、ついでに希望も、ドイツ語では女性名詞。思えば、第一景のHの「家族のアルバム」にもOは入っているわけだし、全篇にOはOの現在形で遍在しているのだ。

　そして第五景、深海で車椅子に坐って白衣の男たちに包帯でぐるぐる巻きにされながら、Oは「エレクトラ」という発信記号で、「全世界の首都にむけて」メッセージを送りつづける、ついにOはOのままで、あのギリシア悲劇の復讐の女E（エレクトラ）から、「死体の断片が流れていく」というト書きにローザ・ルクセンブルグまで思い浮かばせて、二千数百年のトポスを獲得する。発信地の「暗闇の心臓部」はグレアム・グリーンのアフリカ暗黒大陸を舞台にした小説の題、「拷問の太陽のもと」は近代文明に反抗して野蛮に赴いたアルトーからの引用、つまり発信地は第三世界。これは生命の原初形態の多様な輝きをも想起させながら、「すべての犠牲者の名において」送られる発信なのか。しかもOには復讐を指令する亡霊（主人）など必要ない。欲望するのは、私たち。あの、キリストが再来して愛と正義が統治するという千年王国への希求を想起させながら、呪縛のなかでも発信しつづける、個でありつつ個を超える、未在の夢の主体、OはE。「こちらはエレクトラ、応答せよ、応答せよ」。いまのイメージでいうなら、さしずめコンピュータ・ウィルス、表層の歴史の自動装置と化したH＝HMを狂わせる深層からのハッカーというところか。そして暗号Eは、また最初の暗号HMに帰（返）っていく。そもそも第二景で登場したOは、（コロス／H）という設定だったのだから。「こちらは、ハッカーHM、応答せよ、応答せよ」。

　謎その6、HM＝リファレンス

　とりあえずHとOをそんなふうに解読してみたが、それにしても大半は無数にちりばめられたリファレンスからの勝手ともいえる私の連想にもとづく。すべては隠喩でしかない。「作家は寓意より賢い。隠喩は作家より賢い」、H・Mの好きなベンヤミンの言葉だ。そんなH・Mが注なんぞつけてくれるはずもない。それでもその解読を試みてくれる人はいて、たとえば第二景のト書き「巨大な部屋」はE・E・カミングスの強制収容所を舞台にした小説の題であるとか、第四景のタイトル「グリーンランドをめぐる闘い」は世界の終末戦が闘われるデーブリンのSF小説『山、海、巨人』に依るとか、第五景のOの台詞の最後の部分はアメリカのマンソン宗団の集団殺戮事件の生存者スーザン・アトキンスの裁判陳述がそのまま引用されているとか、教えてくれる。

もっとも何をどこまでどう連想するかは受け手の自由である。すべてはメタファー、読み手は作家より賢い、賢くあれと言われているのだから。それにしても現代言語学や構造主義を引くまでもなく、いまやコピーとオリジナルの境い目も不確かだ。要はまたしても、みずからリファレンスを読み解く主体なのだろうか。

謎その7、ハッカーHM＝HMM？

謎はまだまだたくさんあるけれど、ガートルードやホレーショ、クローディアスは何なのだとか、登場人物は何人なのだとか、そもそもすべてがHのモノローグではないかとか、すべてがト書きの映画のシナリオみたいとか、大文字の部分は何を意味するのかとか、シェイクスピアの引用とて英語とドイツ語ではどう機能が違うのかとか。でも、きりがないから、七不思議と数のいいところで、うちどめの謎、いったいこれは何なのだ。

「テアーター・ホイテ」誌に載った劇作家H・Mの作品だから、いちおうドラマ・テクストなのでしょう。いうまでもなく、テクストを忠実にであれ不忠実にであれ舞台に再現するという演劇の自己了解は、のっけから拒否されている。演出家の時代とか、身体性の演劇とか、パフォーマンス現象とか、ジャンルのクロスオーバーの到来とか、そういう流行（時代精神？　二〇世紀初頭のアヴァンギャルド精神の再来？　もう古い？）のコンテクストに置けば、そんなことはもう揚言することではないのかもしれない。だがこれは、そんな演劇概念の揺らぎのなかへ劇作家H・Mの投げかけたテクスト、上演不可能性を標榜しながら、上演されることを待ち望んでいる、上演＝翻訳されなければ意味のないテクストなのだ。カフカの作品とて読み手のなかにそれぞれのカフカ像を不可避的に成立させてしまうテクストだし、ベケットだってそうだろう。だが、そこではまだ作品としての自立性はどこかで保持されていた。HMはその自立性すら意識的にあやうい。長年ドラマトゥルクとして、いまは演出も引き受けて、演劇の現場を知りぬいた男からの、それでも劇作家のスタンスを保って演劇現場へ発せられた挑戦。これは、応えてみてもよくはないか。

謎は解かれたらおしまい、というディレンマをもつ。だが、この謎は開かれている。〈読み手〉が最大限に想像力（＝創造力）を駆使して、H・M以上に作者になることを要請しているテクスト、のようなもの。正しい解釈・正解などありはしないのだ。H・Mが自ら演出したとて、それは無数にありうる答のひとつだろう。それにH／MはHMではない。

そんなことよりも、狙うは日本のHM。どう解こうが私の勝手、あなたの勝手。〈読み〉とは、時空のトポスのなかでの対象への主体の関与なのだから、この謎解きゲームに参加してみませんか。

H＝HM＝HMM＝HMMM……そんな無限の連鎖のひらきがみたいから、HMはマシーンなのだから、ハッカーなのだから、〈HM　フェスティヴァル・イン・ジャパン〉のための、私たちは日本のハッカーHMP、「こちらはHMP、応答せよ、応答せよ」。

西欧受容志向の新劇に反旗を翻した六〇年代後半からの「アングラ演劇」以降、どこかで途切れてしまったような世界の演劇および演劇をめぐる言説との架け橋が、ことに九〇年代初頭、もう一度あらたなまなざしで求められていた、という気もする。なんでもありという不思議な活況を呈しつつ、どこか自閉的な袋小路に陥ってしまったかのような日本の演劇状況のなかで、演劇的なるものをどこか共通・共有の問題地平へと拓いていきたいという思いが胎動してもいたのだろう。そしていまなおHMPは、途中で〈ハイナー・ミュラー・プロジェクト〉といつしか読みかえられながら、変形を重ねつつ、初発の思いは抱えつつ、作動しつづけている。

2 〈ハムレット・マシーン・マシーン〉作動の諸相(1)

「我々／あなた方は、演劇をラディカルに変えなくてはならない」——ミュラーの推挙で『ハムレットマシーン・東京マテリアル』演出のために一九九三年の夏ウィーンから来日したヨーゼフ・サイラーが、別れにさいしてウィーンで自ら演出した『ファッツァー・マテリアル』の記録集を贈ってくれたときに、わざわざ書き添えたのがこの言葉だった。「どうやって」と尋ねたら、「既成の演劇を壊すこと」と言う。「壊したのちにどんな新しい演劇が生まれるのか」とさらに挑発したが、「それは僕にはわからない」とかわされた。たしかにそれが、彼の演劇への基本姿勢でもあった。

それにしても、『ハムレットマシーン』は演劇実践の現場に置くとなおさらに、不思議な作品だ。戯曲の体をなさず、普通に朗読すれば三十分にも満たない、そのままの上演はおよそ不可能とはいえ、だが上演されなければ完結しないようなモーターをしっかり内蔵している。さしずめ「残るのは上演を待つ孤独なテクスト」、といった風情だ。だから不可能への挑戦をもそそられるのだろう。たとえば『ハムレット』が演出家にとってどう〝料理〟されるかという次元とは根底的に位相を異にするかたちで、『ハムレットマシーン』は上演集団の演劇観と方法論的自己検証をもろに問う。従来の演劇方法では太刀打ちできないからこそ、何が立ち上がるのかも予測がつかない。そこがおもしろい。

七九年のリーベンスとジュルドゥイユによる初演以来、ウィルソンやミュラー自身による演出まで含めて世界の演劇人を挑発しつづけてきたこの『ハムレットマシーン』という台風が、日本にも上陸しはじめた。イタリアの集団イ・マガツィーニが来日公演したのは一九九〇年秋。そのほぼ半年後に名古屋のオスト・オルガンが海上宏美演出で日本人の手による刺激的な初演『ハムレット・パラタクシス』を果たし、若手劇作家の坂手洋二は『ハムレット』と「ハムレットマシーン」を自らの『ハムレットシンボル』に書き変えて演出した。一九九三年夏には、HMPの鈴木絢士がグループ太虚でついに『ハムレットマシーン』を舞台化。広大な工場跡のいろいろな空間を使って、観客はそこをあちこちと移動しながら観ていくのだが、そこで展開されるのは、ビデオやハイテクを駆使する映像作家や、さまざまな楽器を使って演奏する音楽家、舞踏のダンサーや俳優たちによる、ミュラーのテクストを核にした多様な展開のフュージョン・コラボレーションで、じつに果敢で実験精神にあふれた上演であった。そしてほぼ同時期に上演されたのが東京演劇アンサンブルの俳優によるサイラーの客演出。十一月には早稲田大学で商品劇場の旗揚げ公演として大岡淳が挑んだ。それぞれに演劇という表現媒体について、いろいろな可能性を考えさせられた。

なかでもサイラーの試みは「ラディカル」ではあった。ブレヒトの芝居小屋で広渡常敏演出の『ハムレット』が並行上演されるなかで、その脇の元映画スタジオという大きな空間に観客と俳優をいわば投げ入れて、俳優たちはほとんど即興のように『ハムレットマシーン』のテクストを断片的に朗誦し、そのなかでさまざまな身振りや動きや関係を探っていくのだ。上演時間も四十五分から十二時間までその日によってまちまち、三ヶ月におよぶ稽古もほとんどがそのような即興の繰返しだったという。〝演じる〟ということの根拠を俳優と観客の双方に問いかけ、演劇が成立する可能性をゼロ地点に立って問い返す、というか。同じ時期に開催された「ハイナー・ミュラーとドイツの演劇の現在」というシンポジウムのさいにも、客席とホールに俳優をちりばめて全員が四十分間無言というサイレンス・パフォーマンスをやってくれたが、観ることへの〝観客〟の期待をみごとに裏切って、「観る—観られる」という関係性を根底から揺るがし問いかけるような、これもじつに刺激的・示唆的な〝体験〟ではあった。『ハムレットマシーン』のテクストでミュラーは作者の写真を破ってみせたが、ここでは「俳優」と「観客」と「劇場」の写真が破られたのだろう。すべての写真が破られたあとでどんな演劇が立ち現われるかは、しかしサイラーの関心事ではないのだ。あとふたつのプロジェクトをやったら、彼は演劇の仕事から身を引くのだとも言った。「演出家」の写真を自ら破るということか。それにしても、やることが半端ではない。九五年にはベルリーナー・アンサンブルで劇場空間にほぼ裸の俳優たちを置いてミュラーのテクストを朗誦させるという『ピロクテーテス』を演出し、病身のミュラーが駆けつけて俳優たちを説得してなんとか上演にはこぎつけたが、不評のためにたった二日で演目から下ろされたという。

ともあれ『ハムレットマシーン』というテクストは、あらゆる位相で内部空間と外部空間をメビウスの輪のようにねじって境い目をなくさせる仕掛けをもっていようが、それをサイラーは「演じる―観る」という関係性のねじれと反転として問うたのだともいえる。だがこの〈メビウスの輪〉は、テクストや上演との関係のさまざまな位相でも展開が可能だろう。たとえば男が女に姿を変える能の『井筒』的世界や、内臓が外部にひっくり返って体内が世界となる『パンタグリュエル』的世界にもねじれていける。テクストの生の出来事は「二つの主体のはざまで生じる」（バフチン）のだろうから、もっともっと多くの『ハムレットマシーン』を観たいと、そそられるのだ。

錬肉工房の岡本章も、一九九〇年に『ハムレットマシーン』に出会ってしまったひとりだった。その磁力にひきつけられて八年、舞台化の可能性を探りつづけ、それが一九九八年十月に結実した。暗闇の奥から空間を切り裂くような太鼓の音、やがて青鈍色に光る鉄板の能舞台が少しずつ浮かび上がり、そこに黒いシャツとズボンの男（十余年滞独してゲーテアーヌムで修業した川手鷹彦）が静かに登場してドイツ語のテクストを太鼓の音と拮抗しつつ朗唱しはじめる。暗転のあと今度はヴァイオリンの強度のある響きのなかで同じ黒装束の二人の演技者（錬肉工房の岡本章と長谷川功）が烈しい身体と息の動きで登場し、同じ第一景のテクストを今度は日本語で、音にまで解体されたものから身体を通過した分節言語へと絞りだしていく、「わ、ワ、わ、た、し、私、私はハムレットだった……」、いつしかフルートの音も交錯している。さらに暗転ののち、フルートの狂おしい音色とともに若い女の能面が闇のなかからだんだんくっきり立ち現われてきて、その能面の内奥から能のシテ方の瀬尾菊次の声が異空間の言葉を探して謡の音に集めるように響いてくる、「わ―た―し―は―オフィー―リア……」。そしてその四人の演技者と、ライブの太鼓とヴァイオリンとフルートと、日本語とドイツ語が、次第に烈しく交錯・拮抗しあいながら、ミュラーの『ハムレットマシーン』のテクストを錬肉工房の〈いま、ここ〉の舞台へと変換していく。

世田谷パブリックシアターの空間には緊迫した〈気〉が漲り、一時間十五分ほどのあいだ客席は水を打ったような静けさで、耳と眼と感覚を凝らして舞台に集中していた。いったいこれは何なのだという問いかけと、何かではあるという予感・手応えが観客のなかで反響しあい、「わかる」ということと「わからない」ということのあいだが問い直される。それは、旧東ドイツの歴史を生きた作者ミュラーの記憶と連想のスクリーンに『ハムレット』を脱構築したこのテクストそのものが、謎のX線を放つ強力な光源であることと同時に、演出の岡本章が、それをそれぞれプロのテクネーをもつ人たち（演者、奏者、音楽、美術、照明）に託して、その内発性と即興性の探り合いの対話として舞台に載せたことによろう。それぞれがどうこのテクストと対峙して、どう自分のテクストに翻訳・変換しようと格闘したのか、しているのか、その生成の現場に立ち会わされるなかで、それが、観客にとっての意味生成の磁場となって反転していくのだ。テクストとテクスト受容とテクスト生成が謎＝〈シニフィアンの戯れ〉となって、重層的に谺しあう。

テクストを我々に手渡す裂け目のようなものも随所にあった。身体を通したオノマトペの声探り、川手鷹彦のドイツ語朗唱には彼自身の内発的な連想として『ファウスト』や『ニーベルンゲン物語』、『エッダ』等からの引用が入りこみ、岡本章は那珂太郎の詩の一節「燃えろ燃えろ森も燃えろ……むなしさも燃えろ」に逸脱したり。黒装束は反抗側、権力側の双方の現代人の制服にも、あるいは黒衣か影法師にも見えたし、将棋盤のような焼きの入った鉄の能舞台は照明によってさまざまに変容し、抑圧的で無機質な現代社会の暗喩にもなり、暴動場面で四人がもつ鉄パイプはゲバ棒に

日本の『ハムレットマシーン』の舞台
上・1999年に世田谷パブリックシアターで上演された岡本章演出の錬肉工房公演©宮内勝
中・1998年にアヴィニヨンのオフの演劇祭に参加した佐藤信演出の黒テント公演
下・1999／2000年に上演されたワーク・イン・プログレス形式の川村毅演出の『ハムレットクローン』©宮内勝

も警棒にも見え、鉄の床面と触れて楽器ともなる。なかでも能の女面の凝集力は圧倒的で、行き場のなくなった女性原理が夢幻能の成仏できない亡霊のように中空に漂うかのようだ。その面を外された瀬尾菊次が男となって暴動場面に加わり、最終景でまた女面をつけて他の演技者とともに「こちらはエーレークトラ……」と語る構図は、ポスト・ジェンダーの現在を象徴するリアリティがあった。

岡本章は錬金術師ならぬ錬肉術師として、能を現代に脱構築して蘇生させる試みを三〇年近く探りつづけてきた演劇人だ。その伝統と前衛を越境／通底する演劇性の探求が、観世寿夫や栄夫、大野一雄と出会い、さらに『ハムレットマシーン』と出会うことで探求の時空の位相をラジカルに広げた。これは翻訳劇でも翻案劇でもない、舞台というテクストへ創作された〈現代の夢幻能〉か、他者＝異質なるものとの出会いと探り合いの生成の場、演劇の可能性と異文化との遭遇の探求の新たな地平ではないだろうか。出会いとは、むしろ〈わからなさ〉の実態を問うことからはじまる。それが自己と他者の双方を問い返し、その境界を照らしだし、ボーダーレス＝越境／通底を真に可能にしてくれるだろう。この上演は、そういうことをも考えさせる画期的な試みであった、と思う。

この錬肉工房の舞台の一年前、一九九七年夏には黒テントが『ハムレットマシーン』でアヴィニヨンのオフのフェスティヴァルに参加した。世田谷パブリックシアターの芸術監督で〈劇作家／演出家〉でもある佐藤信は、六〇年代末から劇団黒テントを率いていわゆる〈アングラ演劇〉の旗手の一翼をにない、時代と格闘する演劇を果敢に追求してきた演劇人だから、『ハムレットマシーン』にも関心をもたないはずはなかった、といえるだろう。ミュラーを、東欧の現代史を自らの言語に圧縮して封じ込めたテクストのセノグラファーととらえる佐藤信は、そのミュラーの言語を空間と言葉と身体の関係性として舞台に物質化しようとした、といえようか。ダンサーも含めた男優三人、女優三人のパフォーマーたちは全員が同じ海の色のような青い囚人服にも部屋着にも見える服を着て、顔にも白と青の縞模様の化粧をほどこしていた。そしてテクストが喚起するそれぞれの景のイメージが、集団的なフォーメーションや舞踊のようなコレオグラフィー、映像や滑稽な幕間劇風寸劇、鉄砲や羽毛や水槽などの小道具まで駆使して、四角い空間のなかに立ち上げられていく。衝立のような中央の仕切り壁にはそのつどのフランス語のテクストが映写され、最後にはテロルの二〇世紀の年表が映し出される。岡本章の演出とは対極的に、二〇世紀の東欧の歴史というテクストの痛切な風景のなかに、日本人である自分たちをどこまで溶解させていけるかを探ろうとする試みであっただろう。フナンビュール〔綱渡り師〕という小劇場で一ヶ月近くにわたったこの公演は、アヴィニヨンのオフのフェスティヴァルでも異彩をはなっていた。そして二〇〇〇年三月のパリでのハイナー・ミュラー国際シンポジウムでは、それを観たという人に何人も出会った。

また一九九九～二〇〇〇年にかけては川村毅が劇団第三エロチカを率いて、〈ワーク・イン・プログレス〉のかたちで『ハムレットクローン』を上演した。川村毅も〈劇作家／演出家〉であり、その自負を裏づけるように、全篇に『ハムレット』と『ハムレットマシーン』を遍在させつつ、それを日本の現在の荒廃した風俗的な家族の風景を現出させるような『ハムレットクローン』へと変換させる。「私はハムレットだった」が「私は三島由紀夫だった」から「私はパゾリーニだった」、「私はヒトラーだった」、「私はスターリンだった」、「私はポル・ポトだった」、「私は林真須美だった」等々へスライドしていくように、これは仕切り膜も溶解した〈デンマーク／ドイツ／日本〉の風景のなかの〈シェイクスピア／ミュラー／川村毅〉の作品なのだ。このテクストは上演と同時に出版され、その最後に付せられた「歴史のクローニング」という川村毅の文中にはこうあった、「私は仮構したナチズムと強制収容所の表象を抱いたまま十数年劇作家、演出家として生きてきた。私は私のなかで歴史のクローニングという作業をおこなっていた。国境の、海の遥か向こうにある歴史の細胞核を自分の未受精卵に注入させ、そこからどういったクローン人間が誕生するか、無意識のうちに私は自らを実験材料にしていた」、「一九九〇年代に入って私は戯曲の自明性について考え始めていた。……ちょうどそのころにハイナー・ミュラーの『ハムレットマシーン』を手にして読んだ私は、自分が漠然と思い描いていた戯曲がすでに書かれていることを知った」、「歴史のクローニングはつづけられる。……街と路上が成立するかぎり、上演は終わらない[2]」。

その他にもまださまざまな日本の『ハムレットマシーン』が存在し、これからも多様に変容しながら存在しつづけることだろう。その上演は終わらない[2]――。

少しグローバルにとらえると、演劇は古代ギリシア劇から中世の宗教劇や民衆劇にいたるまで、基本的には素人中心の野外劇だった。それが人々の娯楽として人気を集めてくると、プロの劇団が生まれ、常設劇場が室内劇場として定着しはじめる、それが一六〇〇年頃だ。近代劇の原型といわれる戯曲『ハムレット』も同じ頃に書かれたのだが、シェイクスピアの劇場は中庭が平土間として庶民の客席となったという中間形態としてもおもしろい。しかし明確に室内劇場となると、舞台と客席はそのうちプロセニアムアーチや幕で区切られるようになり、その閉じた「額縁舞台」にむけて、作家が文学性の高い戯曲を書くようになる。ラシーヌ、ゲーテ、シラー、イプセン、チェーホフ、等々、一七世紀から一九世紀にかけては劇作家が輩出し、いかにもそれらしく見せる演技とともに、戯曲中心の解釈・再現の近代演劇の構図が確立することとなった。その構図が揺らぎはじめるのが、二〇世紀初頭。映画やレコード、ラジオといった複製芸術の登場で演劇の存在理由が問い直されたということもあろうが、照明や電力の使用で舞台の可動性や可能性も飛躍的に大きくなり、演出家のしめる比重が格段と大きくなったのだった。二〇世紀はまさに演出家・演劇人のオン・パレードである。二〇年代にはアッピア、クレイグ、メイエルホリド、ドイツでは舞台の魔術師といわれたラインハルトに、ピスカートルのハイ・テクを駆使した政治演劇。六〇年代の〈ニュー・ウエーブ〉ではリビング・シアターにグロトフスキ、ブルック等々。八〇年代以降はさらに脱ドラマ化の傾向を強め、カントールやヤン・ファーブル、あるいはピナ・バウシュやフォーサイスの〈タンツテアーター〉にウィルソンの〈オペラ〉、またはミュージカルの隆盛――。

その意味で、現代演劇の趨勢は演劇《シアター》の場からの戯曲《ドラマ》の放逐だった、とも言える。ドラマとシアターの矛盾・相克、言いかえれば演劇空間におけるテクストの位置の揺らぎで、それはすでに〈アルトー／ブレヒト／ベケット〉の三角形が問題としてきたことでもあっただろう。そして『ハムレットマシーン』はまさにそういう問題圏にむけて、その三角形を補助線をひいて止揚するかたちで、劇作家ミュラーが演劇《シアター》の場へ投げかけ返したドラマ・テクストだった、と言えるのではないだろうか。

ブレヒトの後継者として登場したそのミュラーの『ハムレットマシーン』は、いきなり何者か特定されない人物が「私はハムレットだった」と語りだす。それが「ハムレット世界」を召喚し、ハンガリー暴動に加わり、挫折の日常のなかでいつしか作者ミュラーにスライドし、その写真が破られると、またハムレットの扮装をまとい甲冑に入りこんでいく。召喚された「オフィーリア」も、自殺したミュラーの妻インゲや殺されたローザ・ルクセンブルクから復讐する女エレクトラに到る、「女たち」を構成している言説の網の目だ。これは『ハムレット』の翻案でも改作でも、たんなる〈読み〉でもない。読み手ミュラーと書き手ミュラーのいわば〈レクチュール―エクリチュール〉の四角形の構造のなかで生起したインターテクストなのだ。本来、「読む」というのはそういうことだろう。「ハムレット」とは私にとっては何者で、「オフィーリア」はどう読めるのか。自分の問題として読むことで、読み手のスクリーンも照らし返される。バフチン曰く、「テクストはふたつの主体のあいだの対話として成立する」――それを上演という場に置けば、俳優、装置、音楽、演出家、観客と、対話はいっそう多層的になるだろう。一見すると散文詩か映画のスクリプトのようで、従来の解釈・再現の近代演劇の文法ではおよそ太刀打ちできないこのテクストが、アルトーの意味での「演劇をテクストに従属させることを打ち破る」ような生起としての演劇を要請しているようで、演劇人には不思議な挑発力をもってもいる。『ハムレット』をミュラーが自分の文脈に移し変えたように、『ハムレットマシーン』に向かい合う者も、自分の文脈と演劇構想を炙り出すしかないのだ。

つまりは『ハムレットマシーン』というのは、ドラマというテクストを受け手という主体に多様に映し変えるために、実践的にじつに巧妙にしつらえられた変換装置ではなかったか。自己言及性と間テクスト性は同じメダルの裏と表、それが、古代ギリシア以来の古典伝承という二千数百年のトポスをもつ「ライブアート」としての演劇の内包する醍醐味だろう。人類最古の表象文化といっていい演劇が二一世紀にどう変貌していくかは未知数だが、『ハムレットマシーン』は二〇世紀末にその可能性を精一杯に乱反射させるためにミュラーが仕掛けた謎かけだった、そんな気がする。

3 『ハムレットマシーン』から『メディアマテリアル』へ

ハイナー・ミュラーに戻ろう。

近代人「ハムレット」の悩みは「イアソン」にまで、「オフィーリア」の狂気は「メディア」にまで遡る。一九七七年の『ハムレットマシーン』は、一九八三年には『メディアマテリアル』へと変容した。しかしじっさい何がどう変容したのだろう。

長ったらしいタイトルだから『メディアマテリアル』と総称することにしたが、正式には『落魄の岸辺　メディア素材　アルゴー船員たちのいる風景』――不思議なタイトルだ。しかも三部構成になっているのに、ロートブーフ社版の最終テクストではしかし、最初が「落魄の岸辺　メディア素材　アルゴー船員たちのいる風景」、次が「メディア素材　アルゴー船員たちのいる風景」、最後が「アルゴー船員たちのいる風景」と、それぞれからひとつずつタイトルが少なくなっていくように書かれている。それでいて深層の構造は逆向き。つまり歴史的には古代ギリシアでアルゴー船の伝説の基にメディア素材が生まれ、それがエウリピデスの『メディア』劇となり、グリルパルツァーやヤーンなど幾多の改作劇などとともにメディアの記憶の海がつくられ、それらのずっと先にミュラーの「落魄の岸辺」という現代世界のイメージがあるはずなのに、そのベクトルが微妙に逆転されているのだ。最初にアルゴー船もメディアも現代もふくみこんだいわば人類の記憶の海ともいうべき抒情詩の風景「落魄の岸辺」がある。そこから、野蛮国小アジアからギリシア文明世界につれてこられてイアソンに捨てられ、その復讐に新しい花嫁とわが息子たちをも殺してしまおうとする、その直前のメデイアが立ち現われて、イアソンを相手に台詞を語る。そのメデイアが胎内にすべてを回収したあと、最後にすべての〈私〉がアルゴー船員たちとして遍在しつつ消失してしまった人類破滅直前の風景「アルゴー船員たちのいる風景」だけがまた〈抒情詩〉として残る。

足し算が引き算になって、それが微分・積分され、ついに極小点だけがかすかに点滅するかのよう――。これはいったい何なのだろうと思いつつ、不思議な吸引力、不思議な説得力だ。『ハムレットマシーン』のときもたしかに、まずは『ハムレット』とその受容と記憶の膨大な海が横たわり、そこからミュラーのハムレット・イメージが抽出されていきつつ極小点にまで消失して、『ハムレットマシーン』へと変容した。そこで作動しているマシーンは、「私」がもはや「ハムレット」でも「オフィーリア」でもない地平へのコード変換を起動させる。それを超えてさらに『メデイアマテリアル』は、ト書きらしきものさえまったく消えて、時空はもっと拡大し、全体が風景となり、そこに、個としては境界線を失ったどこか類的な、いや類としてどこかで焦（消）点を結んで極小が極大へとひっくり返るべき集団的イメージのなかに、「私」を遍在させてしまうのだ。『ハムレットマシーン』が「ハムレット」のなかから立ち上がった意識の風景であったとすれば、『メデイアマテリアル』では、風景全体のなかに「メデイア」が溶解して遍在する。いいかえれば両者は、「主体」と「客体」が合わせ鏡のように逆転して、かつ「モノローグ」と「コロス」さえ逆転しているようでもある。それはまた、シェイクスピアの「近代」からギリシア神話の「古代」まで、まなざしのスカラが拡大鏡となった、ということでもあるのだろう。

『ハムレットマシーン』の邦訳を読んだある男性が、男ハムレットだけを自己分裂させて、それにエレクトラまで含みこんだ女性の類的イメージ・オフィーリアを対峙させるミュラーは、ファウストに永遠に女性的なるものグレートヒェンを対置させたゲーテと同じではないかと、私に問うた。二〇世紀末の時代と人間存在の痛みをその身体で生きているミュラーが、そんなことをするはずがない。そういうことではないのだろう。第一章でもみたように『ハムレットマシーン』自体もそうはなっていないと思うのだが、さらにその先に、ラクロの『危険な関係』を基に男と女がその役割を相互移行させる二人芝居『カルテット』をはさんで、この『メデイアマテリアル』が生まれた。

人類史的にみるならば、アルゴー船の伝説はギリシア世界と小アジア世界の衝突から生まれ、ギリシアの勝利は文明社会の成立をうながすと同時に、敗者を野蛮人として抑圧していった。ギリシア神話の成立はさらに、バッハオーフェンや三枝和子も指摘するように、それが男性社会の成立と重なり、原始女性は太陽であったかどうかはいざしらず、原初の女性原理の切り捨てとも重なっていたことを示していよう。ヨーロッパ近代文明の功罪は、近くは啓蒙期以来の近代市民社会、ひいては古代ギリシアの都市国家成立にまで両義的に遡るのだ。近代文明批判――アドルノの〈モデルネ〉、ニーチェの〈ディオニソス〉、シュールレアリスムの詩に頻出する〈アルゴー船〉のイメージなども、やはり同じコンテクストにあるだろう。

抑圧されつづけた野蛮は荒廃した近代の落魄の岸辺に、ミュラーにおいてはたとえばメデイアとして立ち現われた。対峙するは近代人ハムレットの源流であるギリシアの文明人イアソン。彼ら男たちの文明のなかでのロールプレイングは、表層の歴史のなかの俳優たち＝嘘つき＝裏切り者。そして奸計と裏切りで金の羊毛皮を手に入れたアルゴー船の勇士たちの成れの果ての風景は、二〇世紀末文明の荒廃。チェルノブイリ、東ドイツの破産、湾岸戦争、ユーゴの内戦――。
　それゆえメデイアは、文明に掠奪され捨てられた野蛮として立つ。彼女に故郷コルキスを捨てさせたのはイアソンへの愛だった。それは彼女の祖国への裏切り。そういえば文明のなかで女たちは、いつだってそうやって自分の故郷を捨てさせられてきた。嫁ぐ、嫁、女は三界に家なし――。メデイアの新しい故郷は夫イアソンと子供たちのいるところ。だってメデイアは彼らと一心同体なのだから。ところが夫イアソンは出世のために、わが身が生き延びるために、メデイアからコリント王の娘にのりかえた。それはメデイアにとってのイアソンの裏切り。息子たちとてしょせんは未来のイアソン。夫（男の論理）と一体化していたメデイアのアイデンティティの崩壊は、イアソンに出会う前の〈私〉に戻ることによってしか救えない。歴史＝出来事の撤収。メデイアの自立（復讐）は、すべてを回収してとりあえずは無へ返すこと。「乳母や、この男は誰なの」――それが、第二景のメデイアのモノローグのようなダイアローグの最後の台詞だった。

　メデイア素材（メデイアマテリアル）という言葉は、アクリル素材とかポリエステル素材とかいう言葉を連想させる。衣服や布地にアクリル三〇％、ポリエステル七〇％という指定があるように。何％かはわからないが、原料としての「メデイア」は衣服全体に、いや風景全体に遍在しているのだ。その風景はさらにアルゴー船の伝説から現代まで三千年近いトポスにまでひろがる。横にも縦にも、空間的にも時間的にも、風景として遍在するメデイア。そしてアルゴー船員たちは、イアソンからハムレットを経て現代人まで、これも無数の点として遍在する〈私〉。〈私〉はメデイアか、イアソンか、アルゴー船員たちか。ミュラーは注で述べている、「この風景のなかの〈私〉は集合的である」。「メデイア素材」をはさんで、「落魄の岸辺」と「アルゴー船員たちのいる風景」が対峙するかたちになってはいるが、あるいはこの三つの風景は「同時的であってもいい」。歴史は継起的であるというテーゼは、すでに構造主義によって破産した。歴史は並列的でも逆手的でも、遍在的でもありうるのだから。かくしてこの作品の風景は、時空の軸をもラジカルにくつがえす。〈私〉とは誰、ここはどこ、どこから来て、どこに行くの。だからまた最初の抒情詩の風景に位相を変えて戻っていくのだ。

〈私〉はすでにたんにメデイアでもなく、イアソンでもなく、アルゴー船員でもない。私たち現代の女とて、メデイアのような復讐ができるほど男を愛せるか。そこまで女になれるのか、そこまで母になりきれるのか。一心同体になれるほどの他者を見出せるのか。それは男たちとて同じこと。いや男たちはギリシアの昔からとうにイアソンか。野蛮（＝自然）を略奪するアルゴー船員たちか。〈近代〉は理念《たてまえ》として人間（男女）平等と個人の自立を掲げた。男性原理と女性原理の二元論的対立などというものももはやないのかもしれない。永遠に女性的なるものなどどこにある。いや、もしかしたら現実の深層では、プレモダンもモダンもポストモダンも入り混じって、遍在しているのだ。遍在するメデイア素材とアルゴー船員素材。すでに近代を経た〈私〉は「男でもなく、女でもない」、「私は男の残骸、私は女の／残骸　決まり文句を重ねたもの／私は夢地獄」、ゾンビたち。その声を聞き、その死骸をみつけるのは、「別の時代からあるいは別の空間からやってきた探索隊であってもいい」わけだ。地球という遊星をも異化するまなざし。そのうちに、地球そのものが死滅した遊星になっているのかもしれない。

ドラマとシアターを両極にみすえたブレヒトは、そういう文脈でみるとやはりモダニストだったのだろう。近代の抱える矛盾を近代から逃げることなく、あくまで前向きに考えようとした、考えられると夢想した。人間の理（知）性に賭けた、ともいえる。アルトーはバリの演劇に出会ってさっさと文明を棄て野蛮に赴き、狂人とみなされたまま文明へ戻ってはこれなかった。演劇の原初への回帰をよびかけるアルトーの声はいまなお私たちをはてしなく唆かしてはくれても、演劇の現場では〈いま〉への帰り道はそのままではなかなかみつからない。ベケットの脱構築は結局はロゴス（形而上学と詩学）の範囲だったという気がする。シアターを向こうにみすえてきわめてシアトリカルとも見えるドラマ世界を逆構築はしてくれたが、ベケット自身はドラマ（文学）の領域にとどまってシアターそのものの脱構築にまでは歩み出せなかったのではなかったか。

だがミュラーは、時空や男女の、あるいは理性と情念の境界だけでなく、ドラマとシアターの境界をも壊して、自在に遍在する〈マシーン〉となり、〈マテリアル〉となることを志向しているようだ。演劇を核分裂させせながら、壊しつつ動かしていく異物（癌細胞？）としてのマテリアルでマシーン。壊すことは楽しいこと、瓦礫の風景は無限の可能性なのだ、とミュラーは言う。だからミュラーの投げてくるドラマ・テクストも、ドラマの脱構築《ディコンストラクション》をもはるかに超えて、それ自体としてシアターの領域にまで侵犯し、それを壊してつき動かしていくのだ。ト書きや人物指定もない、誰がどうテクストをしゃべる／語る／うたう／示すのか、イメージはどこでどう転換していくのか、時空はどこでどうねじれていくのか、記憶の想起はどの深さまで、どの広さまでたぐればいいのか。俳優とは何者で、場所とは何か、「私」とは、風景とは何なのか。そこまで問い返さなければ、舞台も、上演主体も立ち上がってはこない。『メデイアマテリアル』もそういう方向にむけてのマテリアル＝素材で、ギリシア神話をも現在の風景のなかで根源から読みなおし、素材として使いこなして作り変えてしまう、ミュラー演劇の方法論のさらなる展開の提示ともとれる。

つまり『ハムレットマシーン』から『メデイアマテリアル』へは、マシーン劇から素材劇への展開で、現代演劇が古典や既成のテクストに向かい合うさいの態度決定のありようをも問うているのだろう。作者注記にはこうあった、「『落魄の岸辺』は入れ替えなし上演のピープショウでみせてもいいし、『メデイア素材』はじつはビヴァリー・ヒルズの泥でいっぱいのプールか精神病院の浴場であるシュトラウス近郊の湖を舞台にすることもできる。……『アルゴー船員たちのいる風景』は、人類がいまその破滅を準備している破局を前提としている。風景は、別の時代あるいは別の空間からやってきた探索隊が声を聞いてひとりの死者をみつける、そんな死滅した遊星であってもいい」——古代ギリシア劇の素材でさえそこまで変換し、遍在させることが可能なのだ。背後で、演劇とは何かなどと問う必要もなく、いまあるものを壊し、いまない新しいものを創ろうとしている演劇マシーン、〈ハイナー・ミュラー・マシーン〉が作動している。何を創ればいいのかなどテクストの受け手に示す必要もみとめないかのように。それは、あなたの問題だと。

おそらくは『ハムレットマシーン』の〈私〉も、『ハムレット』構図を内部破壊するかのように遍在していたのだ。ハムレット素材、オフィーリア素材——八六年のウィルソン演出の『ハムレットマシーン』を数ある上演のなかで唯一ミュラーが是認したのは、ハムレットもオフィーリアもそんな遍在する〈私〉になっていたからではなかったろうか。シアターはドラマ・テクストに再現というかたちでひきずられることなく（ただしテクストはほとんどそのまま〝使われて〟はいた）、むしろ拮抗しつつ、たしかにそこにはひとつの風景が立ち現われていた。アメリカの風景はすでにヨーロッパ以上に、〈私〉という原子が分裂して遍在する風景なのかもしれない。あるいはそれまでほとんどドラマというものにかかわってこなかったウィルソンの資質によるものなのか。ミュラー演出の『ハムレット／マシーン』のなかの『ハムレットマシーン』も、ウィルソン演出の影響を受けたかどうかはいざ知らず、誰が誰ということなく遍在する〈私たち〉の風景だった。ただし『ハムレット』と近代ヨーロッパと演劇史という大きなコンテクストのなかに置きなおされてはいたが。とはいえ、それらの舞台だけが正解というわけでもないだろう。

さて、『メデイアマテリアル』。メデイア素材やアルゴー船員素材の遍在する〈私たち〉の風景を舞台にどうたちあげうるのかも、これまた受け手＝創り手がひきうけるしかない。『ハムレットマシーン』にはまだわずかにあった近代演劇の残滓が、ここにはまったくない。すべてが風景。『メデイアマテリアル』そのものが、演劇という風景に遍在する素材であろうとしているかのようである。さもなくば、「あとは沈黙」ならぬ、「あとは抒情詩」。ベルギーの劇団ローザスの三人しか登場しない舞台と、カナダのカルボーヌ14の人物が無数に登場する舞台は、ビデオにみるようにまったく対極にあった。しかしいずれもが『メデイアマテリアル』だ。舞台に演じ手の風景が映し出される、演じ手が自分の風景を映し出すしかない、ともいえる。ギリシア神話が現在形で遍在している欧米人と異なる私たちにとって、『メデイアマテリアル』はどんな風景をたちあげ、どんな方法論を拓いてくれるだろうか。

4　遍在する〈私〉——語られた自伝『闘いなき戦い』

語られた自伝という不思議なスタイルをとった『闘いなき戦い——ドイツにおける二つの独裁下での早すぎる自伝』は、一九九二年にドイツのキーペンホイエル社から出版され、刊行前からすでに話題を集めていた。たとえばドイツの代表的週刊誌「シュピーゲル」はそこからの抜粋と九葉の写真を含む十頁余の紹介記事を事前に組み、その直後に刊行されるや、各紙誌もこぞって大々的な書評を掲載したほどだった。

東ドイツが事実上西ドイツに吸収合併されるかたちで消滅して統一ドイツが成立したのが一九九〇年十月三日。その後統一によるさまざまな問題や窮状が露呈しつつ（旧西ドイツの人〈ヴェッシー〉にたいして旧東ドイツの人をことさらに〈オッシー〉と呼ぶいわば「差別語」も生まれた）、それまでヴェールに覆われていた旧東ドイツの惨状も次々に明るみに出て（産業の立ち遅れ、公害、検閲、人権侵害、等々）、国家公安局《シュタージ》をめぐる嵐も吹きまくった。「ヴェルトヴォッヘ」紙の言葉を借りれば、「先だって我々はハイナー・ミュラーから、共産主義という妖怪がヨーロッパを見捨てたことを知らされたが、それ以来少なくともドイツでは『シュタージ』という名の新しい妖怪が猛威を奮っている」。それはたしかに、クリスタ・ヴォルフやヘルマン・カント等々までが旧東ドイツ体制との関係を問われて「赤狩り」の渦に巻き込まれるような執拗さだった。そういうなかでミュラーは、東西の国境を越えて受容されそれらの暗雲から「一匹狼」的にはずれていたせいか、一躍時代の寵児となり、西ドイツのギュンター・グラスと並んで東西ドイツのマスコミの中心でドイツ統一の問題に関しても批判的な発言を重ね、旧「東ベルリン芸術アカデミー」の最後の会長をその統一まで引き受け、西側の演劇界の最前線でも不可欠の存在になっていった。

そのミュラーがいわば「ことすでに終わりぬ」のような段階で、協力者ランゲ＝ミュラーやズシュケなどの質問に答えるかたちでテープレコーダーを相手に語り、その〝インタヴュー〟をもとに作られたのがこの自伝である。最初は五千頁を越したといわれる原稿を協力者の四人が切り詰め、それにミュラーが再度手を入れて、原書でも四百頁を越す語りの「自伝」ができあがった。ミュラーの「後書きにかえて」の日付が一九九二年四月だから、数週間にわたったというインタヴューそのものがおこなわれたのは、一九九一／九二年の冬のことであったろうと推測される。

それゆえこの「自伝」の特徴は、旧東ドイツの（劇）作家として生きてきたミュラーがその政変＝ドイツ再統一から一年余という時期に、言うなれば消滅した東ドイツへのレクイエムのように自らの半生を語ったものだという点にあろうか。しかも彼の活動の主要フィールドである演劇が現実のなかへの作品の投与であるということからして、東ドイツのそのつどの政治や社会の動き、文化政策といったものともろに格闘し、ブレヒト流に言えば、生き延びることとそれによって生じる擬態のあいだでそれでもハイナー・ミュラーという一本の赤い（？）糸を紡ぎつづけてきた数十年。そのため彼が自ら語る「自伝」は、ハイナー・ミュラーというひとりの人間の個人史、東ドイツを中心とした現代史、ハイナー・ミュラーという作家の作品の成立と受容史、その三者があざなえる一本の縄のごとくに、あるいはその三者のあいだが相互浸透膜であるかのように不可分に絡まり合っている。政変＝ドイツ再統一を機に国の内外でも幾多の関連書が出版されたが、この「自伝」はいずれともその点で性格と位相を異にしているだろう。のみならず、ミュラーによって「語られる私」もじつに独特だ。

ブレヒトに入れ代わるように東ドイツの演劇界に登場したミュラーは、六〇年代から党のさまざまな批判や軋轢、出版や上演の禁止といった処分を受けながらも、劇作家として、翻訳者／台本作成者／改作者として上演の場との接点を探りつづけ、七〇年代からは東西の国境を越えて受容され、八〇年代後半からは世界の演劇シーンでも触媒のような役割をはたしてきた。そのことが、ひとつにはミュラーに単純に東ドイツ体制の批判者でもなく支持者でもなく、局外者でもなく加担者でもなく、犠牲者でもなく加害者でもない位置とスタンス、複眼的なまなざしを与えている。皮肉な言い方をすれば二枚腰、ブレヒトを借りればアッダク的、かつての流行のいい方ならパラノ的でないスキゾ的な身振りとでも言おうか。だからこそ見えたものがあり、見るべきものは見て、言えることは言い、できることはやるというゲリラ的な、コード化と脱コード化がたえず並列する〈ハイナー・ミュラー・マシーン〉が生まれたとも言える。それがこの「自伝」からも読み取れるように、随所で作動する。たとえば一九六一年の〈『移住者』事件〉で作家同盟から除名されたときの、あるいは八九年十一月のデモ集会のときの、「にもかかわらず」の身振り——。同時にそれは、演劇の場ではたとえば『ハムレットマシーン』のような従来の演劇文法の壁を破り壊すような「ドラマ・テクスト」を産み出しもしたし、演出家として『ハムレット／マシーン』という舞台を創り出しもした。また東西の国境を越えて受容されたがゆえに、言及されるトポスも東西ドイツはもちろん、ソビエト、東欧、アメリカ、フランス、イタリア、あるいは欧米を越えてアジアや日本、中近東等々にまで及ぶ。それらのさまざまな位相で、ミュラーは文字通り「国境居住者」、壁を壊す人、彼自身が相互浸透膜だったのだ。

それは、『闘いなき戦い』を貫くミュラーの語りの身振りとも重なっている。自伝や回想のたぐいは古今東西に枚挙の遑はないだろうし、その性格もそれぞれで一括した特徴づけはむずかしいのだろうが、いったいに作家のそれは、時代を遠景として「私」が以前体験したことが「書く私」の前段階として構成され、一種の自己査察、自己告白あるいは自己正当化、アイデンティティ探しの趣きを呈することが多い、とは言えるだろう。だがミュラーのこの「自伝」は、かなり趣きが違う。「書く私」どころか、「私」そのものまでが語られる素材となる。あるいは語られるために引き出される記憶の〈収蔵体《アルシーヴ》〉の構成要素となる。しかも語られることは、その「私的な私」をも含みこんだ一種の公的な空間、パブリシティを構成していくのだ。「語る私」は「書く私」を切り離し、それにほとんど無関心なまでの距離をとっている。ミュラーにとっては「語る私」を通して語られることこそ大事なのだろう。そのことを「後書きにかえて」で自らはこう語っている、「自伝を書くほどには私は自分という人間に興味をもっていない。興味があるとすれば、何より他の人について語るときの自分にたいしてだ。私は自分の時間を自分についてではなく、他のことについて書くために必要としている。そのために問題を問題のままにしておくこのようなつじつまのあわないテクストとなった」。この「自伝」にあるのは自己正当化やナルシシズムのかけらもない、きわめて非私的な報告文体であり、語られることは「ハイナー・ミュラー」という作家のアイデンティティを構築するのではなく、むしろ語られる事態のなかに拡散させていく。巻頭言には次のような自己引用（ランボーの引用でもある）が置かれていた――「私について語れというのか　私とは誰／私のことが話題になるとき／それは誰のこと　私　それは誰」。

しかし「語る私」は「書く私」から切り離されているとはいっても、こういう主体の拡散、あるいは遍在というとらえ方は、ある時期からのミュラーの作品に顕著にみられる傾向でもある。象徴的にはやはり『ハムレットマシーン』だろう。それまでのミュラー作品にはいわゆる主人公は存在しないにしても、まとまった輪郭をもった人物像は存在していた。それがたとえば「私はハムレットだった」という一文で始まる『ハムレットマシーン』では、これと特定できる主体はドラスティックに消滅する。それどころか召還されたハムレットも次々と変換していって、「主体」は撹乱し、拡散し、あるいは遍在するのだ。「私のドラマがまだ起こるとしたら、私の居場所は前線の両側、二つの前線のあいだ、二つの前線の上だろう。……私は書くマシーン（タイプライター）。……私は私自身の囚人。私は自分のデータをコンピュータに入力する。私の役は痰と痰壷、短剣と傷口、歯と喉、首と縄。私はデータバンク」。この「私」は、この「自伝の私」にかぎりなく近くはないだろうか。「私」は「私」を構成するさまざまな「言説《ディスクール》」の網の目に還元され、それゆえ無数の引用のなかに拡散し、逆にその網の目が「私」という「言説《ディスクール》」をどこかで成立させもするのだろう。「私　それは誰」と問う「私」は、やはりさまざまな「言説《ディスクール》」の網の目で構成されるハイナー・ミュラー自身にほかならないのだから。

　おそらくはだからこそ、インタビューから起こすというかたちがとられたのではないだろうか。「語る私」は「書く私」とは、あるいは「語られたこと」は「書かれたこと」とは、やはり位相を異にする。書くとは現実に対抗する遮光膜をつくることだ、とするミュラーのテクストはますます凝縮度を高め、作者という高位の審級すら否定して、想起というかたちで〈読み〉はますます受け手＝読者に委ねられるようになっていった。しかし語ることは現実（現在）とともに起こる。ましてや講演でなく（たとえば『ヴォイツェック傷痕《トラウマ》』はビュヒナー賞受賞講演だった）、インタヴューなら、聞かれたことに答えるという受動性と、さまざまなテーマの横溢、思考の身振りをともなう。「問う私」より「問われる私」が問題となる。語られるべきは問われたことであり、東ドイツでの数十年間に「私」に起こった事態なのだ。インプットされたデータは、アウトプットという手続きを通して引き出される。その手続きがインタヴューというかたちだったのではないか。現実の社会や政治の動きと不可分であらざるをえなかったハイナー・ミュラーの個人史がそういうかたちで語られているのが、この「自伝」なのだともいえる。だからミュラーの作品とは対極的な面白さがあり、それを逆照射してくれる「ミュラーマテリアル」でもある。

そういえば一九九二年秋に「ハイナー・ミュラーとドイツ演劇の現在」というシンポジウムのさいに来日したミュラー研究者のゲーニア・シュルツ氏が、「問題としての書くこと——解決としての語ること?」と題した講演のなかで、おもしろい言い方をされていた。この「自伝」の表紙は葉巻を吸うミュラーの写真、裏表紙はその葉巻きの煙を吐くミュラーの写真、その吸って吐くひと呼吸のあいだにこの「自伝」があるのだ、と。私なりに言いかえれば、この「自伝」は昨日のミュラーでなく、明日のミュラーでもなく、いま現在のハイナー・ミュラーが一九九二年という時点で一息に吐き出した葉巻の煙なのだ、だからこそこういうテープレコーダーを媒介にした六十四歳にしてはいささか早すぎる語りの自伝という異色のかたちがとられたのだ、ということになろうか。

一九九三年の一月、ついにミュラーも国家公安局(いわゆる秘密警察)狩りの嵐にまきこまれた。しかもそれはかつてミュラーから若い才能ある詩人のひとりとして財政援助を受けたこともある人物がドイツの各新聞社やマス・メデイアに、ハイナー・ミュラーは「国家公安局《シュタージ》」の非公式協力者だったというファックスを送り届けたことから始まり、「ツァイト」紙をはじめとして大々的なキャンペーンへと発展した。事態の深刻さを前にしてミュラー自身は、自分の知らないあいだに非公式の協力者にされていたことを知った、だが私に関する文書そのものを見つけることはできなかった、という旨の声明を発表して、以降沈黙を守った。「自伝」にも演劇界における国家公安局の役割に関する一章があったらしいのだが、旧東ドイツに関する議論がこの問題だけに集中するのを避けるために削除されたという。勝てば官軍（はたして誰が勝ったのだろう?）的なこのえげつないとも言えるほどの「シュタージ狩り」に、ミュラーが、一方では自分は旧東ドイツの歴史の一部であり、私のような立場にあった者は旧東ドイツでは国家公安局との接触は避けられなかったと公言しつつ、他方ではそれ以上の言及を拒否したのは、この「妖怪」がつくられたものであることからして、ミュラーらしいと首肯できることだったように思う。

かつてはクリスタ・ヴォルフやハイナー・ミュラーの文学的・芸術的才能を高く評価し、かつ東ドイツ体制の批判者としてもちあげていたはずの西ドイツの代表的文芸評論家のひとりであるフリッツ・J・ラダッツの「ツァイト」紙におけるこの問題でのヴォルフやミュラーへの完膚なきまでの批判あるいは非難は、逆に読者からの批判あるいは非難の反撃を呼び、「ツァイト」紙は全頁をさいて、このハイナー・ミュラーとクリスタ・ヴォルフ問題にたいする読者の手紙の特集を組むこととなった。そのいくつかを恣意的に抜粋してみよう。「文学が実際に傷つけられてしまった、まっさきに文芸評論家の偏見にみちた有罪判決によって。傷つけたのは自ら買って出た〝支配者で裁判官〟のラダッツだ」。「道徳的な厳格主義というのは、ひとつの時代転換のあとではいつでも〝体制順応主義者〟たちの動機を探り裁くための保証済みの手段だった。その理由を問うのは合法かもしれないが、自分の道徳的な木製の物差しで評価を固定するのは合法ではないだろう。人間というのは不完全なものだし、それでもほとんど完全な作品を作れもするのだ。このことはとりわけ芸術においていえることだというのは、ラダッツも先刻承知のはずではないのか」。「書き手のなんたる傲慢、なんたる思いあがった判断、なんたる独善であることか。自分とは別の歴史を生きて、それゆえひょっとしたらもっと正当な社会の可能性を信じて独自の道を歩いてきたのかもしれない人たちのありえた決断のなかまで入りこんで考えようとしたことなど、この人には一度もなかったのではないか[3]」。こういった読者の反応があったことが、まだ救いなのかもしれない。

日本におけるハイナー・ミュラー関係の文献も、次第にその数を増やしつつある。ブレヒトの日本における翻訳紹介は没後数年たってからの六〇年代からだったが、まさに世界的に日々激動するかの現代のただなかで、ギュンター・グラスやミュラーのように果敢に発言し自ら行動しつつ変貌を重ねる作家は、やはりできるかぎりリアル・タイムで紹介されるべきだろうと考えて、若い研究者仲間たちとの強行軍でしかし楽しい作業を経て、原書刊行から一年余の九三年に翻訳書を刊行した。世界でも一番はやい翻訳であったようだ。

5　バイロイトでのミュラー／ワーグナーの『トリスタンとイゾルデ』

ワーグナーをシェイクスピアとして見ることに、いま私は興味をそそられている。

——一九九三年、「ゴンドローム音楽祭マガジン」誌より一九九三年の夏、バイロイト音楽祭におけるミュラーの新演出『トリスタンとイゾルデ』を観るために、初めてバイロイトを訪問した。

幕が下りたとき、一瞬どう反応したものかためらった。客席にも戸惑いが伝播するのが感じとれる。初日ではなかったから、新聞・テレビを賑わした当時の大統領ヴァイツゼッカーや首相ゲンシャー、ゴルバチョフ夫妻の臨席も、演出家ミュラーや装置のヴォンダー、衣装の山本耀司のカーテンコールもなかった。話題になっていた盛んなブーイングとやらも、それほどではなかった。しかしそのためらわせ方には、勝負あったと思ったものだ。

ミュラーがバイロイトでの『トリスタン』演出を引き受けたと聞いたときは、なぜいまごろミュラーがワーグナーを演出するのだろうと怪訝な気はした。九〇年夏に来日したおりにすでに山本耀司に舞台衣装を依頼して帰ったと聞いたし、後日知ったところによると、じつは指揮者のバレンボイムはシェローに依頼したのだが、シェローはこれは「聞く」作品で演出は不可能と断り、ミュラーを推薦したのだとか。それと知らずにミュラーはその依頼を「不条理な運命」として引き受けたという。あるインタビューでミュラーはそのことを問われて、しかしシェローは代わりにミュラーの『カルテット』を演出したではないか、これは『トリスタン』がハッピーエンドで終わっていたら十年か二十年後に起こったであろう続篇なのだ、シェローはそのように演出したし、それはさすがだった、と答えている。ともあれ、『ハムレット／マシーン』演出で注目を集めたミュラーが、その毒を含んだ劇作で「悪魔のハイナー」、「破局の愛好者」と呼ばれ、あるいは旧東ドイツでの〈秘密警察〉との疑惑に巻き込まれたことを逆手にとってか「国際的罪人」と自称するミュラーが、初めてオペラを、しかもルートヴィヒⅡ世やヒトラーも臨席したバイロイト祝祭劇場であのワーグナーの「愛と死の讃歌」と言われる『トリスタン』を演出する――それだけでもうスキャンダルだった。何故、どのように？　スターリニズム流悲劇という政治的アスペクトか、『カルテット』風の精液と涎の乱舞か、ワーグナー・オペラへの悪意ある挑戦か、と巷間にも興味はつのった。さらには、七〇〜八〇年代の「演出家の時代」を担ったシュタインやボンディ、ドルンといった演出家たちが続々とオペラの演出に乗り出し、それまで強固にあった聞くものとしてのオペラ（＝音楽）と観るものとしての演劇のあいだの仕切り膜に決壊作用が起こりはじめ、他方でウィルソンの〈オペラ〉、ピナ・バウシュの〈タンツテアーター〉、フォーサイスの〈バレエ〉のような試みの並列する演劇＝パフォーマンス・シーンで、「演出家としてはディレッタントである劇作家」を自称するミュラーの今回の演出はどういう位置を占めうるのか――等々。その意味ではおそらくこれは、オペラやワーグナーのファンの関心を越えた事件だったのかもしれない。そしておそらくは実際に事件たり得た、と思う。

舞台はスキャンダラスどころか、一見、静謐で地味、「純潔すぎて肩すかし」という評すらあった。前奏曲が終わって幕が上がると、ほとんど何も見えない、暗い光の枠があるだけ。そこからぼんやりと一点透視のように黒い四角い空間がやや斜めに浮かび上がり、さらにその中に、前方にイゾルデと侍女ブランゲーネの、後方にトリスタンと従者クルヴェナールの狭い四角い平面が切り込まれている。他には何もない。そこにはさらに一種の映画のスクリーンのような光の紗幕がかかっていて、まるでテレビの画像の中を覗き込むかのようだ。これがあるときは光の衝立て、あるときは光のリボン、あるいは光の織物のように、微妙に多様にうごめいていく。いわばどこにもない場

1993年夏のバイロイト音楽祭でハイナー・ミュラーが演出した『トリスタンとイゾルデ』
上・第一幕五場。左よりファルク・シュトゥルックマン（クルヴェナル）、マディアス・ヘレ（マルケ王）、ヴァルトラウト・マイアー（イゾルデ）、ジークフリート・イェルザレム（トリスタン）
下・主役のイェルザレムとマイアーの二人に、衣裳の山本耀司と演出のハイナー・ミュラーの稽古写真所、想像力のための無の空間、靄が立ちこめ、像が拡散する涅槃のようで、その非物質的な光とイマジネーションの空間に映し出される『トリスタンとイゾルデ』の世界はいつしか映し絵のように反転し、ほとんど動きもない日常とはまったく違う時間と空間のなかで、観ているはずの観客／私たちの内部世界が透かしだされるような効果をもつ。好奇心と緊張と忍耐が、観客にたいしても要求されるのだ。第一幕最後のマルケ王の登場は、背後から大きな映像のシルエットで示されるだけ。

第二幕は約三百の胴体だけの甲冑が幾何学模様で青い光のなかに林立している。隣席の日本人の初老の紳士に、いったいあれはなんですかと問われて困ったが、解釈は幾通りにも可能だろう。フランス庭園の木々にも、墓石にも、騎士の軍勢にも見える。闘争と秩序の世界がトリスタンとイゾルデの愛の庭園とおぼしき場所を見張りか死者のように凝視している、ということか。愛の媚薬を飲んだ二人はそこで従来の演出のように抱擁・愛撫しあうのでなく、何度か照明が変化したり暗転したりするなかで近づいたり離れたり、手を延ばして触れ合ったり、背中合わせになったりするだけだ。これも、二人の愛の陶酔の間奏曲を期待した観客には堪えがたかったことだろう。歌詞と楽譜での愛の音楽は、場面と身振りで愛の言説《ディスクール》への疑問符にくくられる。ここでも最後にマルケ王たちが背後から登場する。

瀕死のトリスタンが横たわる第三幕はぼんやりした灰色の廃墟で、ベケットの『勝負の終わり』のような世界だ。黒眼鏡をかけ襤褸をまとった牧人は予言者ティレシアスも連想させ、あるいはミュラーの『カルテット』の時空の指定が「フランス革命後のサロン／第三次大戦後の核シェルター」であったことも想起させる。ともあれ世界の終末の風景だ。また最後に背後の開口部からマルケ王たちが登場し、幕切れにはイゾルデが背後から赤く燃える光のなかで聖母の輪郭で登場する。

死の嘆きのトリスタンにピエタのようにおおいかぶさり、最後は舞台前で灰色のマントを脱いで、金の光のなかで金の衣装で手を拡げて愛ゆえの死を歌う。その立った姿のままで幕。

これワーグナー？　これ『トリスタン』？　これオペラ？　見終わった後の観客のためらいはそこにあっただろう。演出家としてはいわば自作だけを自在に手がけてきたミュラーだが、今回だけはテクストもスコアも変更できない。その代わりにこの作品への対峙を、共同作業者との異質性を尊重した協同的で拮抗的なポリフォニー空間を創ることに置いたのではないか。装置のヴォンダーは徹底して抽象的な空間を創った。「ハイナーと最後までつきあって大嘘をついてやろうと思った」という山本耀司の衣装もそれにまけずに対応していた。ほとんどモノトーンで幾何学的なシルエット。歌手全員が秩序や道徳の軛の象徴のような光る首の輪をつけて、トリスタンとイゾルデは愛の媚薬を飲んだときにそれを外すし、マルケ王のそれはことさらに大きくめだつ。

光のスクリーンは物としてあるわけではない、粒子としての透明なフィルターで、内界と外界の仕切り膜のようにあるかと思えばないし、ないかと思えばある。その不分明の識閾で、愛と死のエロスとタナトス、パトスとエートスが蠢く。それゆえに観ながら自分の内面が照り返されて、じつを言うと私のなかでも勝手な想念や連想が渦巻いて、幕が下りても、いったい私は何を観ていたのだろうと一瞬呆然として、拍手や喝采などできる状態ではなかったのだった。これは『画の描写』の構図だ。見ている私が見られている。たんにワーグナーを舞台化したのではなく、ワーグナーが鏡になっている、つまり「ワーグナー／ミュラー」だ。『ハムレット／マシーン』の作家が「シェイクスピア／ミュラー」であったこととも重なりながら、しかしそれを手枷足枷のオペラ演出家としてやって見せたというミュラー流といおうか。同時にこれは、『ハムレットマシーン』や自伝

『闘いなき戦い』の構造ももっていよう。つまり「私」が拡散し、撹乱し、遍在する。このトリスタンとイゾルデは血と肉をもった個体でなく、愛＝男と女＝人と世界の関係性のポリフォニー的な構造の網の目なのだ。トリスタンを、イゾルデを構成している言説の網の目。そういうまなざしに貫かれて、言葉と音と響きとメロディーと身振りと場面と像がそれぞれに拮抗的に戯れるシニフィアンの遊びとなって、舞台は引き算の大きな疑問符にくくられていた。

図と地は境い目をなくし、同時に観るものと観られるものの境界もはずされる。そしてオペラと演劇も境い目をなくす。オペラの演劇化でも、演劇のオペラ化でもない、「オペラ／演劇」。ミュラーは「／《スラッシュ》＝相互浸透膜」なのだ。それをバイロイトでやってのけたことこそが、おそらくは一番の静かなスキャンダルだったのかもしれない。「もしブーイングがなかったら完璧に幻滅したでしょう。それこそ我々の仕事への名誉毀損だから」、そうミュラーはインタビューで断言したが、かつてのシェローのバイロイトでの『指環』演出へのブーイングがいつしか賛辞へとかわったような転換が訪れるという保証はない。それでもこれはやはりワーグナー演出の新地平で、〈ハイナー・ミュラー・マシーン〉の新しい連結の仕方を見せてくれたのだ、と思った。

ともあれ、ミュラーのこの『トリスタンとイゾルデ』演出も大きな話題を呼んだ。集まった劇評のいくつかをタイトルだけでも並べてみよう。

「ただ一言、救済。トリスタン・マシーンはいかにくたばるか。バイロイトのハイナー・ミュラー」（「フランクフルター・アルゲマイネ」紙）。「トリスタンはイゾルデを愛していなかったのか。リヒャルト・ワーグナーの形而上学的作品のハイナー・ミュラーによる苦悩に満ちた解釈」（「南ドイツ新聞」）。

「室内劇としての新しい『トリスタンとイゾルデ』。ハイナー・ミュラーの新演出の初日」（「ノルトバイエルリッシャー・クリーア」紙）。「ハイナー・ミュラーのワーグナーへのブーイング」（「プレッセ」紙）。「春の歌としての愛ゆえの死。アウトサイダーの純潔さをバイロイトで誇示した『トリスタンとイゾルデ』」（「スタンダード」紙）。「深層で沸き立ついくらかの大胆さ。あらゆる点で二律背反的だったバイロイト音楽祭幕開けのハイナー・ミュラー演出『トリスタンとイゾルデ』」（「ヴェルト」紙）。「あちこちにワーグナーを超える大胆な冒険。緑の丘でのハイナー・ミュラー演出の『トリスタンとイゾルデ』」（「フランクフルター・ルントシャウ」紙）。通常ならオペラは取り上げないドイツの演劇雑誌「テアーター・ホイテ」も九月号の巻頭に劇評を載せた。題して「二人の死の天使。ハイナー・ミュラーをバイロイトに、『トリスタンとイゾルデ』に引きつけたものは何か」。

じつはミュラー自身が演出構想を、バイロイト音楽祭の特別雑誌である「ノルトバイエルン新聞。音楽祭便り」誌や「ゴンドローム音楽祭マガジン」誌などの稽古中のインタビューでけっこう雄弁に語ってくれていて、これがまた示唆的であった。

対話を簡潔にまとめた前者から紹介しよう。(4) そもそもショックを与えたり、インスピレーションで何かをやろうとするのは構想とは言えないだろうし、意図的に何か違うことをやるつもりはないのだと前置きしながら、音楽の彼方、演劇の彼方にある『トリスタン』解釈への触媒が、シェイクスピアとブレヒトを視野に入れた市民悲劇、さらにはギリシア古典悲劇にあったことを明らかにする。「これはシェイクスピアのソネットのような構図です。基本モチーフは黒い女と若い男。『トリスタン』はギリシア古典悲劇の構造ももっているし、また愛を所有と切り離すことが不可能な市民悲劇でもある。『トリスタン』はひとりの人間への占有と結びついた構造のなかで演じられている」。愛の飲み物は社会の強制からドロップアウトする「麻薬《ドラッグ》」で、それによって熱に浮かされたような夢に到達する、それはあらゆる矛盾をもった芸術の産物でもある。ワーグナーを祝祭劇の理念にまで繰り返し駆り立てたギリシア古典悲劇の理念も顕著だ、たとえばブランゲーネは、アイスキュロスで言えばコロスが登場する場面で介入する、「音楽はここでは仮面の機能をもっている。もうひとつの現実への翻訳なのです」、「演劇は別の現実への翻訳を創りだしてこそおもしろい」。

ワーグナー作品が一九世紀半ばに生まれたものであり、それゆえ市民社会の「柵《しがらみ》」のなかでそれを超え出ようとする憧憬あるいは衝動を内包し、その超え出るための契機あるいは原動力をギリシア古典演劇のありかたに、その素材を中世の神話や伝説、叙事詩の世界に求めたことは、ワーグナー解釈には妥当で広く認められていることと言っていいだろう。その意味でこのミュラーの解釈には新奇なところはないとも言える。オペラ専門の演出家はいざ知らず、昨今の演劇の演出家ならそれくらいの「読み」はするだろう。たとえばその三年前の新演出で一九九三年にも上演されたドルンによる『さまよえるオランダ人』は、そのみごとな成功例だった。序曲の段階から赤い電球に縁取られた黒い幕の前にオランダ人が登場し、幕が上がると舞台奥にかなりの角度で張り出した黒い三角形をよじ登ったり、ずり落ちたり。終曲の幕切れでも幕の前にオランダ人が佇む。当然ながらオランダ人は「外の世界の人《アウトサイダー》」という設定だ。その枠のなかに、市民劇の世界とその世界を超え出ようとする憧憬が位置づけられ、バイロイトの「舞台機構《マシーナリー》」はかくも凄いのかと思わせる転換と照明が駆使される。来日公演した同じドルン演出の『ファウスト』よりもはるかにわかりやすくて楽しく、ブラボーの渦が沸いた。だが、ミュラーの『トリスタン』はそういった「演出家の演劇」

とも根底的に異なるものだった。ドルンのようにいわばオペラを演劇化して、明瞭に解釈された作品世界を演出家による完結した統合として舞台に載せたのではない。それは何より舞台の創り方に言えるのだが、もう少しミュラーの作品解釈にこだわっておこう。

「ゴンドローム音楽祭マガジン」誌のインタビューは十一頁に及ぶ長いものである。[5] そこでは、『トリスタン』では誰が挫折するのかと問われて、全員だ、主人公の破滅から生まれるエネルギーを観客が受け取るというのがこの悲劇の構想で、そこにワーグナーとニーチェの重要な結びつきもある、と答え、さらにこう述べている。「イゾルデは自分の抱える欲求が満たされないことのなかにユートピアの大きなポテンシャルをもっている。トリスタンはどちらかといえば全的な幸福欲求と男社会のしがらみのあいだで引き裂かれるお人好し、その分だけユートピアのポテンシャルは少ないが、それでも十分にはもっている。たいしてイゾルデは絶対的にユートピア的人物だ」。「ユートピアとは、まずは所与の条件や現実を唯一可能なものとして承認することへの拒否にほかならず、それゆえ不可能なものへの衝動です。この不可能なものを要求したり、欲したりしなかったら、可能なものの領域もますます小さくなる。これが『トリスタン』のなかで語られていることの核心です」。

おそらくは、これがミュラー演出の核心にもなった。このイゾルデとトリスタンが自ら抱えるユートピアのポテンシャルが内なる世界として四角い箱のような空間（核シェルター？）に抽象され、「室内劇」の舞台となる。それを抑圧しようとする政治家マルケ王に代表される外部の現実世界は、そこに侵入者として各幕の最後に背後から突き破って入ってくる。だが、ワーグナーのテクストがたしかにそういう構造になってはいないだろうか。

周知のようにワーグナーはこの作品にオペラでも楽劇でもなく、「三幕の劇進行《ハントルング》」という呼称を与えた。“Handlung”とは言うまでもなくアリストテレスの『詩学』に由来するギリシア語のドイツ語訳で、本来は行為を意味し、対話による行動が劇的な筋を展開させる演劇のもっとも主要な要素であると定義されて、レッシング以来、ゲーテ、シラー、ブレヒトに至るまで、劇作法のうえで論議の的になってきた言葉だ。だがこの『トリスタン』には本来の意味での外的な劇的行動は皆無といえる。むしろワーグナーはトリスタン伝説から、ことに底本としたフォン・シュトラースブルクの叙事詩から外的な出来事や行為はできるだけ切り捨て、主人公二人の内面世界、「心のコレオグラフィー」（ヴァプネフスキー）[6]を中心に据えた。つまり二人の内界と外的強制を同時に照射させる劇作法に腐心し、なおも内的劇行動を優位に置いて、しかし外的劇行動には乏しいこの作品にあえて“Handlung”の呼称を与えたのだった。ワーグナーの劇概念が何より「内的行為の進行であった」（ダールハウス）ことを示してもいよう。またホラントも言うように、この作品は瞬間の拡大としての主人公の主観的時間と、幕や場面の終わりで急激な展開で侵入する客観的な時間、という新しい時間構造をもってもいる。その外界と内界の関係性がたしかにこの作品の核心と言えるだろう。それをミュラーは外的世界に囲繞され侵入される四角い内面空間として視覚化したのだ、「演劇あるいはオペラはつねに不安と幾何学の座標軸で起こる。幾何学は、つねに不安のいい受け皿なのだ」と。

ただしイゾルデはト書通りには死なない。「ト書というのはすべて、私も『賃金を抑える者』を自分で演出したとき初めて気がついたのですが、既存の演劇と妥協する試みなのです。それに従うとテクストの可能性のもとに留まることになる。これはシラーでもワーグナーでもまったく同じ。作品そのものは変わらなくても、それを舞台化する条件は変わる。ワーグナーにおいて気がつくのは、ドラマトゥルギー的に重要な箇所にト書が置かれていること。この『トリスタン』の構造はその意味でもすごい。書かれているとおりにしないことこそが大事なのです」。そういえば、ある時期からのミュラーの戯曲にはほとんどト書がない。

演劇とオペラの関係性に関する部分に視点を変えてみよう。

「今回はじめてワーグナーとじっくり取り組んでみて、ワーグナーが天才的な脚本家であることに気がついた。彼はシェイクスピアについてこう言っています、シェイクスピアは下絵として描かれた見取り図のなかの身振り的な即興である、と。ワーグナーはまさにこの『トリスタン』において、シェイクスピアが言葉においておこなったのと同じことを作曲においておこなっているのだ、という気がします。シェイクスピアは『ハムレット』や『リア王』の偉大な独白においても、じつに単純に追うことのできるある決まったテクニックをもっている、つまりモチーフあるいはテーマがあって、次にアンチ・テーマがつづき、さらに最初のテーマが再び取り上げられて変奏し、アンチ・テーマの抵抗によって第三のテーマが現われる……いわば膨張です。これはかなり厳密な作曲技法でもある。ワーグナーをシェイクスピアとして見ることに、いま私は興味をそそられているのです」。

このワーグナーとシェイクスピアを交差させる視線は、しかしワーグナーをテクスト（台本）から理解してオペラに演劇としての枠づけを与える、という視角とは異なるものだ。むしろ、トーマス・マンが「実際は、音楽家ワーグナーは詩人ワーグナーという、また逆に詩人ワーグナーは音楽家ワーグナーという観点から考察されるべきなのです」、「ワーグナーの音楽が演劇的な素材として用い、これを補完して詩作品にまで高めた台本がそもそも文学ではないのと同様に、ワーグナーの音楽はそもそも音楽ではないのです」[7]と言ったことと実践的に呼応しているように見える。

初めてオペラを、しかもワーグナーを演出するミュラーは、異邦人の新鮮なまなざしでこの作品に向かい合ったようだ。たとえばワーグナー特有の言葉や言い回しをナンセンスだと思う人も多いが、と問われて、「今回初めて気がついたのだが、これはナンセンスどころか、絵画におけるキュビズムのようなものです。現代のオペラの唯一の可能性でしょう。ワーグナーを実際に聞いてみると、そのテクストを滑稽だと思うことが愚かだと気づく。これはまさに音楽という目的のためにのみ創られていて、それがじつに独創的だ！　現代あるいは同時代のオペラはアルバン・ベルク以降、純粋の文学作品からあるいは文学的素材からオペラを創ることには成功していない。言葉が音楽に反抗し、音楽が言葉に反抗している」と答える。さらに、ワーグナーの言葉は神話と麻薬《ドラッグ》と心理学が正しく配合されている、「もちろんライトモチーフ技法は麻薬技法です。すべての麻薬の主要な効用は時間感覚の変化にある。ワーグナー麻薬は日常の時間とは異なる時間の主張。これがバイロイトでのワーグナーの勝利でもある。ここでは観客は別の時間の経過、別の時空を強要されるのです」とも述べている。

ここからも、ミュラーがこれまでの上演伝統やト書、ワーグナーおよびこの作品についての幾多の言説等をとりあえずは無視して、テクストと音楽にいわば虚心に向かい合い、その特質を自らにとって冷静に引き出して対峙しているのが読みとれるだろう——曰く、音楽のために創られたキュビズムのような言葉、神話と麻薬と心理学の正確な配合、日常とは異なる時空。

それはじつは、ミュラーが演劇の場で従来の演劇文法を脱構築しようとして試みてきたことと重なってもいるのだ。だからこうも言う。演劇においては俳優はテクストへの自分の意見や感じ方を伝えようとするが、それがたいていは退屈だ、テクストに悲しいものがあれば俳優は悲しい言い方をする必要はない、むしろ陽気な言い方をした方がいい、オペラでは音楽が「仮面《マスク》」のような役割をはたしているから、その点は大丈夫だ、「まさにワーグナーで気がついたのだが、音楽はある種の身体性をもっていて、音楽は身体言語をも書いてくれる――しかし記号言語ではない」。だから音楽以外の要素は安んじてキュビズムでありうる。それがオペラの利点にもなる。ここで演劇とオペラが交錯する。「それが演劇にはない要素で、現実にたいする侮辱であるかぎりにおいて、現実も別の可能性を示唆する素材になる。オペラにおいては最初からそうなのです。ブレヒトもこう言っている、瀕死の男というのはリアルだが、瀕死の男が歌うというのはリアルではない、と。この非現実性を翻訳することが、オペラを麻薬に、そしてエネルギー源にしているものでもある。オペラがいま観客の大部分にとって芝居よりずっと重要なものになっているのはじつに顕著ですが、それはおそらくオペラが芝居と違ってまずは自然主義に、次に映画やテレビに追い越されるということがなかったからではないか。オペラではそんなことはそもそもありえないからです」。

同時にそれは「劇作家／演出家／演劇の創り手」としての自らの姿勢とも重なるだろう。「既存の演劇のために書かれた戯曲というのもある。しかし戯曲というのは不可能な演劇のために書かれてこそおもしろくなる。この不可能な演劇というのが、うまくいけば未来の演劇です。ワーグナーも、もちろんこの『トリスタン』も不可能な演劇のために書いた。それゆえ初演は成功しなかったのだと思う。この作品を慣習のなかで現実化するのは、演劇慣習と不可能性のあいだの明白な衝突だったからです。おそらくこの問題はまだ解決してはいない。まあ、それはいまにわかるでしょう」。

さて、その結果として出来上がった舞台にもう一度戻ることとしよう。

これまで演出家としては劇作家としてのフィルターを通して舞台を創ってきたといえるミュラーも、バイロイトではそうはいかなかった。テクストもスコアも変更できない「劇作家／演出家」は、だがこの作品との対峙を何より、装置のヴォンダー、衣装の山本耀司、指揮者のバレンボイム、歌手等々の共同作業者と、異質性を尊重しあった協同的で拮抗的なポリフォニー空間を創ることに拓いたのだ。装置のヴォンダーと衣装の山本耀司の存在はなかでもその前提だったろう。

ここ十年ほどミュラーとの仕事が多いオーストリア出身の舞台美術家ヴォンダーは、インタビューに答えてこう語っている。「そもそもミュラーといるとすべてが簡単になる、彼と仕事をするのが私は一番好きなのです！　おそらく彼がプロの演出家でないがゆえにまったく違うふうに考え、まったく違うふうにスタッフや演技者たちとかかわるからだと思う。彼はものすごく頭がいい、それも何かを次々とコピーするプロフェッショナルとはまったく違うふうにです。それ以上に私にとって彼は、空間とかかわりあう独特の才能をもっている。空間を私がもっともやりたいように理解してくれる唯一の演出家なのです。さらに重要なことには、彼は他の人を芸術家として受けとめてくれる。僕らはたしかにそれぞれの戯曲についてかなり厳密にあるいは非厳密に話し合うけど、その後は彼は相手に委ねて、結果を何も言わずに受け入れる。他の演出家はたいてい自ら介入し、いっしょに創ろうとする。ルック・ボンディーとはそれはうまくいくけど、いっしょに何かを展開させるのは苦労で、じつにたくさんの時間が要求される。ハイナー・ミュラーはそれをしない。彼は差し出されたものを受け入れ、それを演出に加工していく。それが僕にはじつに素敵だ」。「『トリスタン』のときはいっしょに厳密にヴィデオを見てあらゆる場面や動きを研究した。つづいて何日かそれについて語り合った――美学についてではなく、何をしなくてはならないか、何を避けなければならないか、とくに何を思いついたか、思いつかなかったか。それで別れた。半年後に僕は彼に舞台モデルを見せた」。

何よりケルト＝ゲルマン的な衣装は避けたいと願ったミュラーが、ヴェンダースの映画で知って依頼したという山本耀司との関係も、似たようなものだったようだ。ヴォンダーの幾何学的で抽象的な空間に呼応して、山本の衣装もほとんど黒、灰色のモノトーンで、彫像的かつ幾何学的シルエット。全員が首につけさせられたちらちら光るプラスチックの輪は、ときに宇宙人のようで漫画的でさえある。これも山本のアイデアで、これだけは歌手の抵抗も押し切ったらしい。

音楽の方は専門でないので遠慮させてもらうが、指揮者のバレンボイムにはいささかの躊躇いがあったのだろうか。もっと自在に拮抗してよかったのに、と思った。歌手は健闘したと思う。ことにイゾルデが初役のヴァルトラウト・マイヤーは、ミュラーの意図によく応えていた。

一見、静謐で地味な舞台は、だが、テクストと音楽をそれ以外の舞台要素がなぞるのでなく、むしろ異化的に拮抗することによって、その意味するものが多義化、複合化して、じつに豊かな内空間を創り出していた。これが『トリスタンとイゾルデ』の世界なんだよ、という一義的な押しつけがないだけ、問いかけの浸透力が増す。それはワーグナー・オペラを受け身的に楽しませて欲しい従来の観客には不満だったかもしれない。舞台で完結してくれないのだから。観客は完全に二分した。ブーイングをブラボーがかき消そうとする。観て楽しかったとか、みるからに凄いという一般受けや大向こう受けを狙ったものではない。だが、テクストもスコアも一言一句変えることなく、こんなワーグナーを透かしだしてくれた。これはたんにワーグナーを舞台化したのではない、ミュラーとワーグナーが相互浸透膜になった、つまり「ワーグナー／ミュラー」、「オペラ／演劇」の新地平ではなかったか。成功と効果は違うとミュラーは言う。「効果は観客が二つにわかれることのなかにこそある。観客が調和してひとつに響き合ったら、それは成功だが、効果は失われてしまう。バイロイトでもシェローで経験済みでしょう。彼の『指環』演出はここ何十年間で最高のものだったが、観客は二分した。ワーグナーが初めて再び効果を示したのだが、当初は観客を感動でひとつの宗団にするような成功ではなかった。成功はそののちにやってきた、これは当たり前のことです。しばらくすると効果はすべて成功になる。そしたらまた、新しい効果の可能性を探さなくてはならない」、そう事前に述べた彼は、初日のブーイングにほくそえんだことだろう。そして翌年からはバレンボイムの指揮ももっと自在になって、この『トリスタン』の舞台もブラボーの渦に変わっていったと聞く。

そして一九九三年の秋、ミュラー・マシーンはまた新しい効果の可能性を探して、ベルリーナー・アンサンブルでさらなる展開へと作動していったのだった。

第三章　ハイナー・ミュラー・コンテンポラリーズ

上・1993年夏のバイロイト音楽祭でのハイナー・ミュラー演出『トリスタンとイゾルデ』。第二幕の最後で、左がマルケ王、右がトリスタンとイゾルデ
下・1993年秋のベルリーナー・アンサンブルでのハイナー・ミュラー演出『決闘　トラクター　ファッツァー』

あんたの真実の瞬間は
鏡の中　敵の像があんたの
最後の瞬間だった　死んだ前衛兵士たちの
仮装舞踏会が　あんたの最後の映画
忘却　忘却　そしてまた忘却

――一九八八年、『ヴォロコラムスク幹線路』第五部より

1　歴史のコード変換――歴史劇＝現代劇『グンドリングの生涯』

一九九三年にミュラーは、ヤヌスのような二つの顔をはっきりと意識的に、あるいは必然的に見せたのだ、と思った。夏のバイロイト音楽祭での『トリスタンとイゾルデ』演出と、その直後の秋に自らも劇場監督のひとりであるベルリーナー・アンサンブル（以下BE）で『決闘　トラクターファッツァー』（以下『決闘／ファッツァー』）を演出したときとでは、私自身とまどったほどに、貌が、位相が根底から異なっていた。〈コード＝文法〉がまた違っている。「読み直し」、あるいは新たな「読み」が可能だなと、BEでのその舞台を観ながら考えていた。

前章の最後でふれたように、ヴォンダー装置による幾何学的な空間に光の紗幕がかかり、山本耀司による彫塑的な衣装をつけた歌手たちがほとんど彫像のように浮かび上がる『トリスタンとイゾルデ』の世界は、いつしか映し絵のように反転し、見ている観客の内部世界が透かしだされるよう

だった。〈愛＝人と世界の関係性〉、トリスタンとイゾルデを構成している言説の網の目を透かし出すようなまなざしに貫かれて、『トリスタンとイゾルデ』の世界も問い返される。このワーグナー／ミュラーの舞台は『ハムレットマシーン』と同じ構図で、ミュラーはやはり「／《スラッシュ》＝相互浸透膜」であることをバイロイトでも示してみせて、勝負あったと思ったものだ。だが、この『トリスタン』演出のあとだけに、しかも新しい機構となったBEでブレヒトの後継者はやはりこの人と目されてその演出が待ち望まれていた『決闘／ファッツァー』は、同じくらいに期待値は高まっていたからもちろん山ほど劇評は出たが、しかし賛否両論どころか、ほとんど軒並みこれ以上ないほどの酷評であった。基調は、「今日なお頭の中の壁を主張する者は、自らが石化しても驚くにあたらない」（「テアーター・ホイテ」誌）。

ヨーロッパの劇場では、気に入らないと抗議の意味も含めて上演途中で席を立つ観客は珍しくないし、ブーイングも観客側からの反応表明として普通にある。むしろミュラーの言葉を借りると軒並みの拍手が「成功」なら、効果は「客席が二分することにこそある」。『トリスタン』のときのそれは、従来のオペラやワーグナー演出とは何か違うものが目論まれていることが感じ取られたうえでの賛否両論だった。逆にいうと、そこまではミュラーはバイロイトや〝ワーグナー〟、〝オペラ〟という土俵には乗ったうえで勝負を仕掛けた、ということだったのだろう。しかしこの『決闘／ファッツァー』における観客の反応は、そういうものとは根底から異なっていた。静かに席を立って出ていく観客と静かにそこに残る観客。このときのミュラーは、成功とか効果とかいうレヴェルとはまったく違う次元に立っていたのではなかったか。これまではほとんどミュラーの演出はおもしろいと思い、バイロイトでも観客の反応も含めてやってくれたと喜んだのだったが、このBEでのあたかも観たくない人は帰ってくださいと言わんばかりのミュラーの禁欲的というか、サービス精神ゼロのやり方に、もう少しサービスしてくれてもいいではないかと思ったほどである。ミュラーは何かにたいして大きな「否《ノー》」を言っていたのだ。客席にはそれでも私はミュラーを支持するという観客だけが残った感じで、それにしては逆に多いのかとさえ感じた。しかし、この『トリスタンとイゾルデ』から『決闘／ファッツァー』への振幅に、もうひとつのミュラーの貌が見えるのではないか。さらに言えば、この『決闘／ファッツァー』でミュラーは、一九七七年の『ハムレットマシーン』からの十数年を、螺旋状的にまた括弧に括ったのではなかったろうか。

一九九〇年三月の『ハムレット／マシーン』演出のあと、さまざまな矛盾が湧出する嵐のなかでドイツ再統一＝東ドイツ消滅にもの申す発言を重ね、国家公安局《シュタージ》への協力疑惑にも巻き込まれたミュラー、存続すら危ぶまれてシラー劇場のように閉鎖かといわれながら資本主義的な有限会社機構となったBEを、ツァデックやパーリッチュとともに五人組の劇場監督のひとりとして引き受けたミュラー。『ハムレット／マシーン』から『トリスタンとイゾルデ』演出への延長線上に、『決闘／ファッツァー』がすんなり立つはずがなかったのかもしれない。『トリスタンとイゾルデ』演出が『ハムレットマシーン』からの位相のひとつの終点なら、『決闘／ファッツァー』は次の位相への転換点。それは八五年からの『ヴォロコラムスク幹線路』五部連作で始まっていたのではないか。そしてその根っこはやはり、七七年にまで遡れるのではないか。

そういったことを、ここでは「ハイナー・ミュラー・コンテンポラリー?・」として、〈ハイナー・ミュラー〉というコンテクストをもう一度読み直すことで探ってみたいと思う。さて、どこから語ろう。そもそもミュラーの作品は執筆時と発表時点と初演時が大きくくずれるものが多いのだが、し

1989年、ベルリーナー・アンサンブルの稽古場でロバート・ウィルソン（真ん中）とフリッツ・マルカルトとともに。

1992年、ベルリーナー・アンサンブルはマルカルト、ミュラー、パーリッチュ、ツァデク、ラングホフの五人の演出家の巨頭体制で有限会社として新たなスタートを切ったのだったが。

かしそれでも構わないとさせるものがミュラーの姿勢とテクストにはあり、テクストのまなざしはそれぞれにうねりつつも、アクチュアル＝コンテンポラリーだ。ミュラーのテクストは多義的で、むしろ読み手の期待の地平のあぶり出しとして多様な読みを要請しているように見えるのだが、そういうコンテクストを外したテクストの〝独自の読み（解釈）＝私ならどう読むか〟という試みはだがひとまずできるかぎり排除して、第一章の〈ハイナー・ミュラー・ファクトリー〉とは異なった視角から、むしろ意識的にその逆読みというかたちで、〈ハイナー・ミュラー〉という物語のプロット化をあらためて試みてみたい。さしあたってのキー・ワードは、ドイツ語の“Geschichte”、つまり「歴史／物語／出来事」である。表象の歴史学やフーコーの「考古学《アルケオロジー》」などが問題にしたのも、まさにこの「／《スラッシュ》」の関係性であったのだろう。

「読みなおし」の起点は、『グンドリングの生涯　プロイセンのフリードリヒ　レッシングの眠り夢叫び』（以下『グンドリングの生涯』）、執筆は一九七六年、発表は一九七七年、『ハムレットマシーン』とほぼ重なる時期なのだ。ともにミュラーの劇作活動において分水嶺になった作品と言えるだろうし、じつはいわば同じメダルの両面という側面ももつ。難解さもいい勝負というところだろうか。だが『ハムレット』というような天下周知の作品を下敷きにしていない分だけ、ことに日本人の読者にはもっとわかりにくいかもしれない。下敷きはもろに「Geschichte／歴史／物語／出来事」なのだから。

五〇—六〇年代が「生産劇のミュラー」、六〇—七〇年代が「古典劇のミュラー」なら、たいして七〇年代は「ドイツ劇のミュラー」と呼ばれ、ことに西ドイツでその作品の上演と解釈をめぐってさかんな論議がなされた。その中心に立ったのがドイツ三部作と言われる作品群、『戦い』、『ゲルマーニア　ベルリンの死』、そしてこの、長い題なので略して『グンドリングの生涯』である。『戦い』はファシズムからの解放前夜のドイツを扱った短い五つの景からなる詩劇。『ゲルマーニア　ベルリンの死』は東ドイツ社会主義建設期を中心におきながらヒトラー時代、ワイマール共和国時代、ひいては女神ゲルマーニアから中世の叙事詩『ニーベルンゲンの歌』の勇者たちまで登場する、十三景のいわばドイツ二千年の歴史のモンタージュだ。これも東ドイツでは八八年まで上演も出版もなされなかった。そして『グンドリングの生涯』ではもろにプロイセンのドイツが中心に置かれ、七景からなる、なんと名づけよう、ほとんどブラック・ユーモアのような笑劇《ファルス》のコラージュの世界とでも言おうか。いずれもたしかにドイツの歴史を扱ってはいるが、歴史劇とは言いがたい。ミュラーはそもそも「哲学と政治理論に密接な親縁関係をもつ文学タイプ」の代表者（レーマン）[1]である、と同時に、まなざしはつねに現在にある作家でもある。

シェーマティックにいえば、目の前で展開する東ドイツの社会主義建設を批判的・建設的なまなざしでみつめつつ、五〇―六〇年代に「生産劇」を上演禁止といたちごっこしながら書きつづけてきたミュラーは、七〇年代にその東ドイツ成立の起点となったファシズムにまなざしを転じ、さらには歴史の時間を逆向きに辿って、ドイツ史、そしてドイツの後進性＝「ドイツの悲惨」＝「プロイセン」に辿り着いた。ファシズムも歴史の産物であり、「新しいドイツ」にのしかかる抵当がプロイセンである、と。[2]その意味でドイツ三部作は、たとえばクリスタ・ヴォルフが『幼年期の構図』で問うたような、「我々はどのようにして今日あるような我々になったのか」という現在形の問いかけが歴史の逆読みを必要としたというか、その意味でこれは現代劇ともいえるのだ。ミュラー自身の言葉を借りると、「木にもはや林檎が実らず腐り始めたと知れば、その根っこに目をやるものです」(『自伝』)。何よりそれは三部作最後の、長たらしいだけでなく、きわめて不可思議なタイトルをもつ『グンドリングの生涯』に象徴的に表われている。しかもこの作品は、その地平を同時に逆向きに断ち切りもする。この断ち切りの裏面がじつは『ハムレットマシーン』だった。

現在を構成する(マイナス)要因を読むために歴史を逆読みするという視座と方法は、ブレヒトが、とくにベンヤミンとの交流のなかから発展させたものでもあり、たとえばそれは生前には上演できなかった東ドイツの現状へのオールタナティヴな構想の探求である『パリ・コミューンの日々』にも見てとれる。同時に「ドイツの悲惨」というテーマ視角もブレヒトに由来する。亡命から戻ったブレヒトは、「ほとんどすべてが崩壊しながら何ひとつ解決していない」戦後の破壊されたベルリンの「ドイツの新しい悲惨」を前に、たとえば「ドイツの悲惨のもっとも早くきわめて鋭い描写」(3)がなされた作品として、職を失わないために自己を去勢する男を扱った一七七八年のJ・M・R・レンツの劇作『家庭教師』を四九年に改作・上演した。ミュラーの「ドイツ劇」もこういうブレヒトの視座と方法に重なりはするが、同時にそれはブレヒトの逆読みにもなっている。「ブレヒトを批判することなく継承することは、ブレヒトへの裏切りである」(『資料集』)とするミュラーの、すでに『戦い』にしてからがブレヒトの『第三帝国の恐怖と貧困』への対抗劇であった。ブレヒトのこの反ファシズム劇をミュラーは、「公式どおりのファシズム像」で、「ドイツの具体的な現象形態」である「普通のファシズム」をとらえそこない、歴史プロセスを傾向的に政治・経済的な合法則性に矮小化した「ファシズムの観念的構造物」であると批判しているのだ。『グンドリングの生涯』も、同じ「残酷メルヒェン」の副題をもつブレヒトの反ファシズム劇『丸頭ととんがり頭』への対抗劇でもあり、さらには、『丸頭ととんがり頭』がナチスの人種差別主義の現実化の構造の政治的な絵解きであったのに比し、『グンドリングの生涯』はドイツ版ファシズムを具体的に産み出したもの、つまり「魂のプロイセン化」の位相の具体的なかたちでの探求となり、同時にそれは、歴史と現在をふたつながらドラスティックに脱構築して同じ表層に並列に浮かび上がらせる作品にもなった。

何よりそれは、この長い不思議なタイトルに象徴的に表われていよう、『グンドリングの生涯プロイセンのフリードリヒ　レッシングの眠り夢叫び』。構造自体が重層的できわめて興味深い。並列に累加的に並べられたこのタイトルのもと、同様に並列に累加的に九つの景が並べられている。

第一景が「グンドリングの生涯」。フリードリヒ大王の父親でプロイセンの軍国的絶対主義化を推し進めたフリードリヒ・ヴィルヘルム一世が息子の前で将校たちと、寵臣で王立アカデミーの新会長ヤーコプ・パウル・グンドリングを足蹴にしてからかう場面だ。最後の第九景「レッシングの眠り夢叫び」では、同じ時代に啓蒙と人道主義を掲げて「闘う作家」であったレッシングが、テキサスはダコタの自動車廃棄場でピンクフロイドの音楽「ようこそ息子、ようこそマシーン」が聞こえるなか、ロボットであるアメリカ最後の大統領と出会い、自らの作品の登場人物エミリア・ガロッティやナータンに囲まれ、最後に詩人や思想家たちの胸像を並べる給仕たちによって自らも胸像にされ、叫び声をあげる。プロイセンの時代は自己言及的に一挙に世界史的現在に透かし絵にされるのだ。その間の七つの景が、第五景の精神病院の場面と第八景の「ハインリヒ・フォン・クライストがミヒャエル・コールハースを演じる」場面を除いてすべて、プロイセンのフリードリヒが少年から大王になって「くたばる」までの断片的場面集である。さらに第二景の「プロイセンごっこ」と第九景「レッシングの眠り夢叫び」は、三枚折り祭壇画のような三つの景から成りたっている。それに各景のタイトルも、場面に拮抗して意味深長でかつ諧謔的だ。たとえば第三景の戦場の場面のタイトル「私がルンペンシュティルツヒェンという名であることを誰も知らないとはじつにけっこう　または国家の学校　愛国的な人形劇」や、第五景の精神病院の場面のタイトル「私は地獄に生まれたがゆえに　神は私を信仰深き者になさった」のように。しかも第三景は雪のなかを炎に向かって行進する国坊軍の兵士たちに幼少のフリードリヒが奇妙な民謡を歌いながら評点を付けていく場面なのだ、グリム童話の意地悪な小人ルンペンシュティルツヒェンのように。戦死者は最高点、無傷のものは不可。それが国家という学校でもある。そして舞台の反対側では、等身大以上の人形たちが世界の分割ごっこをしている。フリードリヒが歌う奇妙な民謡以外はト書だけ。そのト書も場面言語とでも言おうか、「降雪が増し、火が鎮火するあいだに場面はストップ・モーション。舞台は幽霊船に変わる。死んだ水夫たちが船長をマストに釘づけする。映画が巻き送り、巻き戻し、巻き送りを繰り返す、等々。何世紀ものあいだ。音楽。音楽による供物」というように。第八景のクライストの場面も「落魄の岸辺（シュトラウスベルク近郊の湖）。軍服姿のクライスト。クライスト人形。女の人形。馬の人形。断頭台」で始まるト書だけ。このイメージはもちろん『メデイアマテリアル』の冒頭につながっていくだろう。場面言語は身体言語となり、そのまままたテクストに転換していくようだ。

この並列的な累加性が相互の重なり合い、同時性でもあることは、演出指示の註でも見て取れる。グンドリングと精神病院の教授、シラー、レッシング1（レッシング役にメーキャップされる役者）、レッシング2（アメリカでのレッシング）を同じ俳優、フリードリヒ王子とクライスト、レッシング3（神格化されるレッシング）を別の同じ俳優が演じ、第九景のレッシングの三枚折り祭壇画のような三つの景は、可能なかぎりオーバーラップして舞台化してほしい、というような。まさに歴史と現在をふたつながら脱構築して、その遍在する断片を同じ表層に並列に並べ、歴史的な「魂のプロイセン化」が通時的・共時的に遍在していることを浮かび上がらせるような仕掛けといえよう。テクストに即して言うなら、たとえば第六景の「私もアルカディアにいたり　視察」の蕪畑の場面は、ヴィルヘルム二世時代の教科書に記されたフリードリヒ大王の農村視察行の宮廷報告書と、同時に旧東ドイツの「ノイエス・ドイッチュラント」紙に掲載された党書記長ウルブリヒトの農村への視察旅行が二つの典拠であることを、ミュラー自身がインタビューで述べている。あるいはレッシングはミュラーとちょうど二百歳違い。この作品でレッシングは四十七歳、それを描くミュラーも同じ四十七歳だった。「レッシングの眠り夢叫び」は、「ミュラーの眠り夢叫び」にも反転するわけだ。歴史的な啓蒙とその帰結のラディカルな批判者、しかし自分も批判されるひとりの啓蒙家、だが銅像として埋め込まれていかないためには何が必要なのか。ともあれ歴史と現在への二つのまなざしは通低している。

この作品の中心にある核は、現在をも規定している「魂のプロイセン化」のさまざまな位相の具体的なかたちでの探求であり、それが、グンドリング、フリードリヒ、クライスト、レッシング、等々の歴史上の知識人たちの国家／権力にたいする態度という個人の例で把握できるものから、その空間的帰結であるドイツ全体のプロイセン化、その時間的な帰結である二つのドイツと現在の世界状態までの世代的な連鎖の射程のなかに置かれる。歴史的には具体的なプロイセンに根を下ろしながら、それも人物像や歴史的事実、文献や資料に正確に依拠しながら、それがひいては東西ドイツのみならず、西側資本主義諸国にも当てはまる国家と国民と知識人と民衆の関係の基本形を、ほとんど対話の台詞は不要かと思わせるほどの簡潔なモデル構造として浮かび上がらせる。たとえば父フリードリヒが息子フリードリヒを個人的な感情や欲望を抹殺した国家理性の体現者に教育（＝人格変造＝人間のプロイセン化・マリオネット化＝お国のための戦闘マシーン化）していくプロセスは、国家としての近代の成立に制度としての軍隊や学校や（精神）病院の成立を近代のディスクールとしてパラレルに構造化してみせたフーコー等の構造主義・ポスト構造主義の視座にも重なっていくだろう。これは、欲望制御と抑圧システムの社会化・内面化であるヨーロッパ近代の成立のディスクールでもあり、かつ、ミュラーの近代（／文明／啓蒙主義）全体への批判にもなっている。啓蒙とは、狂人拘束衣を着せて自由や欲望や感情を束縛することでもあった、それも「自由とは必然性の洞察である」（ヘーゲル）のお題目のもとに——。啓蒙のプロイセン版は、内なる自然を調教し、強姦し、圧殺し、国家に都合のいい人間をつくる抑圧的、反解放的、道具的理性——それがドイツ版ファシズムになったし、個人を国家と同一視する東ドイツ版社会主義となり、スターリニズムとなった。官僚主義の国家となったし、歴史的なプロイセン問題は、世界状況としてのプロイセンとなる。フーコーの、たとえば『狂気の歴史』との関連を問われたミュラーはこう答えている、「初めてフーコーを読んだとき、私は確証を得たと感じました。でもいままでに読んだ哲学書はどれも、それについて報告できるほどの準備は私にはありません。私は違ったふうに受け入れる。書くときには哲学は温床であり、腐植土です。それを役立てることはできる」（『自伝』）。

レッシングのみならず、グンドリング、精神科教授、ヴォルテール、シラー、クライストなどさまざまな姿で、知識人の「権力」への関係がこの作品ではモデル化されてもいる。インテリの機能は、権力におもねって足蹴にされるか、「狂人」を調教するか、君主を啓蒙しそこなって肩をすくめるか、理念的に民衆を讃えてその民衆に拒否されるか、敵に向けるべきエネルギーを自分に向けて自爆するか、存在する権力（＝暴力）を歌で讃えるか、死後に記念碑として崇められるか、すでに生前に神格化されるか、作品が政治的に利用され、切り刻まれ、トルソーになるか――。詩人は無言にされ、動けなくされて叫ぶ。終景のレッシングが胸像に埋もれていく場面では、「神格化スパルタクス　断片」の幻灯が同時に映射される。これもさまざまに解釈・連想されるだろう。「神格化」は古典遺産の崇拝イデオロギーか、ドイツ第二、第三帝国のみならず、東ドイツでもたとえばゲーテ、シラーは国家主義的イデオロギーの鼓舞に利用された。「スパルタクス」は古代ローマの奴隷の反乱で、未完におわったレッシングの反専制主義の同名の悲劇の断片があり、ドイツ共産党の前身もスパルタクス団、そのドイツ革命の蜂起のなかでローザ・ルクセンブルクもカール・リープクネヒトも惨殺された、そしてそれは逆のものに変わってしまった社会主義革命も暗喩しているだろうか。その間にはさまざまな想いの「断片」が飛び交う。あるいは歴史は「断片」に破砕されて、通時的・共時的に遍在してもいいよう。

かくして国家理性と国民は一体となり、同一化し、他者規定が自己規定となり、個人の意志の抑圧と追放が王を、国民を、権力を規定し、権威と服従の網の目的な構造のなかで、敵も味方も、殺人者も犠牲者も、境い目をなくす。「私」はそのすべてなのだ。フリードリヒもクライストもレッシングも、「私」のなかにある。ミュラー自身も「自伝」で、この戯曲の中心テーマは知識人の権力にたいする関係かと問われてこう答えている。「東ベルリンにあるフリードリヒ大王の騎馬像を見ていて気がついたのですが、将官たちは前の馬の周りに立っていて、知識人は馬のうしろの糞が落ちてくる尻尾のあたりに立っている。西ドイツでの『グンドリング』上演のあとである批評家がザクセン人ミュラーのプロイセン憎悪について書いていましたが、このとき私はフリードリヒ大王という人物にほとんど同一化していたのです。ブルガリアでこれを書き始めたとき、最初に思いついたのは、『大王、それは私だ』という言葉だった。これが要点です。彼が戦場で歌う奇妙な民謡は、ずっと前に書かれていた。重要なのは、若きフリードリヒとクライストとレッシングが同一人物であり、ひとりの俳優によって演じられること。それはのちにロシアと対ナポレオン同盟によって国家的に捻り潰されたプロイセンの夢の三つの形象化だから。この戯曲をモンタージュとして読むのは間違いです。おもしろいのは、それぞれ異質な各部分のあいだを流れるようにして行き来することです」。あるいは、「この戯曲を読み返したり、そこから引用したりするたびに気がつくのですが、これは他の多くのテクストよりも私自身に関係のある作品です。距離をもって話すことなどできない。ひょっとしたらこれは一度じっくり考えてみなければならない点なのかもしれない。何かを書くときにはたして私の心のなかで何がおこっているのか。私は『グンドリング』を引用するたびに悲しい気持ちになる。この戯曲に同情してしまうのです。書かれているすべてのことにたいする同情。これは多くの点で自画像でもある。ナータン像とエミリア像に至るまで。この頭のすげ替え、老人と若い娘」。

プロイセン・ドイツは人々のなかに住みつき、自分のなかの自然の欲望もすべて殺され、「大王、それは私だ」、つまりは誰もが自分のプロイセン人なのだ。調教の場は、ミクロコスモスとしての家庭、マクロコスモスとしての学校、病院、軍隊、国家。それが世界状況としてのプロイセンで、国家理性《システム》と臣下根性、あるいは主人と奴隷の関係があらゆる位相を規定する。文明化された近代父権社会の特徴は、拷問の太陽、道具的・合目的的思考の勝利。ポジティヴだったはずの啓蒙の要請は挫折して、プロイセンをヨーロッパでもっとも奴隷的な国と呼んだレッシングは、人生で一度も見たことのない夢を啓蒙の巨人的な後進国であるアメリカはダコタの自動車廃棄場で見て、ヒューマニズムのメッセージもアナクロと化したなかで銅像となって最後の叫びを発しながら埋もれていく。叫びは、個的・歴史的に出口なしの状況ですべての言語的手段を奪われた、その彼方での最後の分節化の可能性だ。それに、フリードリヒもクライストも、ミュラー自身も観客も、重ねあわせられる。それがヨーロッパ史を貫く文明のプロセスで、プロイセンはいまだ野蛮（前史）にとどまっている人類史のモデル＝世界状態なのだ。「啓蒙の恐喝」（フーコー）を拒絶して、しかしそういう総体にいかにして楔を打ち込むのか。人類史のもうひとつの質はいまだどこにも実現していない夢、ベンヤミンの新しい天使。大事なのはプロイセン神話の新たな暴露・破壊でなく、それに対抗しうる主体を創るための、理性による啓蒙だけではない感情と欲動の啓蒙、あるいはその始動なのだろう。欲動史としての歴史。アンチ・オイディプス。それには何が必要なのか。ブレヒトとは違った手段も必要ではないのか。抑圧された歴史を意識化させ作動させる、抵抗の美学。新たな主体の喚起のために、精神分析のように抑圧された伝記＝意識《トラウマ》を想起し、自分のものにしうるような、感覚的・破壊的でグロテスクなイメージと言葉か。あるいは、神話、エネルギー、「啓蒙の弁証法」か。かつての愛読書が戻ってくる、ロートレアモン、ベケット、アルトー、シュールレアリスム……。「教育劇訣別宣言」は、そういうコンテクストでも読めるだろう。「一九七七年の今日では私の宛先人は一九五七年よりもっと少ない。……次の地震がくるまでは〈教育劇〉と訣別するしかありません。……何が残るか。Geschichte（歴史／物語／出来事）を待つ孤独なテクスト、そして大衆の穴だらけの記憶と断片的な知識、それもすぐに忘却にさらされてしまう。〈教え〉がかくも深く埋葬され、しかも地雷まで敷設された土地では、先を見るためにはときおり頭を砂（泥、石）の中につっこむしかありません。モグラ、あるいは構築的な敗北主義です」。これは、芸術の社会的効力に関心をもつ芸術家の自らの仕事への懐疑表明であるとともに、より長く大きなタイムスパンでの思考への転換が必要だという自覚に裏づけられた、テーマ的、形式的、戦略的な新しい方向づけの探求の開始表明でもあっただろう。現実の矛盾を暴き、現在を網の目状に構成している歴史を浮かび上がらせるだけでは不十分、忘却にさらされる大衆の断片的な記憶に抗して、大衆＝観客と、たとえ一見後ろ向きであれ、グローバルな歴史と欲動の想起への共同作業を開始すること。〈教育劇〉から、〈モグラ＝地下の穴掘り人＝構築的な敗北主義へ〉の方向転換は、それゆえまずは慣習となった伝統的な思考と芸術の秩序体系に地下から揺さぶりをかけることとなる。『ハムレットマシーン』に始まる一連の作品群の試みは、ここから始まっていったのだ。

いわば、『グンドリングの生涯』と「教育劇訣別宣言」と『ハムレットマシーン』は、トライアングル的な構造をなしていたといえる。

2　物語ることと出来事と遊戯の虚実皮膜――『カルテット』

三〇年近く「強迫観念的」にさまざまな方法論の試みのなかで追求してきた歴史のテーマのパラダイム・チェンジ、もうひとつの「歴史」概念の可能性と芸術的な方法論の模索が、一九七七年の分水嶺となる。

『ハムレットマシーン』はこれまでの歴史のテーマとの対決のエピローグであるとともに、『画の描写』で最終的に頂点に達する『カルテット』をも含んだ一連の作品群へのプロローグであった。綱領的にいえば、近代という「未完のプロジェクト」（ハーバーマス）をグローバルな疑問符で括弧にくくって止揚する手配をする試み、あるいは、歴史概念の空白化と照応するリニアルな論証的戯曲構造を破壊することによって、ヨーロッパの論理中心主義的思考や、歴史の構想や芸術が陥っている危機を挑発的に内省する試み、となろうか。それゆえ戯曲《ドラマ・テクスト》は、「現在を静止状態、あるいは脱ドラマ化された〈Geschichte／出来事／物語／歴史〉として経験する」（エーケ）[4]想起＝忘却への抵抗の場、という構造をもつようになる。そこにさまざまな引用のネットワークが一見主観的かつ乖離的に組み合わせられ、その文化的な記号の担い手である他のテクストとのリゾーム的な編み合わせが伝統遺産のユートピア的な核を生産的に活性化させ、過去（／伝統遺産／歴史）との対話が現在と自己をみとおすような経験の可能性を切り開く、という戦略をもつ演劇——つまりは集団的想起の媒体としての演劇とでもいおうか。時空や登場人物の指定、ト書といった従来の近代演劇の文法は、『ハムレットマシーン』に象徴されるようにドラスティックに瓦解＝脱構築させられる。

ここではそれを、『カルテット』に即して語りなおしてみよう。

種本とされて「読み」の地となったのは、一七八二年にパリで刊行され一大スキャンダルを巻きおこしたド・ラクロの恋愛心理小説の古典と言われる『危険な関係』なのだが、この書簡体小説がいまなお効力をもつのは、モラルや倫理、宗教に塞き止められることなく、しかし合理的な計算で快楽によって執行されるその陰謀劇が、手紙というそれぞれの一人称形式で、啓蒙思考のひとつの危機を表現しているからでもあるだろう。曰く、「愛と戦争の絡み合い」（ボードレール）、曰く「両性の死の憎しみ」（ニーチェ）、がその神話的な実体をなす。しかし『ハムレットマシーン』の後の八〇／八一年に書かれたこの『カルテット』の何よりの特徴は、過去のこと〈Geschichte／出来事／物語／歴史〉を遊戯のかたちで語りなおす、つまりは〈再びもってくる＝引用〉という構造のなかで先行素材がはじめて形姿を獲得する、ということにあるだろう。演劇的な仕掛けとしても、じつに巧妙でおもしろい。遊戯は〈ごっこ〉の繰り返しとしてさらなる引用となり、その引用はまたさまざまな他者の引用断片のリゾーム的な地下水脈のなかにも入れ込まれている——サド、マリヴォー、ニーチェ、ワーグナー、ヴェーデキント、ドストエフスキー、エリオット、聖書、等々。まさにこれは、エロスとテロルとタナトスをめぐって〈近代という物語を読み直す〉、インターテクスチュアルなテクスト・ゲーム、表徴の遊戯でもあるのだ。

　時空の指定はあるのだが、「フランス革命前のサロン／第三次大戦後のシェルター」。先行素材のもつ「フランス革命前のサロン」の近代の破壊的側面への思想的なかかわりは、「／《スラッシュ》」によって、ベケットの『勝負の終わり』のような、運動や変化の要因がとっくにまた滑落してしまった歴史の位相と重ねあわせになっている。同時にこの「シェルター」は人間の内面世界、あるいは「魂の牢獄」（フーコー）の暗喩ともとれるだろう。メビウスの輪のようなねじれだ。その「／《スラッシュ》」のはざまでの遊戯は、もはや歴史的な演技空間にではなく、出来事のない停止した歴史の神話的な無時間性、あるいは超時間性のなかに置かれることとなる。そこでメルトイユ侯爵夫人と呼ばれる女が昔の愛の幸福な瞬間を想起することで、ヴァルモン子爵と呼ばれる男を召喚し、その二人の演じ手がかつての個人的な〈Geschichte／出来事／物語／歴史〉を、しかもここではほとんどト書きのない徹底した対話のかたちで、かつ二人でいろいろに役割交換しながら四人を演じるという劇中劇構造として、もう一度遊戯しなおしていくのだ。その過去の想起＝繰り返し＝引用の遊戯が、しかも遊戯の現在に転倒的に侵入してもくる。ここが、「私はハムレットだった」と語りだす「私」の想起が「ハムレット布置」と「オフィーリア」を召喚して一九五六年のハンガリーの「ブダのペスト」の暴動などにスライドしていく『ハムレットマシーン』の構造と重なりつつも、異なるところだろう。つまり女メルトイユが想起のなかで男ヴァルモンを召喚するというふうに男女が逆になっていると同時に、演劇空間は以前の歴史的時空から、現実参照のない超「主観的に」構成された私的な内空間へと転換しているのだ。『カルテット』は、いわば女性の想念から「オフィーリア布置」と「ハムレット布置」をよびだした対話の「直接対決のデスマッチ」ともいうべき形をとりつつも、その想起の遊戯の構造そのものが中心に置かれているのだ。この「二人」にミュラーは、彼らの夢、欲望、自己呵責、自己欺瞞等々を、かつての出来事の再演＝繰り返しの遊戯としてもう一度演じなおさせ、しかも、二人芝居の二元的配置をそこにいない二人の第三者との想像上の四重奏＝カルテットで打ち壊しながら、そのブロック的断片を受容者＝読者＝観客に対峙させていく。演劇的には、この自己言及性の遊戯をどう処理していくかが鍵となろう。かつての〈Geschichte／出来事／物語／歴史〉の遊戯的再生産という展開のなかに、遊戯としての生／性を検証する、シミュレーション・マシーナリーとしての演劇が埋め込まれてもいるのだから。

これはたとえばメルトイユと呼ばれる女とヴァルモンと呼ばれる男によって代理された、ヨーロッパの啓蒙的自己確証の問題性のシミュレーション・ゲームとも言えるのだ。『ハムレットマシーン』で先鋭的にあぶりだされた同様のその問題性は、七九年の『指令——ある革命の想起』では、フランス革命政府の指令を携えてジャマイカの革命＝奴隷解放の仕事に赴いた男たちの白人革命（ヨーロッパ近代）の理念が、黒人革命の理念＝第三世界の「他者」のまなざしによって異化されるかたちで扱われていた。これは『解剖タイタス』にも言えることだろう。それが『カルテット』では、もっぱらman＝人間＝男として想定されてきたヨーロッパの啓蒙的自己確証の問題性として、女という「他者」のまなざしによって異化されることとなる。ただし、ラクロの『危険な関係』という文学的に仲介されたある〈Geschichte／出来事／物語／歴史〉の想起の遊戯という構造のなかで、しかしじつは合わせ鏡のような男と女の関係性のあいだの裂け目を探索するかたちで——。

たとえば、メルトイユの白昼夢に現われる人間と獣のあいだのような生き物——「糞まみれの足で顔などまるでないそいつが私の鏡たちの中から飛び出してくるのをときおり夢に見るの、その手が、けずめやひずめがはっきり見える、それが私の股をおおう絹を引き裂き、棺桶の上に落ちてくる土塊のように私の上に覆いかぶさってくるのが。ひょっとしたらその暴力が、私の心を開く鍵なのかもしれない」。この「他者」、衝動や欲望、暴力といった〈アナーキーな身体自然〉は、理性的に操作された秩序世界における主体としての自己の確かさを危険にさらすかもしれない。それでもなお、頭脳と心、理性と身体、精神と自然といった二元論的な分離の克服の萌芽が、女メルトイユの、たとえばそんな隠されたかたちでの幸福憧憬の夢想に暗示されてもいる。女性解放は、形而上的にシンボル的なものと形而下的にイマジネールなものを二律背反的に分離してしまったのかもしれないからだ。自然史的に女性に内在していたものの身体的・心理的・制度的な抑圧を、男性によって定義された歴史のなかでの理性を通してのみ克服しようとする、というかたちで。「差異の未来」を掲げたクリステヴァ等のポスト・フェミニズムが問題にしたのも、まさにそのことであったのではないだろうか。それは、たとえば「あなたの鏡はなんと言っています。そこから覗いているのはいつだって他者。その他者を我々は、他人の肉体のあいだをかきわけて進みながら、我々自身から離れつつ探すのです。もしかしたら自分も他者もなくて、我々の魂のなかには餌をせがむ虚無だけがあるのかもしれない」と語る男ヴァルモンにはできないこと、なのかもしれない。「鏡」のモチーフは空白となった「自己確証《アイデンティティ》」の再確証を指し示す指標として、この時期前後からのミュラーの作品の随所に立ち現われてくるモチーフでもある。虚像と実像、似姿と実態、映されているものと映しているもの、その合わせ鏡の悪無限的な構造を断ち切る裂け目を探すことへの要請、といいかえてもいい。ここではその「人間主体」が、男と女の直接の合わせ鏡で問われるのだ。

それゆえこの作品で透かし彫りにされているのは、愛と欲望の戦争の言説の背後に隠された権力関係の構造でもある。私的な関係のその葛藤の表面のもとに、「男の権力への意志、女の従属への快楽」（ゲーニア・シュルツ）[5]とされてきた歴史の主体としての男と客体としての女という構図への闘争が、歴史哲学的な次元で隠されてもいよう。つまりこれは、支配者と被支配者、誘惑者と犠牲者というサド／マゾ的な欲動の進行としての歴史、互いを所有＝征服しあおうとする心理的・社会的な暴力関係への巻き込まれのさまざまな状態、支配と従属の合わせ鏡のシステムへのシミュレーション・ゲームでもあるわけだ。そのシミュレーション性は、メルトイユ演じるヴァルモンがヴァルモン演じる貞淑な修道院長トゥールヴェル夫人を誘惑したり、ヴァルモン演じるヴァルモンがメルトイユ演じる処女のセシルを壊滅させたり、といった役割交換の劇中劇構造にこそ、何よりみてとれる。想起し描写するプロセスのなかで、「知覚することと知覚されることの差異がテーマ化される」[6]のだ。そういう遊戯のさなかで、二人はこう対話する。

ヴァルモン 女であることに慣れてしまいそうな気がしますよ、侯爵夫人。
メルトイユ 私もそうなれるといいのに。
ヴァルモン どうします、演じつづけますか。
メルトイユ 演じる、ですって。何をつづけるの。

男（強者）と女（弱者）の役割規定は遊戯のなかではいまや取り替え可能にみえて、ことに女（弱者）は主導権をとったかにみえて現実に戻るとなかなかそうはいかないことを、この対話は暗示しているようにもみえる。そして取り替えごっこのこの遊戯は最後には本気に転じ、修道院長トゥールヴェル夫人を演じるヴァルモンは、ヴァルモンを演じるメルトイユのわたす毒入りワインをそれと知りつつ飲んで、女であることのマゾ的な快楽の頂点でナルシスのように勝利にみちて死んでゆくのだから。二人の遊戯は身体的な暴力の直接性に転換し、しかし、自分の死を勝利で迎える男の退陣で、裂け目が入ったかに見えた両性の秩序は再度円環的に閉じて、メルトイユがかつてあった出来事を想起する出発点に戻っていく。残るのは癌の死を待つメルトイユ、「娼婦の死。いまや私たちだけ／癌、私の恋人」、それが彼女の最後の台詞だ。二人のデス・マッチで、はたして勝ったのはどっちなのか。ともあれ、とりあえずの勝負の終わり。闘いの遊戯とゲームの終わり。そしてまたふりだしにリターンする。

「自伝」ではミュラー自身はこうも述べている、「『カルテット』は、表面的にはそれと何も関係ないような材料や素材を使って、『ファッツァー』のテロリズムの問題を反映させたものなのです。種本としたラクロの『危険な関係』を、私は最後まで読み通したことは一度もない。主な拠り所はハインリヒ・マンが自らの翻訳につけた序文でした。『カルテット』執筆にさいしての主要問題は、書簡体小説のためのドラマトゥルギーを見出すことだったのですが、最終的には芝居を超えたものになった。二人が四人を演ずる。プランは五〇年代からもっていた。アメリカでの『マウザー（モーゼル銃）』初演のあとで、あるいは西ドイツのケルンでの一九八八年のクリストフ・ネルによる『マウザー（モーゼル銃）』演出のあとで、私はそれに手をつけることができるようになった。……このケルンでの『マウザー（モーゼル銃）』は、一人の男と一人の女によって演じられ、銃殺の場面になるたびに男が女の股ぐらにお菓子のザーネ・トルテをぴしゃりとぶつける。馬鹿馬鹿しく聞こえるかもしれませんが、しかし悪くはなかった。その後『カルテット』を書き始めたとき、私は彼らが『マウザー（モーゼル銃）』のテクストを使って『カルテット』を演出したのだということに気づいたのでした」。『カルテット』は、ミュラーの意図では、『ファッツァー』のテロリズムの問題と合わせ鏡だったのだ。ただし、全篇これくすすく笑いを喚起するような、洒脱な名台詞とコメディ・タッチの仕掛けのなかで――。

この『カルテット』は、九二年のパリでのシェローの演出や、第一章でふれたように、ミュラー自身が九一年に『マウザー（モーゼル銃）』のなかに入れ子で挿入したドイツ座での演出、あるいは九四年のBEでの一九一一年生まれの往年の大女優マリアンネ・ホッペを中心にした五人の俳優によるミュラー演出の絶品ともいえる舞台をはじめとして、世界各地でさかんに上演され、ミュラー作品のなかではいまやもっとも上演回数の多い作品のひとつでもある。九三年秋には日本でも、ロシア／ギリシア、ドイツ、日本の四つの演劇グループがそれぞれにこのテクストに挑戦するという「カルテット・フェスティヴァル」なるものも開催された。もっともミュラー自身は自伝『闘いなき戦い』のなかでその上演回数の多さを指摘され、「恐いね」と答えているのだが(7)――。

一九八三年の『メデイアマテリアル』では、オフィーリア／メルトイユが今度はあのギリシア神話の復讐する女メデイアに姿を変え、しかしそれが、すべての「私」がアルゴー船隊員たちとして遍在しつつ消失してしまった人類破滅直前の風景に問い返された。そこでコロスのように語られる「私のことを話せというのか　私とは誰／私のことが話題になるとき／それは誰のこと」という台詞は、それを巻頭言においた自伝『闘いなき戦い』で語られた『グンドリングの生涯』への言及、「大王、それは私だ」と、さらに『ハムレットマシーン』の「私はハムレットだった」の台詞とともに、これも三者でトライアングル的な構造をなして、この時期のミュラーのキーワードにもなっているだろう。それは近代的な意味での〈主体〉の消滅と〈芸術〉の危機をあわせて浮き彫りにし、デリダのいう意味での「私」の「播種」をその集団的・類的なイメージのなかで喚起させもする。同時にこの頃から、以前はスターリニズムの暗号化として使われていた〈神話〉が、西側合理主義が括弧に入れ、すべてのユートピア的な要素を血塗られた幕間劇として消してしまった領域、〈歴史〉のなかで〈反社会的なもの〉として抑圧されつつ、しかし本来は内発的な外界への推進力をもつものを、暗示的に現在化させる機能をもって登場しているようにも思えるのだ。メルトイユにしてもメデイアにしても、〈神話的な存在〉であればこそ引用できる。

同時に、七〇年代後半からのミュラーのテクストは一貫して、慣習に硬化した再現＝上演の文法による閉じた作品という枠を踏みこえて、新たな演劇文法を模索する／させる戦略に裏づけられた、テクストをそのままでは上演の場には転換させがたくする美学的な反抗、生産的な妨害にみちたものに変わっていった。一九八五年の西ドイツのビュヒナー賞は、そのミュラーの「言語的に強靭でイメージの衝迫力のある演劇作品と、その挑発的な演劇の仕事」にたいして与えられたものでもあった。かくして「ハイナー・ミュラー」は、上演可能な演劇の要請に逆らう絶対的な挑発者の代名詞にもなっていく。だが、そのベクトルははっきりしていただろう。「教育劇訣別宣言」の言葉をかりるなら、「構築的な敗北主義」。具体的に言えば、まずは、演劇の新しいシンタックスを構築する前提として、従来の芸術的な規範を破壊し、それと表裏一体をなすのだが、作品として完結する〈芸術〉と芸術生産の上位審級としての〈作家〉をふたつながら止揚し、自己目的的な芸術のカプセル化（商品化）ではなく、いわば「鼠捕り」を仕掛けるべく芸術を機能化し、芸術の生産と消費のあいだの仕切り幕を取り払った間主体的な関連システムの登場を促すこと、にあったといえようか。それゆえミュラーのテクストは作品として完結せず、「読者／観客が経験を補足しなければならない」変更可能なオープンさをもち、削減のなかの充溢というパラドックスによって、生まれうる意味を累乗化させるようなものにどんどん変わっていった。それらによって、観客の変容をめざす演劇のメタ・コミュニカティーフな要素が強化されていくのだ。曰く、「社会的ファンタジーの実験室としての演劇」、「プロセスとしての」、「誕生と死の驚愕／喜びの場」としての演劇、「芸術の機能は、現実を不可能にすること」、「作家の消滅の仕事は、人間の消滅への抵抗なのです」（『錯誤集』、『資料集』等々）。

その意味でミュラーの遊戯的な脱構築は、方法論的には交差しながらも、ポスト・モダンの社会的なリファレンスのない遊戯とは、意図において根底的に異なるものだっただろう。「私にはポストモダニズムの問いを政治から切り離すことはできない。歴史が機会均等を前提にもつ〈万人の《ユニヴァーサル》〉歴史でなく、金と権力によるエリートの支配であるかぎり、時代区分は植民地政策です。もしかしたら他の文明で別のものが、再び今度は近代の技術的成果によって豊かにされて生まれてくるかもしれない。それはヨーロッパの刻印を帯びた文明では、モダニズムに先行していたものだ。芸術と現実のあいだの深淵を埋めるのを助けるような社会的リアリズム、……人間と自然のあいだの裂け目を埋めることのできる新しい魔術」(『錯誤集』)。啓蒙の弁証法――ミュラーのまなざしにおいては、モダンであれ、プレモダン、ポスト・モダンであれ、硬化した表層の根底にひそむ解放的・ユートピア的な要素を芸術概念そのもののなかに取り込みうるような芸術理解が前提になっていた。同時にそれは、つねに他者のまなざしによって異化・相対化・豊饒化されつつ、いまだどこにも実現していない夢=アンゲルス・ノーヴス(新しい天使)を見つめていた。

いずれにせよ七〇年代に「東ドイツのミュラー」から「東西ドイツのミュラー」となったハイナー・ミュラーは、八〇年代に『ハムレットマシーン』と『カルテット』と『メデイアマテリアル』で「世界のミュラー」となった。それは一面ではそれらが特殊に東ドイツ的あるいはドイツ的なテーマ素材を超えた、何より天下周知の先行素材=文化遺産を地に借りた作品群であったからでもあっただろうが、同時にミュラーのまなざしが、〈近代=啓蒙〉批判の根源にまで辿り着き、その先の可能性まで探ろうとする、東西の壁を超えた普遍的な問題地平をも穿つものになっていったからでもあっただろう。

3　出来事と物語と歴史の詠唱《コロス》――『ヴォロコラムスク幹線路』五部連作

一九八五年から八八年にかけて波状的に発表された『ヴォロコラムスク幹線路』五部連作は、形態においてはさらにラディカルで、ト書も台詞の登場人物も場割りさえもまったくない、全篇が無韻抑揚格《ブランクヴァース》の韻文詩のような構造になっている。いったい誰がどういう状況で誰に向けて何を語っているのかすら、一読しただけでは判然としない。しかも五部連作のいずれもが、ベック、ゼーガース、カフカ、クライストといった作家たちの特定の作品を下敷きにしていることを明記している。同時に、テーマ素材と演劇空間の時空は、第一部と二部の一九四一年のスターリングラード戦の戦場から、第五部の六八年の「プラハの春」を背景にした東ドイツに至るまで、再び特定しうるものに戻っているのだ。そして何より特記すべきは、この作品で再び「教育劇」の試みに戻ったことを、ミュラー自身がはっきり言明したことであろう。

この「突然の変身」は、ミュラーの意図はどこにあるのかと多くの人をとまどわせた。何人かの研究者はこれを直接に、八五年のゴルバチョフの登場で理由づけている。たとえば、「ゴルバチョフの改革はしかし八〇年代半ばのミュラーに、教育劇志向を再び取り上げるという注目すべきコース変更をもたらした」（エッカルト）(8)。たしかにミュラー自身も、「自伝」でこう述べている、「ゴルバチョフのプログラムは、私にとっても初めは〈社会主義〉という挫折しつつある企てにとって希望を示す信号であり、ほぼ一九八六年の『ヴォロコラムスク幹線路』第三部にいたるまで、この体制が改革可能だという幻想はつづいていた。少なくとも第一部、第二部まではその幻想で十分書けたのです。……『ヴォロコラムスク幹線路』を書き始めたときの目論みは、ひょっとしたらこの没落あるいは野蛮をまだ食い止めることができるかもしれないような、ひとつの運動を取り上げようということだった。そして書き上がったものは、ソ連への、ＤＤＲ（東ドイツ）へのレクイエムになった」。ミュラーは、〝芸術〟という虚空に向けて作品を書くのではなく、つねにアクチュアルな現実地平をしかしグローバルに見据えながら、それとの浸透膜のような作品を現実地平に投企していく作家・演劇人である。七七年の「教育劇訣別宣言」がビアマンの市民権剥脱事件に象徴される東ドイツの硬化した状況をも背景にしていたとすれば、『ヴォロコラムスク幹線路』は、八〇年代後半の東側ブロックの改革への揺らぎに共振しようとする姿勢の現われでもあっただろう。そこでは「教育劇」は、まずは「時代の現実に介入する演劇」（ブレヒト）の暗喩ととれる。同時にしかし『ハムレットマシーン』で始まった試みは、書く実践のプログラムとしては、第一章で述べたように、『画の描写』でひとまずゼロ地点＝終点に達したからでもあったのだろう。

まずは、五部連作の構成を簡述しておこう。第一部『ロシアの開始』と第二部『モスクワ近郊の森』は、一九四三―四四年に刊行されたソ連のアレクサンドル・ベックの小説『ヴォロコラムスク幹線路』を下敷きにしていて、ベルリンとモスクワのあいだを戦車が行き来した実在のこの道が、二五部連作全体のタイトルにもなっている。一時期東ドイツの学校や軍隊での必読の書だったこの二巻本の小説の、ミュラー的読みかえともいえる。時空はともに一九四一年、「ベルリンから二千キロ／モスクワからは百二十キロの地点」、ソ連赤軍兵士の側の東部戦線で部下を処刑する司令官の話だ。第三部『決闘』は同名のゼーガースの小説に依り、一九五三年六月十七日の労働者ストライキの指導者となった部下に解雇された工場長が、ソ連軍の侵攻で三〇分後に関係を逆転させ、部下に自己批判書を書かせて元の関係に戻っていく、という筋立て。第四部『ケンタウルスたち――グレゴール・ザムザのザクセン版残酷メルヒェン』は、タイトルからもわかるようにカフカの『変身』を借りつつ、党の官僚が半人半馬《ケンタウルス》ならぬ半人半机になっていく、時空の特定のない幕間劇的なサチュルス劇だ。第五部『拾い子』は、同名のクライストの小説を下敷きにした、六八年のプラハの春への軍隊の侵入に抗議する息子と党官僚の養父の世代的対立を扱っている。この第三章の巻頭言に引いたのは、その息子の養父への「台詞」である。五部連作いずれにおいても、切れ目のないモノローグ／ダイアローグの韻文詩の構造のなかに、第四部を除いて、具体的な対決の極限的状況が置かれている。「作者後書き」にはこうある、「『ヴォロコラムスク幹線路』は『ゲルマーニアベルリンの死』と『セメント』につづく、反革命の時代のプロレタリア悲劇の第三の試みである。この時代は人間と機械の一体化で終わり、それが進化の次の（革命を前提とせず、もはやドラマを必要としない）段階なのである。イメージは、傷ついた人間がスローモーション・カメラで包帯を取り、クイックモーション・カメラでまたその包帯を巻く。時空は、鏡に敵の像が現われる真実の瞬間――。もう一方の選択肢は、もはや何も映さない黒い鏡。サチュロス劇『ケンタウロス（半人半馬）たち』は、笑劇《ファルス》としての悲劇を描写している」。時空の指定はじっさいには「鏡に敵の像が現われる真実の瞬間／もはや何も映さない黒い鏡」、その合わせ鏡なのだ。「忘却　忘却　そしてまた忘却」の台詞は、第五部全体にちりばめられてもいる。

東ドイツの歴史を通観するようなこの作品の宛先人は、まずはやはり眼前の東ドイツの人たちであったのだろう。「自伝」ではこういう言い方もしている。「『画の描写』を書くことは東ドイツからの休暇であり、おそらくはナルシスティックなひとつの解放行為だった、その後で私は『ヴォロコラムスク幹線路』を書くことができるようになった。計画自体は古いものでした。戦車がベルリンからモスクワへ往復し、さらにはモスクワからブダペストへ、プラハへと向かう道」。「『ヴォロコラムスク幹線路』は最初から五つの比較的自立した部分からなるものとして構想されていましたが、それは最後の三つが東ドイツでは許可されないことを計算に入れざるを得なかったからでもあるし、おそらくテレビ的なパターンも一役買っているでしょう。テレビではひとつのシリーズの各部分は比較的自立したものである必要がある。演劇はたしかにほとんどの観客にとっては、テレビ番組の中断なのですから」。あるいは、「『ヴォロコラムスク幹線路』第三部から第五部は、私が東ドイツのために書いた最後の三つの場面です。書き上げるのはじつに速かった。東ドイツがその重要性や正当性を失っていけばいくほど、私の筆も軽くなっていった。東ドイツはますますその正当性を、かろうじて死者たちから手に入れるようになっていった」。「『賃金を抑える者』の演出は挫折した東ドイツへの回顧からなされた。同様に『ヴォロコラムスク幹線路』も、社会主義圏の終焉へのまなざしをもつひとつのレクイエムだった。たくさんの飾りのついた墓石群はふさわしくない。墓石は単純でなければならない」。

前述の「教育劇回帰」発言は、八六年の東ドイツの演劇雑誌「テアーター・デァ・ツァイト」誌のインタビューのなかで語られたもの、つまり『ヴォロコラムスク幹線路』の第一、二部が発表された直後である。第一章で引用した、「『画の描写』で私にはひとつの段階がある地点に、終点あるいはゼロ地点にまでもたらされた」という発言もここからだ。『画の描写』に比べて技術的水準が低いのでは、と問われたミュラーはこう答えている、「『ヴォロコラムスク幹線路』のテクストで構想されているのはゲームのモデルです。たとえばモリエールのテクストがシェイクスピアのそれと違って読むテクストではなく演劇のテクストであるように、これも演劇のためのテクスト・ゲーム・マシーンなのです。これで演じることが出来るように、表面はきわめて厳密に書かれなければならない。司令官のこの想起は集団的な想起として考えられている。そうでないとだめなのです。思い出すのは個々人ではない。つまりどういうかたちでこれを分解しようが、ひとつの集団がこのゲームにかかわるということが必要です。これは一人の語り手のためのテクストというより、コーラス（コロス）のテクスト、モノローグであろうがダイアローグであろうが。そうしてこそ初めて、実際の機能が生まれる。このゲームのモデルの構造は複雑です。第三部はもっと複雑になる。要するに複雑性はここでは言葉ではない、文学的な地平にではなく、演劇的な地平にある。『ヴォロコラムスク幹線路』は工業製品見本のようなものを作り出すことをめざしている。似たようなテクストが創造されるために、多くの人に使われ得るテクスト。『画の描写』はそれにたいして、比較的難解な文学的・芸術史的なコンテクストのなかにある。この種のテクストとかかわり合うにはコンテクストの知識が必要です」。集団的に演じながら想起とその検証をともにおこなうゲームのモデル、それに使われるための素材としてのテクスト——これはそれ以前のドラマ・テクストよりもはるかにドラスティックに、芸術作品という性格を逸脱しているだろう。もはや作品ですらないのかもしれない。「教育劇回帰」ではないかと問われて、「もちろんです。これは教育劇の構造をもっている。それは明らか。ここでは限度を越えたメタファーは存在しないことが前提になっている。でないと〈教育劇〉は機能しない。〈詩《ポエジー》〉があまりに無理をすると、ゲームのモデル全体が作動しなくなるのです」。さらに、それではあの九年前の「教育劇訣別宣言」での不可能状況は過ぎ去ったのかと問われると、「いまのところはまた過ぎ去った。何かを学ぶことは歴史的に何かが動いている状況においてのみ可能だからです。いまは何かが動いている、動くに違いない、と思う。変化に向けて状況は熟している。何かがまた学ばれ得る、学ばれなくてはならない時なのです。だからまた「教育劇」のこのゲームのモデルがアクチュアルになる」。『マウザー（モーゼル銃）』との違いを問われて、「『マウザー（モーゼル銃）』の葛藤は絶対的に極端な、あるいは緊急状況で起こる。感情を抑えて使わざるを得ない状況です。ひとえに生命にかかわるから。いまはもはやそうではない。もはや感情を制御してかかわらなくていい。むしろいま必要なのは感情の文化、感情の教育です。これがいま必要。構造はより複雑で、むしろ個々のことが大事。もはや緊急状況ではない、自由空間はもっと大きい」。最後にインタビュアーに楽観的にすぎるのではとさえ言われている。

しかし自明のように語られている「教育劇」とは、そもそもいったい何なのだろう。

出自はもちろんブレヒトだ。周知のように、一九二八年に『三文オペラ』で世界に名を馳せたブレヒトはその豊穣さをかなぐり捨てたかのように、二九／三〇年を中心に禁欲的な「教育劇」と呼ばれる一連の試みをおこなった。しかも十数年の亡命の後、戦後再び『肝っ玉おっ母とその子供たち』や『コーカサスの白墨の輪』の舞台化で世界の演劇人の注目を集め始めたブレヒトは、一九五六年の死の直前に、アイスラーとヴェークヴェルトから「あなたの戯曲のうちでどれが未来の演劇の形式か」と問われて、即座に「『処置』だね」と答えたという。一九三〇年の初演時にすでに左右両極からさまざまな非難をあびたこの『処置』に、のちのブレヒトは最後まで上演許可を与えていなかったのだが。このブレヒトの〈教育劇の謎〉に真正面から挑んで、教育劇こそがブレヒトによって明確に未来に照準を合わせられた「未来の演劇」であることをゲルマン的徹底性で論じてみせたのが、第一章でも触れた、一九七二年に始まるシュタインヴェークの仕事であった。ベンヤミンを借りれば、「ブレヒトは、演劇芸術の総体にたいして、演劇の実験室を対置させた。かつて演劇がもっていた偉大な可能性――現実の明示――を、新たな方法で取り戻そうとするのだ」（『生産者としての作家』）。一九二四―三三年のベルリンで、大都市化、大衆化、工業化、資本主義化の怒濤のごとき進行を身を以て体験したブレヒトは、演劇芸術の場でそれへの対立構想と対抗手段を紡ぎ出す試みを開始した。制度的には近代化の矛盾〈＝すべてを、「芸術」をも貫く「資本の論理」〉に対抗しうる、生産と消費のあいだの裂け目を止揚した（「観客のいらない」）新しい芸術のありかたを模索する試み。テーマ的には、大衆社会の成立で明らかに終焉・破綻した近代個人主義に代わりうる新しい個人の誕生の模索。そしてそのための形式と言語、方法論の探求。作品に即して言うなら、処女戯曲『バール』で近代市民社会と近代個人主義の黄昏をイメージャリーに歌いあげたブレヒトは、「一九二五年の沖仲士ゲイの変身」という副題をもつ『男は男だ』で、生まれてきつつある悪しき新しいもの＝「大衆」のなかに新しい可能性を探ろうとする、結局はその主人公はファシズム（＝戦闘マシーン）に取り込まれていくのだが。そしてたとえば教育劇『処置』で、資本の論理への対抗原理《アンチテーゼ》であるはずの社会主義のなかのあやうさ、イデオロギーに硬直化していくもの（スターリニズム）への警鐘を鳴らし、そのアンチテーゼを個人対集団の力学で探るための実験が、未完に終わった膨大な遺稿『ファッツァー』ではなかったろうか。ヒトラーの政権獲得のためにこの「教育劇」の試みを中断し、その後、スターリンによる粛正の事実は重々承知しながらも、資本主義競争の矛盾がうみだしたファシズムに抵抗する思想的立脚点として、チャーチルでなくスターリンの側に立ったブレヒト。

そしてミュラーは、戦後の東ドイツで一九三三年で中断した試みに戻れなかったブレヒトに代わって、近代以降の芸術（演劇）概念のパラダイムを根底的に転換させようとしたブレヒト（たち）のその一連の壮大な実験の試みを引き継ごうとしたのではなかったろうか。未完のままの〈パラダイム・チェンジ〉。時代の焦眉の問題を共同で検討する場、現実に介入し、答の出ていない問いを集団的に演じ、探り、経験として考え・学ぶための検証の場、ゲーム・マシーンとしての演劇。それはいまだ生まれていないもの、新しい主体とその主体同士の新しい関係の誕生を、資本の論理やファシズム、何よりスターリニズムへの対抗主体として遊戯のなかで実践的に促す試み、とも重なるだろう。「『マウザー（モーゼル銃）』は、『処置』の一九二九／三〇年とのあいだの四〇年の出来事を顧慮して、『処置』を新たに書く試みです、……つまり、スターリン〈複合体《コンプレックス》〉と関連する問題の知識にもとづいて、です」（『マウザー』への注記）。『ピロクテテス』、『マウザー』、『ホラティ人』は、政権をとった社会主義＝〝スターリニズム〟に関する三つのドラマ・テクストであり、そして、『ヴォロコラムスク幹線路』第一部の関心は、「ある例外状況においてソヴィエト秩序が失効するということ。カール・シュミットのいう意味での主権、ベックの小説においては反スターリン主義の萌芽です」（『自伝』）。

ともあれ、七七年に訣別宣言したそういう「教育劇」の試みに、ミュラーは八五〜八八年の『ヴォロコラムスク幹線路』で再び戻ったのだという。社会主義東ドイツの歴史のそのつどの決定的な転換点となった対立状況のさなかに孕まれていたはずの矛盾＝古きものと新しきものの拮抗のなかに、再度オールタナティブな答えを探すために、忘却にさらされている大衆の記憶に想起と再決断の揺さぶりをかけうるようなテクストで——。東ドイツに生きた人々には、スターリングラード戦であれ、五三年六月十七日であれ、プラハの春であれ、それぞれに痛切な想いのあった出来事であったはずだ。そしてそれは、「ソ連への、東ドイツへのレクイエムになった」。

もうひとつ別の視角からもこの作品をとらえておきたい。

エメリッヒは、この作品は「歴史家論争」への寄与でもあったろうと指摘している。[9] 周知のように「歴史家論争」は、一九八六年にエルンスト・ノルテが「フランクフルター・アルゲマイネ」紙に発表した、ヒトラーをスターリンと重ね合わせ、東部戦線の再評価も含めて、ナチズムの特異性を比較可能性に転換し、第三帝国時代の歴史の再評価と中部ヨーロッパの復権を意図した論が発端となって、ハーバーマスなどの反論を含めて何年かにわたって西ドイツで展開した論争だが、ミュラーはそのノルテのテーゼの逆転を狙っている、と。つまり「社会主義こそファシズムに抵抗するために自らをファシズム化せざるをえなかったのだという点に関しては、ミュラーのテクストには疑念の余地はない……ファシズムという敵のせいでソ連の兵士もその敵の現実習得のかたち（道具化、服従、破壊）を身につけねばならず、本来自分のものである現実習得のかたちへの余地がもはやなくなってしまったのだ」、と。『ヴォロコラムスク幹線路』の第一部が発表されたのは八五年でこの論争以前だからいささか計算は合わないのだが、論争の助走ともいうべきものはこの頃から始まっていたし、現代ドイツ史および中欧を中心とするヨーロッパ史はこの時代の再検討に集約もするだろう。それに『ヴォロコラムスク幹線路』の五部連作が波状的に発表された一九八五～八八年はもろにこの「歴史家論争」と時期的に重なっているし、こののちにヒトラーとスターリンをテーマにした戯曲を書きたいとは、ミュラーがしばしば言及していたことでもあった。ノルテと同様に全ヨーロッパ、とりわけこの戦争で瓦解したヨーロッパ中欧の再興を願うヒルグルーバーも八六年に、「一九四一―四四年のナチスドイツの権力領域でのユダヤ人殺害と、それに直接につづく一九四四／四五年の東欧からのドイツ人追放とプロイセン・ドイツ帝国の瓦解」の二つが中欧の崩壊の主因だという論陣を張った。もっぱら西ドイツで展開したこのドイツとヨーロッパのアイデンティティをめぐる論争を、東ドイツ、ひいては東西を含めた問題領域にまで敷衍して考察してみようという意図がミュラーにあったのではないか、ともたしかに推測されることではある。「歴史家論争」ほどメジャーでジャーナリスティックな地平では展開しなかったとはいえ、それ以前にも戦後西ドイツ歴史学界では七〇～八〇年代にかけて、ナチズムは特異でプロイセン・ドイツの保守主義の本流からははずれるものであったとする論争が、あるいは「ドイツの悲惨」による遅れたドイツの「特有の道」をめぐる論争が前史として展開していたし、他方東ドイツでもプロイセン・ドイツを顕揚する動きが隠然あるいは公然と進行していたのだから、『グンドリングの生涯』もそういう論争を横目にみながらのミュラーの探求＝検証の作業だったのかもしれない。いいかえれば、ミュラーにおける「ドイツの悲惨」とプロイセン問題から「東部戦線」問題への展開は、そういう歴史学界における問題視点の動きと問題意識において連動していたようにも見える。

二〇世紀を歴史的に総括する問題点はおそらくそこに凝縮しているのだろうし、それに一九九一年にもなおミュラーは、「いま起こっていることは、私にとってはスターリングラードで始まっている。私にはたんなる結果にすぎない〈壁〉の崩壊について書くよりも、スターリングラードについて書く方がずっと興味がある」と発言している。「自伝」ではこうも言う、第二次大戦を扱った戯曲でこれと示せるようなものはほとんどない、「左派の排除のテンポは戦後の両ドイツにおいて、右派の排除に劣らないほど激しかった。難民や移民の隊列がテーマになっているものでめぼしいものを私は知りません。あるのはドキュメントや報告文書、あるいは解放の驚きといったものだけ。この忘却の速度は真空状態を作り出す。西ドイツの左派はアウシュヴィッツのことは記憶していても、ふたつの民族の悲劇であったスターリングラードのことは覚えていない。次のものとしてベトナム戦争がきてしまう。東側の国家的存在証明は潔白、つまり反ファシズムの民衆だった。しかし難民や移民のなす隊列は途方もない規模の民族移動でした。この追放、逃亡、移住、どんな言葉で言っても構いませんが、これはヨーロッパ史の巨大な転換点だったのです。それなのにドイツの戦後文学にはまったく出てこない。出てきてもコンサリクや通俗文学においてのみなのです」。「ドイツに関していま興味をもっているのは第二次大戦です。いま、ヒトラーとスターリンを関連づけることがやっと可能になった、演劇においてもです。この二人がいまなら対話を交わすことができる。彼らの仕事は終わってしまったのですから。ゴットフリート・ベンの言葉を使えば、『汝の作品は眠りにつき、完成のなかで光っている』。この戯曲の計画は五、六年も前からで、メモや草稿もあります」。

「歴史を無視するものは歴史に追い越される」――「レッシングの眠り夢叫び」は、「ミュラーの眠り夢叫び」から「ゴルバチョフの眠り夢叫び」にも反転するだろう。二〇世紀の歴史の再検討の試みが、ミュラーのなかでまた新たなかたちで始まっていたのかもしれない。

4　歴史と出来事と物語と演劇――『決闘　トラクター　ファッツァー』

この第三章の冒頭でふれた一九九三年秋のBEでの『決闘　トラクター　ファッツァー』の演出は、じつは「ミュラー／ブレヒト」のかたちで、この『ヴォロコラムスク幹線路』と『ファッツァー』を「／《スラッシュ》」によって媒介させる試みであった。ミュラーとブレヒトを連結させて、それぞれの歴史的な時点での出来事を地層的に重ね合わせる「浸透膜＝／《スラッシュ》」で、〈演劇〉を脱構築させる試み、ともいいかえられるだろう。

プロローグは、『ヴォロコラムスク幹線路』の第四部『ケンタウルスたち』の巻頭言にも引かれているシェイクスピアの『テンペスト』からの引用、この舞台での唯一の女優である旧西ドイツ出身のマッテスが語るミランダの台詞「ああ、なんたる奇跡／ここにはいい人がこんなにいる／人間はすばらしい、すばらしい世界だわ／こんな人たちがいるなんて」と、そのマッテスに車椅子で押されながら登場するかつてのデーファ映画の大スター、一九〇三年生まれのゲショネックが応じるプロスペローの台詞「おまえは彼らを知らないのだよ」で始まる。これはこれで十分にいまのドイツの状況への暗喩だろう。そこから時間（Geschichte／歴史／出来事／物語）は逆向きに回転する。舞台は最後まで一貫して客席に向かって斜めになった開帳場に巨大な机がひとつあるだけ。そこにプロローグの二人に四人の男優が加わって、互いに役を転換させながら、テクストをかけ合いのコロス（合唱）かオラトリオのように、朗唱マシーンのように語り、観客に叩き込んでいく。劇場空間はさながら、〈歴史／出来事／物語〉の言葉の採石場となる。

第一景は『ヴォロコラムスク幹線路』の第五部『拾い子』、つまり六八年の「プラハの春」への軍隊の侵入に抗議する息子と党官僚の養父の対立。第二景が『ヴォロコラムスク幹線路』の第三部『決闘』、五三年六月十七日の労働者のストライキにおける工場長と部下の対決。いわばここまでが第一部で、題して『決闘』。第二部は、終戦直後の東ドイツで地雷撤去に駆り出されて爆発で片足を失うトラクター運転手を扱った『トラクター』(七四年の作品)。そこで前半が終わり、客席に詩『モムゼンのブロック』がマイクの朗読で流れるなかで休憩となる。

ガタリに捧げられた「宝石のように小さな」(「シュピーゲル」誌)韻文詩『モムゼンのブロック』は、フンボルト大学の前庭にマルクスの記念碑の代わりにまた戻ってきて、再びそこに坐っているプロイセンの歴史家テオドール・モムゼンの像に触発されて生まれた作品でもある。そのモムゼンを相手にミュラーは、彼が歴史家として不動の名声を打ち建てた『ローマ史』の第四巻、帝政時代だけを書かなかったのは何故なのか、と問いかける。それはミュラーに今日言葉を妨げているのと同じもの、嘔吐だと。モムゼンをネロとその共犯者たちの前で沈黙させた吐き気が、東ベルリンで「資本の亡霊《レムール》たち」の勝利の雄叫びを聞くミュラーをも沈黙させるのだ、と。そんな、しかしドイツ人にも難解らしいテクストが、休憩中の劇場に淡々と流れていく。

休憩後の第三部が『ファッツァー』。ブレヒトの一九二九／三一年の膨大な未完のこの教育劇の草稿からミュラーがつくりあげた「ブレヒト／ミュラー版」。大まかな筋は、第一次大戦の終わりに個人主義者でアナーキストのファッツァーが仲間の兵士四人を新しい時代が来るまで待とうと誘って脱走するが、そのエゴイスティックな言動ゆえに仲間を危険にさらすため最後には粛正される、ということなのだが、テロリスト・コッホによる最後のエゴイスト・ファッツァーの粛正要求の演説の朗読から始まって、それが何度か入れ子になりつつ、さまざまな断片が重ねられ、それぞれがいわば爆破・解体されて、粛正されるファッツァーの破片が飛びかう、といった感じだ。たとえば、「この闘争で誰が勝利したのか／私にはわからない／だが誰が勝利しようと／ファッツァーは敗けたのだ。／君たちが僕のことを疑ったとき／僕は敗けた／そしてこれから先長いこと／君たちの世界にはもはや／勝者は存在せず、増えるのは／敗者のみとなるだろう」のファッツァーの台詞が、死者ファッツァーを召喚するかのように、テロリズムを再度ヒューマニズムに転換させようとするかのように繰り返される。

ミュラーは「自伝」でも何度も『ファッツァー』に言及し、これをブレヒトの最上のテクスト、「技術的には最高の水準」、「ポスト・ブルジョアジーの経験のエッセンス」、「羨望の対象」、「百年に一度の作品」とまで述べている。「『ファッツァー』がカール・リープクネヒトとローザ・ルクセンブルクの暗殺に関連していたことは明らかでしょう。それがひとつの斬首、ドイツ共産党の首を切り、それをレーニンに引き渡すことだ、ということを彼はわかっていた。今世紀のゼロ地点へ向けるまなざし。ファッツァーは党員／同志に処刑される前にこう言うのです、『これから先長いこと／君たちの世界にはもはや／勝者は存在せず、増えるのは／敗者のみ』」。「それはまた私にとっては、RAF〔西ドイツ赤軍派〕についての戯曲、『ニーベルンゲン物語』から『群盗』、『ファウスト』、『ダントンの死』、『ゴートラント公』といったきわめてドイツ的な伝統に連なる戯曲でもあった。ドイツ分断のドラマ。フランツ・モールとカール・モール、ファウストとメフィスト、ダントンとロベスピエール、ゴートラントと黒人ベルドア。ダントンの幸福要求と、その幸福要求を仮構された未来やプログラムのために抑制するロベスピエール。そのかぎりでは十月革命はフランス革命の枠組みを抜け出してはいなかった。一歩前進どころか結果的にはむしろ一歩後退。ロシアにおいては、フランス革命が新たな条件のもとでもう一度起こらなければならないのです」。「自らを殺人へと追い立てざるを得ない人々。『マウザー（モーゼル銃）』や『処置』においても、問題はまさにその点にあるのです」。さらには一九八九年十一月四日の東ドイツ民主化運動の頂点だったアレクサンダー広場での五〇万人集会でもミュラーは、演説者のリストに連なっていたのだが、「そこに出かけるときいやな感じがしたものです。そこではすでに現実に追い越されてしまった芝居が上演されている。演し物はもはや存在しない国家の解放の劇。何を演説すればいいのか私にはわからなかった。追従に聞こえることは避けたかった。ブレヒトのテクスト『ファッツァー、出て来い』を朗読しようかと考えていた」。実際はその場で三人の若者から渡された独立労働組合設立の呼びかけのビラを読み上げて聴衆から盛んな野次を浴びたのだが。

旧東ドイツでは自分では演出できなかった『ヴォロコラムスク幹線路』を「ブレヒトの最上のテクスト」である『ファッツァー』にコネクトさせるかたちで、ミュラーは「教育劇の試み」を舞台の上に載せ、それを新体制となったブレヒトゆかりのBEでの最初の仕事とした。一九九三年、六八年から一八年へと時計を逆回転させる構造のなかで、挫折に終わった二〇世紀のドイツの社会主義革命の歴史が、その矛盾を孕んだ決定的転換点において再検証・再提起される、革命の考古学、消滅した東ドイツへの、挫折に終わった二〇世紀の社会主義革命の歴史へのレクイエム――たしかに「たくさんの飾りのついた墓石群はふさわしくない。墓石は単純でなければならな」かったのだろう。もっとサービスしてくれても、と思った私が僭越だった。正直言って、言葉の錬金術のようなしかも韻文のテクストが、ほとんど抑揚のないオラトリオのように語られると、こちらの聞き取り能力をはるかに越えもする。しかし客席に三分の二ほど残った観客は、じっと耳を凝らしていた。終幕後、隣に坐っていたドイツ人の観客に「いかがでしたか」と尋ねたら、「これは私たちの歴史なのです」という答えが返ってきた。そうなのだと、逆にこちらも納得した。ありえたかもしれない、しかしそのつどの結節点で圧殺されてしまったもうひとつのドイツの眠り夢叫び――ブレヒトの「ファッツァー、出て来い」とローザ・ルクセンブルグの「自由とは、異なる考えをもつ人の自由」という声が聞こえてくるようだった。実現しなかったオールタナティヴな夢と可能性を、「忘却　忘却　そしてまた忘却」にさらすことなく、集団的に想起・検討しつづけること――ミュラーはこの舞台も、いまはなき旧東ドイツの人たちに仮託として贈ったのだ。しかしそれは、二〇世紀の世紀末を生きる私たちの問題でもあるのだろう。ロシア革命はなぜ起こり、なぜ潰えたか。ホロコーストはなぜ起こり、「国家／民族／宗教問題」はいかに解決しうるのか。やはりそこを問わなければ二〇世紀は無に帰するだろう。二〇世紀から二一世紀への問い。二一世紀は何で見通すのか。ともあれ〈大きな物語〉の終焉したいま、まずは〈Geschichte／出来事／物語／歴史〉の考古学的・解剖学的な検討を重ねることではないのだろうか。「今世紀のゼロ地点へのまなざし」＝ミュラーのゼロ地点への揺れ戻し――私にはしきりにペーター・ヴァイスが重なって見えた、とりわけ彼の遺作となった『抵抗の美学』が。

「根本的に芸術は政治や歴史とは異なる時間をもつ。プリミティヴな例をあげれば、宗教はさまざまに移り変わるが、それによって作られ生命を与えられた像は残る。その両者は区別しなければならないのです。いまはそれが難しいのはわかる。すべてが統一のお粥、ビールの酩酊で、多くのことが入り混じっている。それを次第にまた切り離すべきなのです。大事なのは忘却と抑圧に抗する

東ベルリン、1989年11月４日
上・クレゴール・ギジとクリスタ・ヴォルフ夫妻とともに
右・若者たちに渡された独立労組設立よびかけのビラを演説として読んで野次を受けるミュラー

東ベルリン、アレキサンダー広場での1989年11月４日の50万人大集会

闘い、妨害としての演劇。政治が繰り返し装う偽装の平和や偽装のコンセンサスを妨害する演劇です」(「テアター・ホイテ」誌一九九〇年)。

時代を見据えながらその流れに迎合することなく、焦眉の必要事を、難破船の船長をも引き受けながら、同時に時代と歴史の読みにかかわっている劇作家、書くものは今日へのアクチュアルな問いかけで、その演劇実践は明日への探求――やはり、「ハイナー・ミュラー・コンテンポラリー」だったのだ。

5　遍在を透視するまなざし――ブレヒト作『アルトゥロ・ウイ』の演出

その後のミュラーの展開を追っておこう。

遍在するアウシュヴィッツ――おそらくはそれが、たとえば〈戦争〉というフィルターを置いたときのハイナー・ミュラーのまなざしの質なのだ。「シアターアーツ」誌に訳出した『アウシュヴィッツは終わらない』と題する対話[10]でも、ナチズムをドイツ的なものに局限化し、アウシュヴィッツをヒューマニズムの観点から断罪したいかの若いフランス人演出家にたいして、ミュラーはさまざまな話のブロック的な積み重ねのなかで、アウシュヴィッツの特権化でなく平準化を対置させようとしていた。たとえば、いままではヨーロッパ人が植民地でやってきたことをヒトラーはヨーロッパでやってのけるという地理的な間違いをおかしたのだとか、国民社会主義《ナチス》は本来ドイツ労働者階級の最大の歴史的成果なのだ、と言って、本気で言っているのですかと驚かれたり。ドイツの大コンツェルンはすべてアウシュヴィッツや他の収容所でもアメリカやイギリスの産業界と提携して仕事をさせてもらっていたから、西ドイツの奇跡の経済復興はアウシュヴィッツの成果だと言って、証拠があるのかと問い返されたり。殺人技術はつねに時代の絶頂に立っていたし、拷問は人類史の最古の職務、アウシュヴィッツは今世紀とその選抜原理のモデルなのだ、と普遍化したり。アウシュヴィッツは演劇のための素材でもあるのではと再度問われても、元SSの老人と殺人を始める少年を扱ったスティーヴン・キングの小説や、「外国人縁石つぶし」を当たり前のように実行するスキンヘッドの青年の話へとずらしたり――。

つまりミュラーのまなざしは、〈アウシュヴィッツの遍在〉を透視している。これは、ナチズムにたいして反ファシズムの闘いを（かつての東ドイツがそうだった）、ヒトラーにたいしてショル兄妹やシンドラーを（かつての西ドイツやいまのスピルバーグの映画『シンドラーのリスト』のアメリカもそうなのか）対置させる発想とは似て非なるもの、どこかで根底的に位相を異にする、むしろランズマンの映画『ショアー』と通底するまなざしなのではないだろうか。もちろん他にも、ユダヤ人を助けたシンドラーたちや、女子供を選別してガス室に送る命令を拒否した下級SS隊員もいたかもしれない。だがそんな「ヒューマニスティックな」反証や啓蒙を掲げることでアウシュヴィッツの非人道性をあげつらったとて、結局は裏返しの同じメタルの両面で、ヒトラーやネオ・ナチを産み出す構造には、あるいは旧ユーゴのあの内戦状況には対応・対抗できないのではないだろうか。ミュラーの言うことを聞いていると、若いフランス人演出家ではないけれど、夢も希望も誇り高き「私」もなくなる気はするのだが、共産主義が再びヨーロッパの妖怪に戻ったのちに立ち現われてきたのは、たしかにむきだしの〈人間なるもの〉、もっと動物的な欲動みたいなものではないのだろうか。そしてそれは、アウシュヴィッツを可能にしたものと、どこがどう違うのだろう。

　ともあれこの対話は、九五年六月にＢＥで初日をあけたミュラー演出の『アルトゥロ・ウイの抑えることもできる興隆』（以下『アルトゥロ・ウイ』）への上演パンフで、序章で触れたようにＢＥの機関誌でもあった「印刷物《ドゥルックザッヘ》16」に掲載されたもの。ミュラーは初日前の新聞インタビューでも、アウシュヴィッツの原理、弱者淘汰の選抜原理が最終的に勝利をおさめたことをこの演出で示したい、と告示もしていた。しかもこの舞台は、初日には喝采が十五分以上も鳴り止まなかったほどの大成功となった。いくつもの新聞が、ついにミュラーはやってのけた、これでまたやっとＢＥは観にいく甲斐のある劇場になった、「ＢＥの抑えることもできない興隆」の合図だと激賞。たとえば、「詩趣あふれる演出の充溢した偉大なる政治的な俳優演劇――この芝居小屋でまだこんなものが期待できるとは、誰が思っただろう」（「ズュートクリーア」紙）。

　九四年秋に癌の手術を受けてから静養をつづけてきたミュラーの復活であれば観に行かないわけにはいかず、九五年七月にベルリンに飛んだ。おりしもあの「梱包芸術家」のクリストとジャン・クロードの〈国会議事堂風呂敷包み〉で、ベルリンは宿をとるのも困難なほどの盛況ぶり。そのほぼ対岸にある劇場ＢＥの『アルトゥロ・ウイ』も、切符入手が至難のわざという盛況ぶりだった。

　正直言ってなぜいまごろミュラーは、ブレヒトが四一年にヒトラーの興隆をシカゴのギャング団に移し替えて書いた（そして生前は出版も上演もされなかった）この政治寓意劇『アルトゥロ・ウイ』を演出するのだろう、と思っていた。たしかに一九九五年は戦後五十周年で、たとえばウィーンの五月の芸術祭も「戦争と演劇」をテーマにかかげ、旧東ドイツ出身の女性演出家ラウターバッハがクラーゲンフルトの劇団を率いて演出した『アルトゥロ・ウイ』がその幕開けに上演されもした。しかも、演出への動機がその直前にオーストリアで開催されてハイダーや何人かの政治家も参加した全欧のＳＳ（ナチス親衛隊）退役軍人の集会であったことを公言した演出家が、稽古中に偽の手紙爆弾で脅迫されるという事件さえあった。ドイツでは、そんな外的な状況要因にはもっと事欠かない。日常茶飯事のようなシナゴーグや難民住宅の焼き討ち、スキンヘッドやネオナチの台頭、文字通りの「有色外国人つぶし」。さらにはアカデミズムやジャーナリズムでのナチスやアウシュヴィッツの犯罪性の相対化をめぐっての〈歴史家論争〉に、その延長線上にあると言える「リベラル左派」を批判したボート・シュトラウスのエッセイ『膨れ上がる山羊の歌』をめぐる論争、等々。ともあれことに再統一後のベルリンは、戦後五十年などどこ吹く風といった風情の東洋の島国の大都市と違って、現代史の鼓動音がよくもわるくもじかに聞こえてくるような街なのである。

ことをＢＥに限ってさえ、事態はじつに騒然としていた。〝ドイツ統一〟後の九二年にベルリン市から多額の助成を受けつつ有限会社として五人のビッグな演出家による共同監督体制により再出発したＢＥだったが、まずラングホフが抜け、その後を俳優側からの監督として女優のエヴァ・マッテスがうめたりしたものの、実質的にはミュラーの病気もあって、旧西ドイツ出身の演出家ペーター・ツァデクの専横体制がつづいていたかにみえた。そのツァデクが九五年夏でＢＥを辞めることを宣言、ついでにミュラーをファシスト呼ばわりし、彼の演劇はネオ・ナチの空気を助長していると批判した。とにかくその後、癌手術直後のミュラーは名実ともにひとりでＢＥの重責を担わざるをえなくなる。しかも同じころ、あの六〇年代に『神の代理人』などで記録演劇の旗手となった劇作家のロルフ・ホーホフートが財団を設立してＢＥの権利を買い取ったことが明らかになって、一大スキャンダルになっていた。その背後では、不動産の所有権を東ドイツ体制以前に戻すという法律により、かつてのこの劇場の所有者でヴェルトハイムなどのデパートをいまなおドイツにもつアメリカに亡命したユダヤ人資本家が、ＢＥの座付作者兼演出家兼劇場監督になりたいホーホフートを後押ししている、という噂だった。まさに戦後五十年どころか戦前までが現在形の妖怪として徘徊しているのが、ドイツの現状なのだ。そんな多事多難なブレヒトゆかりのＢＥで、そんなミュラーがかちえたのが、『アルトゥロ・ウイ』演出への喝采でもあったのだった。

たしかに、今回は意識的に成功を狙った、あるいは成功を自らに義務づけていたのではと思えるほどに、演出家ミュラーの才は冴えていた。現在形で徘徊する妖怪にこの作品を対峙させるのにミュラーがとった戦略は、まずは引用化と言えるだろうか。ブレヒトが異化としてシカゴにずらしたこの作品に、再度ベルリンが枠として引用される。上演の前と後には劇場の外のバルコニーに俳優が立って、ヒトラーの演説を延々とつづける。対岸ではナチスが手にした政権を強化するために一九三三年にアカ（共産党）狩りのためのでっちあげとして放火した国会議事堂が、ちょうどクリストとジャン・クロードの「環境芸術作品」として〈風呂敷包み〉されてもいて、それさえも引用となるかのようだ。そんな大きな枠づけのなかで、この作品全体も引用となっていた。

幕開きは、ゲーテの詩にシューベルトが作曲した『魔王』が流れるなか、発動機の入った大きなガラス張りの箱に、四つ足で上半身裸の男がよじ登り、観客に血塗れの舌をだす。吸血鬼、あるいはパニック的にあえぐ追われた動物、あるいは紐につながれたドイツ・シェパード犬というところか。その演技がスーパースターと絶賛されたマルティン・ヴトケ演じるこのウイは、ブレヒトの女婿シャルがＢＥで五百回以上も演じて定番となったようなヒトラーのそっくりさんではない。頭の後ろ半分はスキンヘッドに剃りあげた、社会の最下層から政財界の有力者に成り上がろうとする、そして最後は大量殺人者となる男の、魅力的なサイコグラムである。市長ドッグスボロー（＝大統領ヒンデンブルク）のような政界の大物たちは壇上の真ん中にぶらさがった赤い写真枠でポーズをとり、ウイたちギャングは地下鉄の排水溝のような地下から這いあがってきて、あいだで財界の市民層がうろうろする、という構図だ。圧巻はそのウイに、もうひとりのスーパースターで、一九〇五年生まれの当時九十歳の老優ベルンハルト・ミネッティが、王者のように椅子に坐ったまま、立ち方、歩き方、演説の仕方を演技指導する場面だろう。ミネッティはナチス時代も俳優として生き延びて、九二年にはグリューバー演出で主役ファウストも演じ、劇作家ベルンハルトが『ミネッティ』という戯曲を捧げもした、ドイツ人なら知らぬ者はいないほどの名優だから、いわばミネッティが「名優ミネッティ」を引用する、というか。そしてアンチ・ヒーローの弱虫がいかにして大衆扇動者になっていくかを示すその展開は、不安と恐怖は暴力の両親で、人間のマニピュレーション可能性を思わせもする。

ミュラーは事前のある雑誌でのインタビューでこうも述べていた。なぜナチスが、ヒトラーが、こんなに魅力をもちえたのか、いまなおもちうるのか、この戯曲でいくらかは示せるのではないか、「観客がひょっとしたら、自分自身のなかにもヒトラーを発見する、ということも起こりうるかもしれない。この作品で今日なおおもしろいもうひとつの点は、政治とマフィアの結びつきです。それがこの作品の楽しさを高めているとともに、いまじつにアクチュアルな側面でもある。マフィア構造は次第に政治のなかに移行しつつある、あるいはすでに移行している、もちろんドイツ統一以来それは前よりずっと顕著です。一九八八年にここでこの作品を演出しても、どうしていいか私にはわからなかったでしょう。せいぜい人はスターリンを連想するだけだったと思う。今日では連想領域ははるかに大きい」。シカゴのギャングを三〇年代のヒトラーへ、そして遍在する現代のヒトラーたちへ重ね返すというミュラーのこの二重の異化＝〈逆異化〉は、単純に歴史化でもなければ現在化でもない、むしろ表層化、並列化、遍在化といえるだろうか。それゆえ原作のヒトラーの興隆を絵解きするような冗長な部分はカット短縮され、代わりに、ヴェルディの『オセロ』、ワーグナーの『タンホイザー』に『トリスタン』、七〇年代ロックのヒットパレードと、切れ目／コメントとして随所に音楽が引用され、さながらサイコ・オペラ、ハイ・テンポのグランド・オペラとしての政治劇、といった趣きだ。ハイブリッド化、というか、異なる要素の結合で、シニシズムあふれる血塗れのオペレッタ、「ほとんど初期のヴェルディ・オペラ」、「犯罪オペラ」だという劇評もあった。

ブレヒトが付け加えた現代に関連づけるための要約的なプロローグは、タブロー的なエピローグとして最後に置かれる。終景でもう一度人物が紹介されて、リストのピアノ曲が演奏されるなか、ミネッティが血のソーセージと肝臓のソーセージが対話するグリム童話を語る。ブラックメルヒェンの重ねあわせであるとともに、閉鎖されたシラー劇場でミネッティがグリム童話を朗読して喝采をあびた、かつてのシラー劇場の幸せな日々の想起・引用でもあるらしい。そして「人間なんてそんなもの、決して自分からはライフル銃を手離しゃしない」、そうウイが舞台前で告げて観客に投げキスを送り、鉤十字《ハーケンクロイツ》のポーズをとると、後景にミネッティを、前景にヴトケを浮かび上がらせるかのタブローが消えて、幕切れ。駄目押しの引用化だ。

たしかにこの舞台は、たんにヒトラーを歴史的に絵解きする寓意芝居ではまったくなかった。教

ベルリーナー・アンサンブルで圧倒的な評判を得た1995年初演のミュラー演出、ブレヒト作『アルトゥロ・ウイの抑えることもできる興隆』
上・エピローグで幕切れに身体で鉤十字の形をとる主役ウイのマルティン・ヴトケ。左に座っているのが老優ベルンハルト・ミネッティ
下・ベルリーナー・アンサンブルの食堂で打合せをするミュラーとヴトケ

訓も、アジテーションもなく、シニックなオペレッタのなかに置かれた歴史的タブローは現代への合わせ鏡となり、始まりも終わりもない世界が円環的に閉じて静止したかのようだ。あるいは成長が物神化して自己を消滅させていく世界の寓話か。私にはこのときにもしきりと、ドゥルーズ／ガタリの『アンチ・オイディプス』のあの資本主義という欲望機械が重なってみえた。思えば、九〇年にはガタリが逝き、この『アルトゥロ・ウイ』初演の九五年の秋にはドゥルーズが自殺し、そして暮れにはミュラーその人が故人となってしまったのだった。ともあれ、このブレヒトの引用化、歴史の引用化、現在の引用化は、ハイブリッドな結合に、名人芸的な俳優演劇、オペレッタ的な喜劇性と娯楽性という味つけを加えて、三時間があっという間の楽しさだった。たしかに圧倒された。いまどきブレヒトを、しかも『アルトゥロ・ウイ』を舞台に乗せるにはこれだけの手続きが必要で、これだけのことが可能だ、という手続きと手腕をみせつけられたような気さえした。さすがプロフェッショナル、さすがミュラー、そんなシアトリカルな成功を、BEを背負って立っていたあのときのミュラーはきっと、自分に義務づけてもいたのだろうなと、やはり思った。これは、「ブレヒト／ミュラー」作だった九三年の『決闘　トラクター　ファッツァー』の演出とも、『ヴォロコラムスク幹線路』五部連作の戯曲手法ともいささか異なっていて、むしろ『グンドリングの生涯』に戻ってもいるようだった。ブレヒト戯曲の演出の探求と同時に、歴史を演劇化する手法をもう一度検証していたのかもしれない。演出は次作への探求だと、「群像」誌のインタビュー（本書所収）でもミュラーは語っていたが。

じつは、すでにボーフム市立劇場の機関紙に一九九六年三月にヒトラーとスターリンを扱ったミュラーの新作が初演されることが告示され、その二つの場面の抜粋が「アウシュヴィッツは終わらない」の対話とともに、前述の『アルトゥロ・ウイ』の上演パンフでBEの機関誌「印刷物《ドゥルックザッヘ》16」に発表されてもいたのだった。戯曲作品《ドラマ・テクスト》といえるものは『ヴォロコラムスク幹線路』以来発表していないミュラーの、しかもとくにドイツ統一後に何度も言及している次作、ヒトラーとスターリンをめぐる芝居である。その抜粋の二場面をみたかぎりでも、のちに遺作を読んでも、やはり『グンドリングの生涯』の手法にもう一度戻ってみようとしているように思えた。『アルトゥロ・ウイ』の演出は、そのための探求でもあったのだろう。「ターゲス・ツァイトゥング」紙も、ミュラーは再度ミュラーを演出する前に、はじめてブレヒトを演出した、『アルトゥロ・ウイ』を選んだのはそのためではないか、ミュラーの舞台言語はいっそう気がきいて、直線的で慣習的で、オペレッタ的になった、と評していた。「ツァイト」紙も皮肉をこめてか、こう書いていた、「ハイナー・ミュラーはドイツ＝ソ連史のフランケンシュタイン博士だ。死体の諸部分を集めて縫い合わせ、短絡した言葉でそれを生き返らせる。どの悪罵の言葉も電圧は十万ボルト。ヒトラーとスターリンについてのミュラーの新作が初演されたら、雷雨とともに手術台から、人造歴史人間ヒストルンクルスが立ち上がることだろう」。このへんが、この『アルトゥロ・ウイ』の舞台への数少ない辛口の劇評というところだったろうか。次の章で触れるが、ともあれこの新作は完成して、ハイナー・ミュラーの遺作となった。

そのまえの九五年春に、映画監督で作家のアレクサンダー・クルーゲとミュラーの対談集『死者に借りのあるこの世界』が刊行された。ミュラーの語りの面白さはすでに定評となっているが、おもに一九九三〜九四年にテレビ放映された番組を中心にしたこの対談集もおもしろい。そのなかでミュラーは、ＢＥへの構想を聞かれて、こう答えている。

「ＢＥでやろうとしていることは、まったく単純。私の作品が上演されるのを見たい。じつに私的でエゴイスティックです。でもエゴイスティックなだけじゃない、何故なら歴史（／出来事／物語）を〈再　生《オーバーホール》〉する場所、劇場をもつというのはとても大事なことだと思うから。レパートリー企業、つまりたんにその日のためやアクチュアリティのために何かを売るだけではない劇場です。それにはレパートリー経営をやらずに、連関をもって演じることが前提となる。これはドイツの演劇構造全体に逆らうことだから、たしかにじつにむずかしい。しかし劇場が歴史記述の場所であることを主張するのはとても大事なことだと思う、それがそもそものコンセプトです」。「かなり前から書こうと思っている作品がある、シェーマティックにいえば、スターリングラード攻防戦で始まって〈壁〉の崩壊で終わる戯曲。この二つの出来事、あるいは歴史的時点は、絶対的に関連していると思う。おそらく五部か七部になるでしょう。それを毎年一部ずつ上演したい、二〇〇〇年に全部を通し上演する。そんな巨大なプランをいまこそもつべきなのです。現代の悪いところは、時間、速度、あるいは時の経過だけあって、空間がもはやないこと。いまこそ空間をつくって、この速度に歯止めをかけなくては」。

ブレヒトは十数年の亡命から東ベルリンに帰る途上で立ち寄ったライプチヒで、学生たちに「何をするつもりなのか」と問われて、「スキャンダルを科学的に引き起こす自分の劇場をつくりたい」と答えたという、今後二十年間にこの国で必要なのはイデオロギーに硬直化する思考法を破壊することだから、と。とすれば、ＢＥには歴史記述の部門と、スキャンダルを科学的に引き起こす部門の二つが必要で、後者のためには、劇場を私的なものにしなければならないのでは、とさらにクルーゲに問われたミュラーは、こう答える。「そう、劇場を私的なものにすることが前提です。成功するかどうかは、大半はお金の問題。でも、そう考えている。たとえば思い描いているのはこんなプロジェクト。あなたは知己はないだろうけど、ウィーン出身の演出家がいて、彼はいま東京で『ハムレットマシーン』を演出している。これはたしかにじつにテロリスティックな演出で、私は観てないのだが、彼の他の仕事は知っているからね。一、二時間つづくこともあれば、三十分で終わることもある。日本人には明らかな挑発で、センセーションでもあった。その男が、たとえば昔からの私のアイデアを実現してくれないかな、と思ってるんだ。シチュエーションは、こうです。ある酒場かディスコ。カウンターの後でスターリンがカクテルをつくっている。ボーイはレーニン。（……）ストリッパーもいて、それはローザ・ルクセンブルク。坐っている客の一人はジャン・ポール・マラー。バーには若い観客がいる。あるときマラーが一人の女の子に刺し殺される。彼女が聞きたがっていた音楽をマラーが嫌ったからです。そのさいの私の興味は、書かれた作品ではなく、演出家が俳優たちと、お望みなら素人さんたちもまじえて、オリジナル・テクストだけを使って、ひとつの事柄を展開させること。つまりレーニンはレーニンだけを、ローザ・ルクセンブルクはローザ・ルクセンブルクだけを、スターリンはスターリンだけを引用する。劇場ではこんなことも可能にならなくちゃあ」。

ＢＥでそのうちのどのくらいが実現しえたかはわからないが、いまどきそんなことが可能な劇場がありうるとすれば、そんなミュラーのいるそんなＢＥしかありえなかっただろう。『アルトゥロ・ウイ』への鳴り止まぬ大喝采は、ツァデクやホーホフートなどの非難攻撃にもめげずに頑張っているミュラーを後押しして支援する、そんな観客の存在を示すものでもあったのだ。レパートリー企業としての劇場は他にもたくさんある、なにもBEがそれに追随することはない、いまBEに必要なのはそんな果敢なミュラーなのだと、衆目は一致していた、というところだったのだろうか。『アルトゥロ・ウイ』で「BEの新時代開幕！」という喝采のなか、彼の構想がどのくらいの実りをもたらしてくれたのかも楽しみではあったのに、その直後の逝去はどうにも残念だった。

それにしても、ミュラーの歴史への思いとパースペクティブは半端ではなかった。たとえば九五年夏にギリシアで開催された第一回演劇オリンピックで、病身のミュラーは参加できず、代わりにミュラーのテクストを基にしたゲッベルス作曲・演出の『プロメテウスの解放』が上演されたのだが、その喚起する歴史感覚も圧巻だった。ことさらな仕掛けがあったわけではない。満天の星々、デルフィの巨大な古代野外競技場の遺跡、そこにしつらえられた舞台に作曲と演出を兼ねるゲッベルスがキーボードに向かい、その横にパーカッションの演奏者。そこに白ワイシャツに黒ズボンという現代のサラリーマンのような服装の男優が登場し、舞台から観客席、競技場をはるか遠くの果てまでも行ったり来たりしながら、ミュラーのテクスト『プロメテウスの解放』を語っていく、「二掛ける三千年ものあいだ、プロメテウスは自分を養ってくれた鷲の死を悼んで泣いた」――。それを強力なロング・ショットの照明が追いかけてまわりの峨峨たる山々までプロメテウスが縛られた岩山の引用として照らしだす。それだけだったのだが、数千年前の神話世界からいまある自分まで、観客である私の身体感覚のなかで実感として時間も空間ものびてメビウスの輪のようにねじれてつながっていくようだった。そして、自然と神話と歴史と、人間と人類はどこでどうつながっているのだろう、そんな想いがくっきり浮かび上がってくる。ミュラーのテクストの喚起力がなせるワザでもあっただろう。

クルーゲとの前述の対談集でもミュラーは、ピエール・ブーレーズの依頼でいま新作オペラの台本にとりかかっているところだと語っていた。そのさいの彼の興味は、そのなかにさまざまなものが掛けられるような、衣装掛け、足場、骸骨としての〈オレステス・ダイジェスト〉あるいは〈ヘラクレス・プロジェクト〉をつくることなのだ、と。これも楽しみだったのに。いずれにせよ、ハイナー・ミュラーの〈歴史〉を透視するまなざしは、五〇年や百年どころか、何千年、いや何万年もの悠久を見据え、ミュラーの〈戦争〉も神々から火を盗んだプロメテウスの闘いにまで重なり、そしてあれもこれもが断片的に破砕して、原子か分子のように並列的に遍在し、自らの結合価で、アンチ・システム的に相互浸透していくようだった。

第四章　ハイナー・ミュラー・メモリーズ

1987年、ギリシアのデルフィの古代劇場遺跡でのミュラー

死者たちは報復のときを待っている
ときおり片手を光のなかにかざしながら
まるで生きているかのように　彼らが冥のなかに
完全撤退するまでは　僕らには光はない

——一九九五年、十一月、詩『ドラマ』より

1　追悼ハイナー・ミュラー

一九九五年暮れの十二月三十日、ハイナー・ミュラー逝去。

癌の手術を受けたと聞いたのは九四年の秋。その後も彼はやるべきことをやるというかのように、旺盛に仕事をつづけた。ブレヒトゆかりのベルリーナー・アンサンブル（以下ＢＥ）の劇場監督を九二年に引き受けたミュラーは、九三年の『決闘　トラクター　ファッツァー』につづいて、九四年に自作の『カルテット』、九五年にはブレヒト作の『アルトゥロ・ウイ』を演出。その間にもバイロイトで『トリスタンとイゾルデ』の舞台の手直し。たしかに彼には演出と劇作は不可分で、劇場にいることが何より好きだったし、残された生命を計算してなるべくたくさん戯曲作品を遺そうという発想などなかったのかもしれない。果敢に病気と闘いつつ、どうしてあんなにと思うほど前向きだったとか。九六年三月には新作『ゲルマーニア３』を、さらにはフランスはモンデールで自作『ハムレットマシーン』を一大野外劇として演出することも発表され、それを日本にもってこよう

という計画まであったという。ＢＥでこれからやりたいことの夢もおりにふれて語っていた。

　そして、過渡期の思想家で乱世の武将は、あまりにもいさぎよく討ち死にしてしまった。六六歳が夭折だとは言えないかもしれない。だが、彼がやりたい、書き上げたいと語っていたことのあれやこれやが惜しまれる。しかし、悔しいとおもわせる死こそ、ハイナー・ミュラー的な実存だったのかもしれない。他人に仮託しちゃあ駄目だよ、きっといまごろ彼はそうにやっと笑って、あの世でウインクしていることだろう。

　ブレヒトに代わるように東ドイツの演劇界に登場したミュラーが七〇年代後半から国境を越えて受容され、八〇年代からは世界の演劇シーンで台風の目、あるいは触媒のような存在になっていったのは、おそらくは彼の仕事と存在のありようが、どこかで世界の揺れの深層と共振していたからではなかっただろうか。世界的な学生反乱とチェコ事件のあった〈六八年〉を境に、東西の冷戦構造と思想的かつ芸術的な枠組みもきしみはじめていたし、そのパラダイム・チェンジへの要請はすでに胎動し始めていた。たび重なる自作への出版・上演禁止にもめげずに〈東〉にとどまったミュラーは、その要請を実践の場でわが身に引き受けた。

　たとえば『ハムレットマシーン』は、従来の演劇文法の壁を壊しただけでなく、『ハムレット』を現代の地平に極限まで脱構築し、同時に歴史や世界と対峙する主体を、「私」を構成する言説の網の目へとドラスティックに変換し、遍在させて問うた。しかも極小の凝縮度の高いそのテクストは、読み手の脳の細胞分裂と実存の蘇生を刺激する「スフィンクスの謎かけ」となり、多くの人々を挑発した。ミュラー自身が演出した八時間の『ハムレット／マシーン』も、演劇史に残る舞台だろう。同時に「たがのはずれた時代」の「たがのはずれた主体」は、「時代の鏡」という地平を超えて、現在をロングショットでとらえる歴史哲学的なまなざしで透視され、その問い返しは、あるいは近代合理や市民的倫理が内包する自己正当化の責任放棄をも炙り出し、自らの加害者性まで引き受けるような、強靭な倫理《エートス》に裏打ちされてもいた。それが、ファシズムとスターリニズムという二つの独裁を生きぬき、東ドイツをのみこんだ西ドイツ資本主義の実質を問う、ミュラーの実存姿勢であり、死者への責任を想起させる、彼のまなざしの質でもあったのだろう。〈詩人／小説家／劇作家／演出家／対談の名手〉はそのいずれをも越境しつつ、〈演劇する〉ことと〈思想を生きる〉ことのあいだにも、浸透膜を置いたのだった。

トレード・マークは、左手の葉巻、右手のウィスキー・グラス。黒づくめの、ジーンズにTシャツ、無造作にはおったジャケット。含みのあるくぐもった低音の魅力に、はにかんだような微笑。そしてなんでも聞いてくれるざっくばらんな人柄に、名うてのすっぽかし屋、それがばれたときの悪戯っ児のようなウインク。会ったとき、別れるときの暖かく包み込むような握手と抱擁。

第五章に再録した「群像」誌のインタビューは、自伝『闘いなき戦い』を読んだ当時の編集長の渡辺勝夫氏が、何かうさんくさそうだけどいったいどんな人物なのかと興味をもたれたことがきっかけだった。フランクフルトのブックフェアーの折りにミュラー氏が泊まっているホテルのロビーで待ち合わせしたのだが、待てど暮らせどご当人が現われない。またすっぽかされたかとフロントで訊ねると、急に四十度の熱をだして来られなくなったとのこと。代わりに新しい奥さんで写真家のブリギッテ＝マリア・マイヤーと二歳の娘アンナちゃん、その友人たちが現われて、そのときに今度はベルリンの自宅に訪ねることを約束して成立したインタビューだった。

なんだかいかがわしい感じがするという評は、他でも聞いたことがある。私自身は個人的に知っていたせいか誠実な印象が強かったけれど、市民社会的なモラルからはちょっと遠いだろうか。四度も結婚し、二度目の妻で詩人のインゲ・ミュラーは何度も未遂を繰り返したのちに自殺している。し、そのことはいろんなかたちで彼の作品にも反映している。たとえば『ハムレットマシーン』――「私はオフィーリア。川が受け入れてはくれなかった女。首を吊った女、動脈を切った女。睡眠薬を飲みすぎた女　唇には雪《スノウ》、ガスかまどに首をつっこんだ女。昨日私は自殺するのをやめました」。三度目のブルガリア人演出家ギンカ・チョラコーヴァとのときは、結婚許可を得るために二度もホーネッカーに会いにいった。そのホーネッカーが言ったとか、「あのミュラーなら四十人の女でももてるだろうに。なんであの女でなければならんのかね」（『自伝』）。

ドイツはワイマール共和国に生を受け、ヒトラー第三帝国、東ドイツ、統一ドイツと生き延びてから癌で討ち死にしたその海の向こうの武将は、武士は食わねど高楊枝、というわけにはいかなかった。父親はナチに二度も逮捕され、戦後に東ドイツのザクセン州で市長になりながら、五一年に西ドイツに亡命。ハイナーはひとり東に残ってブレヒトの後継者かと目されかけたが、六一年には『移住者』で上演禁止、作家同盟からの除名。「ベルリンの壁建設」の直前だった。おそらくはブレヒト未亡人ヴァイゲルに呼び出されて書いた自己批判書のおかげで、逮捕をまぬかれた。「私には自分の作家生命の方が大事だった」、「他にもまだたくさんの戯曲を書きたかった。監獄行きなど思いもよらず、逃亡も考えたことはなかった。私にはそもそも作家として、しかも劇作家として生きていくことしか考えられなかった。劇作品は上演されなければそのリアリティをもちえないのです」、「私はすべてを戯曲の素材として観察していた。私にとっては、私自身も素材、私の自己批判も素材だった。私を政治的詩人とみなすのはいつでも考え違いだった」（『自伝』）。

検閲との鼠捕りゲームを楽しむかのように、そんな時代と体制を生きぬいた。それは秘密警察《シュタージ》疑惑や日本流の「転向」概念なんぞ一挙に無化してしまうような地平、もっとしたたかなエートス、もっとしなやかなスタンスだった。自分を悲劇のヒーローにするのではなく、加害者にし、道化にし、他者にして、権力と自分の双方を笑い飛ばす精神。世界の裂け目と東西の歴史の軋みのなかにすすんで身をさらしたトリックスター。それはどこか「西側」の人にはない率直さと誠実さだったように思う。来日のたび、あるいはテクスト集の編集や翻訳のための資料等でもベルリンを訪ねるたびに連絡したが、いつでも気楽に依頼や話を聞いてくれて、仕事で会うというより友人が来てくれた、という迎え方なのだ。頼むと切符も台本もビデオもいつも調達して送ってくれたし、いいのかなあ、時間泥棒しちゃあいけないなと、ことに癌の手術の後はお見舞いも遠慮してしまったのが悔やまれる。もう少し、せめてあと半年あったら、新作の初演も『ハムレットマシーン』の演出もやれただろうに。流感を併発してあっという間の最期だった。

ＢＥでは二週間半にわたってミュラー作品の追悼朗読会がつづき、一月十六日にバレンボイム指揮の葬送曲で劇団葬がおこなわれ、埋葬にはウィルソンやギュンター・グラス夫妻、ヴァイツゼッカー元大統領等々だけでなく、二千人余のベルリンっ子まで集まって警官隊が出動する騒ぎだったとか。ＢＥはその後継者問題に名案はなく、ブレヒトからミュラーへを実現して、歴史的使命を終えたのだろうか。東ドイツも終わり、ミュラーも故人となった。やはりひとつの時代が終わったのだろう。

追悼記事の洪水の後もミュラー作品の上演はつづいた。ＢＥでは、ミュラー演出でウイを演じたマルティン・ヴトケが劇場監督をつぎ、彼の演出でミュラーの遺作『ゲルマーニア３　死者にとり

シンガーソングライターのヴォルフ・ビアマンと

西ドイツの作家ギュンター・グラスと

1996年１月16日のハイナー・ミュラーの葬儀。ベルリン・ドロテーン市立墓地で。中央にいるのがマルティン・ヴトケ。抱きあっているのがミュラー未亡人のブリギッテ・マリア・マイアーとウルリヒ・ミューエ。その後ろにいるのがロバート・ウィルソン

つく亡霊たち』が初日を開けて、他にもハイゼ演出の『建設』、カストルフ演出の『指令』など、それにミュラー演出の『カルテット』や『アルトゥロ・ウイ』等々も演目に並びつづけた。『ゲルマーニア3』は他にもボッフムのシャウシュピールハウスでハウスマン演出、ウィーンのブルク劇場でのシュテッケル演出、等々とつづいた。しかし、ミュラーのテクストがすでに廃墟のなかで亡霊たちが語るざわめきの断片という趣きがあったからだろうか、彼の死はいまなおどこか位置づけかねるのだ。テクストが語っているのは、現実の表層に裂け出ようとする歴史と死者たちの思いの象形文字で、ミュラーの口を借りた亡霊たち、あるいは歴史の傷痕《トラウマ》であるような。「ポスト・ヒストリーという虚偽は、我々の前史の野蛮な現実を前にすれば、なんと恥知らずなことか」（『ヴォイツェック傷痕』より）――そのミュラーの言葉を私たちの言葉にしうるには、まだどんな傷みの自覚と裂け目が要るのだろう。

八〇年代末にベケットが逝き、九〇年代半ばにミュラーが逝って、演劇の風景はこれからどう変わっていくのだろうか。だが私たちなりの「死者との対話」はこれから始まる。未完のエクリチュール〈ハイナー・ミュラー〉を集合名詞にする回路も、まだ探らなくてはならない。

2　ミュラーと古代ギリシアとシアター・オリンピックス

肝に銘じよう　書かれなかったテクストはひとつの傷
そこから流れる血は　いかなる死後の名声も静めることはできない
そして　あなたがたの歴史的な仕事にぱっくり開いてしまった裂け目は
僕の肉体の傷みだった　息づく肉体がいつまでもつかは僕にもわからない

——一九九五年、第一回シアター・オリンピックスに寄せた言葉より

客席にいて思考と感覚がふたつながら解き放たれ、〈いま・ここ〉のトポスのなかを自在に飛翔する——そんな演劇体験は、かなりの舞台を観ていてもそうしばしばあることではない。だが八〇年代後半からのミュラー演出の舞台と、そして九五年夏に第一回シアター・オリンピックスで上演されたミュラーのテクストにもとづくハイナー・ゲッベルス演出・作曲の『プロメテウスの解放』は、たしかにそんな観劇体験に数えていいものだった。

前章の末尾でも少し触れたが、ギリシアはデルフィの二千数百年の歴史をもつ長辺は一八〇メートルはあろうかという巨大な古代競技場遺跡。その短辺の一角にしつらえられた舞台で、ドイツ現代音楽界の奇才ハイナー・ゲッベルスがピアノやキーボードを担当、その世界ではかなり有名らしいアメリカ人のデヴィッド・モスが打楽器《パーカッション》とヴォーカルをうけもち、そこに白いワイシャツに黒ズボンという現代のサラリーマンのような服装でドイツ人の男優エルネスト・シュテッツナーが登場し、舞台から観客席、巨大な競技場をはるか遠くの果てまで行ったり来たりしながら、ミュラーのテクスト『プロメテウスの解放』をさまざまな繰り返しをはさみつつハンド・マイクで語っていく。それを、夕方の夏の嵐がまるで嘘のような満天の星々のもと、アレクサンダー・ヨーゼフによる強力なロング・ショットの照明が追いかけ、背後のギリシアのパルナッソスの峨峨たる岩山までそれがプロメテウスが縛りつけられたコーカサスの岩壁の引用であるかのように照らしだす。たったそれだけの一時間たらずのパフォーマンス、ゲッベルスの言葉を借りると〈ミュージック・シアター〉だったのだが、受けた感銘は鮮烈だった。

プロメテウスは周知のようにティタン巨人神族のひとりで、神々の専有物であった火を盗んで人間たちに与えたために怒りを買い、ゼウス神によってコーカサスの岩壁に鷲の餌食として縛りつけられるという罰を受け、最後に英雄ヘラクレスによって救い出される、ギリシア神話中の人物だ。アイスキュロスに『縛られたプロメテウス』というギリシア悲劇があり、その前作としての『火をもたらすプロメテウス』と後作としての『解放されたプロメテウス』で三部作であったと伝えられるが、その二作の方は残っていない。

ミュラーの『プロメテウスの解放』は、三千年岩山に縛りつけられていたプロメテウスを三千年かけてヘラクレスが救い出すくだりを物語る、ドイツ語では八〇〇字ほど、未來社刊の日本語訳でも三頁という凝縮された短い散文テクストだ。だがそもそもは、ソ連のグラトコフの小説をミュラーが劇化した戯曲『セメント』の挿入断片だった。社会主義建設期のソ連で内戦から三年ぶりに帰還したチュマーロフが妻ダーシャとの葛藤などをはさみながらセメント工場を再開させていくいきさつを中心に描きだされたその『セメント』十四景のなかに、ギリシア神話から材をとった「ヘクトルにたいするアキレウスの復讐」、「プロメテウスの解放」、「ヘラクレス2　あるいはヒドラ」の三つの短い散文テクストが挿入され、また一四景のうち五つの景は、「オデュッセウスの帰還」、「プロメテウスの解放」、「ヘラクレス2　あるいはヒドラ」、「メデイア・コメンタール」、「テーバイ攻めの七将」といったギリシア神話に因んだ場面タイトルになっている。つまり、ギリシアの神話・伝説の世界が二〇世紀前半の社会主義の実験を二〇世紀後半に照らしだす省察・増幅の媒体として重ね合わされ、逆に二〇世紀の出来事も神話的パラダイムのメタファー的な現在化として読まれることとなる。現代のプロメテウスは、あるいはヘラクレスとは、オデュッセウスは、メデイアとは、いったい何者なのか。鷲との、あるいはヒドラとの闘いは、何を意味しうるのだろう、等々。とりあえずは『セメント』は七〇年代の東ドイツの観客に照準を合わせて書かれた作品だったにしても、読みは、答えは、読む者の思考や感受性、経験の地平で、さまざまに照らしだされてくるだろう。

おそらくはそのことが、ミュラーのテクストが作品としてのみならず、断片としても構造的な凝縮力と衝迫力をもちうることとつながってくるのではないのだろうか。マクロとミクロが同等の構造的な凝縮力と破壊力と飛翔力をもって、響応しあっているのだ。

ゲッベルスは九六年秋にこの『プロメテウスの解放』を埼玉の彩の国劇場でも客演した。古代遺跡に代わって都会の廃墟のような裸の舞台空間が現出し、劇場が変わるとまったく別の作品になっていたように見えたのがおもしろかったが、後日に東京ドイツ文化センターでビデオを見せながらの講演もおこない、そのときの話も示唆的だった。彼はこのテクストを一年かけて分析し、音楽化したという。アーキテクチュアとしてのテクストの構成を作曲に具体化し、どのようにテクストが構成されているかを観客に体験してもらう、つまりテクストを風景として分析して手渡す試みだった、と。具体的に説明してくれたテクストの分析と音楽化のプロセスには、じつに緻密で論理的な読みと創造があった。たとえばヘラクレスが鷲を矢で殺す場面。音楽が鷲の死を引き受け、パフォーマーとしてのモスは解放されたのに自分では何が起こっているのか理解できないプロメテウスの叫びや思いを言葉にならない声として爆発的に表現する、そういうなかで俳優のシュテッツナーはテクストをささやくことができた、「言い伝えによるとプロメテウスは、三千年にわたる彼の唯一の道連れで、三千年の二倍ものあいだ彼を養ってくれたこの鷲の死を悼んで泣いたということだ」、

「鷲を食えよ、とヘラクレスは言った、だがプロメテウスにはその言葉の意味がわからなかった」、そのあとでまたテクストと音楽が近づいていく、と。たしかに上演においてはテクストの身体と役者の身体は別物だったし、言葉は何かの代用物ではない。マイクは声を話し手からわけてアイデンティティをはがし、目に見えるものと耳に聞こえるものを分離独立させ、音を社会化させる手段だった。演じられるものは、音楽もテクストも、演者も言葉も、照明も空間も、それぞれが自由に自らの役割、同等のコンセプトの権利と自立性をもち、その拮抗のなかで相互の関係が探られ、舞台で新しい現実、風景が創りだされていく。しかし核として磁力を発しているのは、あくまでミュラーのテクストなのだ。

ゲッベルスは埼玉での上演パンフに引用された「演出ノート」ではこう書いている、「このテクストから大きな感銘を受けた労働と時間の驚くべき広がり、そして汚濁と悪臭」と「ミュラーの神話解釈の新しい政治的視点」が聞こえてくるようにしたい、またミュラーの他のテクスト（『エレベーターの男』）にも連想を働かせ、「抑圧を受け入れてエレベーターを懐かしがったり、高いところにとまっている鷲を慕うという、縛られた状態への愛着は、生を変えたいと望む気持ちよりも強いのだ」、「プロメテウスを一万年下降（上昇？）させて、上司に会うためにエレベーターに乗っている中間管理職のサラリーマンとすることもできる」。じつはミュラーのテクストに『エレベーターの男』という、フランス革命政府からの指令でジャマイカの奴隷解放のためにやってきた男たちを中心にした戯曲『指令』に挿入された散文断片がある。上司に呼ばれてエレベーターに乗っているうちにペルーの田舎道に迷い込んでしまう、ワイシャツにネクタイ姿のサラリーマンのような男が語る不思議なテクストだ。時空がメビウスの輪のようにねじれてスライドしていくミュラー流、とでもいおうか。ゲッベルスは八七年にこの『エレベーターの男』も作曲化していて、彼の内部で『プロメテウスの解放』もいわばその『エレベーターの男』と重ね合わせのインターテクストとなり、それがギリシア神話世界と現代を大きくつないで拓いていく触媒になっていったのではなかっただろうか。

　他にもミュラーの『ハムレットマシーン』や『落魄の岸辺』などを基にしたすぐれた作品があるゲッベルスに、ミュラーのテクストを使う必然性を質問してみたら、彼のテクストは構造的で、音にとって発見が多い、凝縮されて情緒性が少なく、構造があって内省を促し、音にしやすいからだ、という答が返ってきた。他にはエドガー・アラン・ポーやキルケゴール、シュリーマンの日記などを使ったことがある、とも。ゲッベルスの作品に何度か声で「出演」したこともあるミュラーは、彼の作品を「テクストの風景との観光客的でないかかわり方」だと評している。

　だが「テクストの風景との観光客的でないかかわり方」は、テクストとのミュラーのかかわり方でもあるだろう。「読み《レクチュール》」は自分のかかわり方を含みこみ、その「読み《エクリチュール》」がさらにそれに向かい合う読み手に自分のかかわり方を問いかけていく。そういう仕掛けというか、構造になっているところが、彼のテクストのマシーン性／マテリアル性なのではないだろうか。

　ギリシア神話世界との対峙の仕方もそうだ。たとえば『メデイアマテリアル』。三部作構造になっている最初の「落魄の岸辺」は一九五三年頃、「メデイアマテリアル」も半分は一九六八年頃、「アルゴー船員たちのいる風景」だけが成立年に近い一九八三年頃に書かれた。つまりこの作品はいわば、アルゴー船と小アジアの王女メデイアの伝説にたいする、三〇年にわたって増殖したミュラーの「読み」の凝縮した集合体なのだ。呼び起こされた想起は、さまざまなイメージや連想、さらなる連鎖へと、断続的かつ途切れることなくつながっていく。同じ八三年の「シュピーゲル」誌のインタビューではこう答えている、「イアソンの物語は植民地についての最古の神話なのです。ギリシア神話では最古でしょう。そしてイアソンの最期は神話から歴史への過渡にある閾です。イアソンは自分自身の船によって打ち殺されるのですから」。しかもこの作品には、第二章に引用したが、『落魄の岸辺』は入れ替えなし上演のピープショウで見せてもいい、『メデイアマテリアル』はじつはビヴァリー・ヒルズの汚れたプールや精神病院の水浴施設だったりするシュトラウス近郊の湖で、『アルゴー船員たちのいる風景』は死滅した遊星であってもいい、といった注記までついている。イメージ増殖の時空のスケールは、途方もないのだ。過去も現在も未来も、古代ギリシアも現代世界も地球という死滅しつつある遊星も、共時的に同一地平で交錯している。いいかえれば、古代ギリシア世界を読むミュラーの脳髄スクリーンで「メデイア神話」は反転し、〈いま・ここ〉を読みとく「マテリアル」として遍在し、そのまなざしが逆に、〈いま・ここ〉に遍在している「メデイアマテリアル」を透視している。メデイアとイアソンの諍いは、まるで現代の夫婦喧嘩のようだ。ボーフムでのマンフレート・カルゲ／マティアス・ラングホフ演出の初演を初めとして、そんな演出もいくつかあった。要は、読み手のそれぞれがテクストと自分のあいだに、どのような媒介項を置けるかということなのだろう。

ドイツで近年のギリシア悲劇上演のすぐれた成果として思い出されるのはやはり、七〇年代に伝説的な名声を得た西ベルリンのシャウビューネだろう。(1) シャウビューネは一九七〇年にシュタイン率いるアンサンブルが西ベルリンに移ってベルリーナー・アンサンブルを範にスタートし、すぐれた舞台成果でドイツのみならず世界的に評価される劇団となっていったのだが、彼らが演劇的な創造力の源泉としたのがやはりシェイクスピアとギリシア悲劇だった。たとえばシェイクスピアでは七六〜七八年に、まずはシェイクスピアの時代の生活と遊びを『シェイクスピアズ・メモリーズⅠ＋Ⅱ』として小屋掛けで再現してシェイクスピアを産み出した想像力と創造力を探り、次いで大きな映画スタジオでの『お気に召すまま』の上演でその舞台上の成果を問い、さらにはその現代版としてボート・シュトラウスの書き下ろし『再会三部作』を上演した。

七四年の『古代劇プロジェクト』の場合にも、一年間の準備期間をかけて古代ギリシアの演劇や言葉、社会的な思考の源を場面的に探求する。それを第一夜では『俳優のための訓練』として、俳優たちが前演劇的なかたちに戻りながら悲劇の誕生を身体的にさまざまなかたちで探って描出、第二夜にはその探求を基に、同じ俳優たちがエウリピデスの『バッコスの信女たち』をグリューバー演出で上演、その二夜が一組となって古代ギリシアからの遠さと近さを測る試みであった、といえようか。一九八〇年にはアイスキュロスの『オレステス三部作』で、シュタインは再び周到な準備のもとにギリシア悲劇に向かい合った。このときも、午前中には演出家と俳優たちが観客とともに対話し、アポロやアテーナーなどの名前との連想ゲームをしたり、ヘシオドスの『神統記』を朗読して『オレステス』との関連を語りあったり、幕をあげて舞台空間や表現手段を見せたり、といったいわば「ギリシア世界への遠足」がおこなわれた。『オレステス三部作』の舞台は通しでは十時間という大作、週末以外は三部に分けて上演。当時は豪華な装置や機構はなかったはずだと、できるだけ簡素な表現手段を使った宗教的・儀式的な雰囲気のなかで、ギリシア悲劇の行為と苦悩、学びの展開のなかに、現代にもつながる問いと関連をも浮かび上がらせる。たとえば、オレステスが母殺しを裁かれ救われる最後の大団円の裁判場面では、国会での投票場面のような身振りが重なって、ギリシア民主制の成立に民主主義の原初が問い直されるかのようだった。

たしかに七〇年代のシャウビューネの舞台にも、ここまで思考とファンタジーの飛翔へ誘われることが可能なのかと震撼させられるような観劇体験をしたことが幾度かあった。それは何よりこの劇団が〈六八年〉という時代の激動期を経て徹底した集団作業と共同決定という民主主義の原則を貫き、綿密なテクストとコンテクストの読みを重ね、周到な探求と準備作業をもとに舞台化という作品を創りあげていったからだろう。それは演劇という手段で演劇の可能性を極限まで問う、徹底したパーフェクショナリズムに貫かれた営為でもあった。同時にそれはやはり、戯曲というテクストを中心にすえた読みと解釈の近代演劇のみごとな集大成、その美しい白鳥の歌ではなかったろうか。その後シュタインがそれらの自分の仕事を否定する発言をしてシャウビューネの劇場監督を下り、さらには「自分は戯曲の解釈者であって、創造者ではない。テクストには誠実でありたい」（「朝日新聞」のインタビュー）と発言するにいたって、そのことが次第にはっきり見えてきたという気がする。あるいはそこにミュラーの仕事のありかたとの相違が見えてきたから、なのかもしれない。

正直いって、七七年に『ハムレットマシーン』という極小のテクストが発表されたときには、それが何を意味するのかは私にもはっきりとはわからなかった。だが従来の意味での戯曲ではない『ハムレットマシーン』はこのままではおよそ上演不可能だとしても、演劇の場に投げかけられた挑戦であることはたしかで、そのことが幾多の演劇人を挑発していった。そして見えてきたこと――これは未在の新しい演劇の可能性を探るための媒体であるとともに、テクストを主体的に「読む」ということの問題地平へのデモンストレーションでもあったのだ。たしかにシャウビューネの

〈ギリシア世界への遠足〉は古代ギリシアからの遠さと近さを綿密に測った。しかしそれでは「作品」をはさんで向こうとこちらがしっかり対峙はしても、そこで納得すればそこからのダイナミズムは生まれてこないだろうし、教養体験か芸術的な満足で終わってしまいかねない。だがミュラーのテクストは、素材を受けとめる読み手ミュラー自身のスクリーンを映し出すがゆえに、受けとめ手も、自分のスクリーンを明らかにすることを要請されてしまうのだ。テクストはそもそも読み手のスクリーンではじめて成立するものだし、だからこそ多様な読みも可能になるはずなのだから。

シェイクスピアの場合はたかだか四〇〇年前、それも作品＝テクストとして自律しているが、ギリシア悲劇は成立は二千数百年前、ギリシア神話の世界はどこまで遡れるのか、トロヤ戦争は三千数百年前だというが、神話・伝説の世界になると計測も不可能だ。それだけミュラーがテクスト世界を読むタイムスパンも大きく自在になる。ミュラーの〈ギリシア物〉は未來社刊の第二巻にいくつか収められているが、他にもいろいろあり、ギリシア神話の世界はメタファー的に随所に使われてもいる。前述のインタビューでギリシア古典の何に惹かれるのかと問われたミュラーは、「それが集団的経験のきわめて早い定式化だからです。悪いことに、それはいまなお普遍的だ。この何世紀、人間の状態はほとんど変わっていない。人類学の対象としての人間の発達は絶対的にミニマルで、だからそのモデルがいまだに通用するのです」と答えている。

そのミュラーのまなざしは、『メディアマテリアル』にも顕著にみられるように、「神話は啓蒙であり、啓蒙は神話となる」という、あの啓蒙の功罪を問うたアドルノ／ホルクハイマーの『啓蒙の弁証法』の視点をも含みこんでいるだろう。ギリシアの神話や悲劇は、それが成立した時点ですでに、啓蒙＝文明＝歴史＝制度である。バッハオーフェンの『母権制』や三枝和子の『男たちのギリシア悲劇』にもみられるように、それを成立させた国家あるいは男性原理社会の表象としての自己正当化であり、贖罪、カタルシスでもあった。国家行事であったギリシア悲劇は、法体系を打ちたてるために神話的暴力に対応し、それを表象として封じ込める営為でもあったのだろうから。そういえば表象＝代行＝レプリゼンテーションなのだし、その意味で〈文明批判のためのギリシア悲劇返り〉というのは、そのままではやはり自己欺瞞なのかもしれない。だからたとえばミュラーの『プロメテウスの解放』は、人間に火を渡しながらそれを神々に反抗して使うことは教えなかった、人類の恩人でありながら神々の食卓に加わっている「プロメテウスの二重性をユーモラスにかつ辛辣に描きだ」し（ゲッベルスの「演出ノート」より）、同時に、むしろ神話のタイムスケールに戻して読み直しているようだ。たとえばゲッベルスの舞台でも何度もリフレインされた、「プロメテウスは、……三千年の二倍ものあいだ彼を養ってくれたこの鷲の死を悼んで泣いたということだ」という台詞のように。同時に、イアソンはメデイアを収奪した「最古の植民地主義者」なのだ。そのうえで『メデイアマテリアル』の最後の「アルゴー船員たちのいる風景」ではなおもこう問う、「私のことを話せというのか　私とは誰」――。それはミュラーのまなざしが事柄の両義性を見据えつつ、かつ、イアソンは私、メデイアは私、プロメテウスは私、ハムレットは私、というような「私は他者＝多者」、つまり「私」自身もさまざまな言説の引用の網の目なのだ、という視角と重なってもいるからだろう。

そのことはさらに、ギリシア悲劇のコロス（合唱団）の位相の問題とも通底するのではないだろうか。そもそもギリシア悲劇は、神話伝説をオルケストラで集団的に回想するコロスから、別次元からの思考を重ねるスケネでの俳優の対話が分離し、双方が交互に重ね合わされるかたちで成立した。そして近代劇は、このコロスの存在を抹消するかたちでうまれたのだった。「私たち」を抹消して「私」の近代劇となった、といいかえてもいい。すでにヘルダーリンのギリシア悲劇の翻訳にもうコロスは存在しない。そして現代は逆にまた、その「私」と「私たち」の関係こそが問われているとはいえないだろうか。『メデイアマテリアル』の作者注記にはこうもあった、「ここではテクストのなかの〈私〉は集団的である」――幻想の共同体でなく、だが「私」を超える共同性への契機はどう探っていけるのだろうか。その意味でも、たとえば『セメント』におけるギリシア神話素材の位置や、『メデイアマテリアル』の第一部と三部として置かれた抒情詩（のようなもの）からも、あるいは『ヴォロコラムスク幹線路』五部連作の韻文詩の構造からも見て取れるように、ミュラーのテクストの多くはコロスを、あるいはそれゆえに「私」と「私たち」の位置と関係性の探求をも志向しているように思えるのだ。

ともあれデルフィでのミュラー／ゲッベルスの『プロメテウスの解放』は、紀元はるか以前の古代遺跡とギリシアの星々と自然と、一万余年前（？）の神話世界と現代世界が、簡にして要をえたテクストと、マイクでの感情移入を排した語りと、声も含みこんだ迫力ある現代音楽のパフォーマンスと、それらを照らしだす強力な照明とが、互いに拮抗・引用・交錯しあいながら、共時的で壮大な対話、我々にとっての風景を創りあげていた。身体と感覚と思考が等身大を離れて、時間と空間も神話的なものさしで延び広がって、しかし明晰な意識のなかで、歴史とか神話、自然、人間や人類についての思いが解き放たれていくようだった。しかも、私はテクストを訳出もしていたから言葉と内容についていけたが、まさにインターナショナルだった観客のすべてがテクストのドイツ語を理解できたわけでもなかっただろうに、それぞれが同じような思いを共有・享受していることが感じ取れもした。それは、言葉とはまずは音であり、プロメテウスやヘラクレスといったギリシア神話世界の固有名詞が共有財産的なメタファーになりえているからであるとともに、ミュラーやゲッベルス（たち）の仕事の質がそこまでの地平に到達しえていたから、でもあったのではないだろうか。現代芸術の最前線、現代演劇のアヴァンギャルドには、現代のシアター・オリンピックスの開始には、たしかにギリシアこそふさわしかった。そこが演劇と文明の始原の地だったからというだけでなく、アヴァンギャルドは伝統の革新なのだからというだけでもなく、おそらくは、古代ギリシアも、二〇世紀も、いや文明と啓蒙こそが戦争と略奪の歴史だったから、という理由からも。

それから四年後、第二回シアター・オリンピックスは日本の静岡で、鈴木忠志を芸術監督に、一九九九年四月から約二ヵ月間にわたって開催された。

そもそもシアター・オリンピックスは、ギリシアの演出家テルゾプロスの提唱に、ミュラー、ウィルソン、リュビーモフ、ハリソン、鈴木忠志など八人の演劇人が応じて設立された国際委員会によって始まった。その第一回の開催母体となったのは、八五年から国際ギリシア演劇会議を主催しているデルフィ・ヨーロッパ文化センターだった。エピダウロス古代劇場でのテルゾプロス演出『アンティゴネ』による前夜祭とアテネのヘロディオン野外音楽堂でのSCOTの鈴木忠志演出『ディオニュソス』のあとに開会式がおこなわれ、会場をアポロの神託で有名だが小さな町デルフィに移して、「ギリシア悲劇」をテーマに八月の六日間、ギリシアの古典劇を現代的視点から読み直した七作品の上演（他にテルゾプロス演出の『縛られたプロメテウス』、リュビーモフ演出によるアリストパネスの喜劇『鳥』、ハリソン演出の『ヘラクレスの労働者』、SCOTの鈴木忠志演出

『エレクトラ』、ウィルソン演出の『ペルセポネ』等々）、ワークショップ、シンポジウムなどが催された。その頃ウィーンに住んでいた私も出かけていって圧倒されたものだ。なにせ夏のギリシア、古代の野外円形劇場や遺蹟を利用しての上演というトポスのもつ魅力、何より古代ギリシア劇を相手にした世界の第一線の演劇人たちのさまざまなアプローチによる競演である。なかでも幕開け公演であったミュラー／ゲッベルスのその脱神話化された『プロメテウスの解放』は、たしかに「シアター・オリンピックス全体の前衛的性格の高らかな宣言でもあった」（高橋康也「第二回シアター・オリンピックス手帖」より）。

そして静岡県を開催母体とした第二回は、古代ギリシアを中心に据えた第一回にたいし、過去と未来、自国と他国という四つの柱を据えて、「希望の貌」のテーマで二十カ国から四二作品が参加するという、大規模なものとなった。ミュラーは、テルゾプロスが七〇年代にBEに留学して以来ずっと親交厚く、シアター・オリンピックスの設立や準備にも協力を惜しまなかったそうだが、癌の手術後でギリシアでの第一回には姿をみせられずメッセージだけを託し、代りにゲッベルスを推薦、その四ヵ月後の十二月に逝去した。しかしテルゾプロスの言葉を借りるなら、「ミュラーの精神はシアター・オリンピックスのなかに生きつづけている」、だからいまなお国際委員のひとりでありつづけ、静岡で併せて開催された「ハイナー・ミュラー写真展」にも、彼へのオマージュという思いがこめられているのだという。ブレヒト、アルトー、ベケットの三角形の頂点に立つともいわれるミュラーの戯曲、テクスト、舞台は、たしかに現代の演劇やアート・シーンにさまざまな影響と深い波紋を残した。のみならずミュラーは人柄においても作品においても、出会った人たちにそれぞれ深い思いと痕跡を残す存在でもあった。私もミュラーの翻訳者・研究者としてお世話になったただけでなく、演劇や歴史や人間への新たなまなざしを教えられたと思っている。「ハイナー・ミュラー写真展」を企画・構成したシュトルヒも、ミュラーとの出会いでその後の彼の人生が変わったのだとか。私も翻訳などでお手伝いしたこの展覧会は、ミュラーのたんなる紹介ではなく、謎のようなテクスト、説得力のある舞台や稽古の写真、クルーゲとのテレビ対談のビデオ放映、ミュラーのエネルギーの集約点であるという顎をモチーフにしたランメルトの二四枚のエッチング等々を通して、観客それぞれにミュラーとの出会いを体験してもらうことが意図されていた。

舞台に関して言うなら、オープニングに上演されたウィルソン構成・演出・主演による『モノローグ・ハムレット』も、いわばウィルソン流の『ハムレットマシーン』といえるのではないかと思ったが、ミュラー作品そのものの舞台化としては、六月初めにテルゾプロス演出の『ヘラクレス2・13・5』が上演された。これは、神ゼウスと人間の女アルクメーネのあいだに生まれたギリシア神話の英雄ヘラクレスがゼウスの妃ヘラの嫉妬によって受ける一二の難行をもとにミュラーが書いた、三つのテクストが基になっている。ひとつは大蛇ヒドラ退治の難行2を描く「ヘラクレス2あるいはヒドラ」、前述したように『セメント』に挿入された散文テクストだ。「ヘラクレス5」はアウギアスの牛小屋掃除の難行5を扱った、これは五四年に書かれた独立した対話の戯曲テクスト。「ヘラクレス13」はエウリピデスの戯曲によりながら、十二の難行＝功業を切りぬけた直後に狂気に襲われたヘラクレスが自分の子供たちを惨殺してしまい最期を迎える、その様子の侍女による韻文の報告というかたちになっている九一年に発表された作品。それぞれ成立の経緯もスタイルも内容もかなり異なるこの三つのテクストを、おそらくミュラー自身はそれらからブーレーズへのオペラ台本を創るつもりだったのではないかと思われるのだが、テルゾプロスは三日間の三部作構成の演劇に仕上げた。第一部がギリシアの俳優たちによるほとんどミュラーのテクストだけを使った『ヘラクレス2・13』。第二部がトルコの俳優たちによってエウリピデスやソフォクレスのヘラクレス劇素材にミュラーのテクストが挿入された『ヘラクレス5』。第三部でギリシアとトルコの俳優がいっしょになって、ギリシア悲劇のヘラクレス素材のなかにミュラーのテクストが溶解したような『ヘラクレス2・13・5』。だがいずれもストーリーの展開を追うのではなく、テクストの朗誦と身振りのコレオグラフィーのなかで身体と声、語りによる力強いリズムを通して現代におけるコロス劇の可能性を探ろうとする、意欲的で印象的な舞台だった。いわばミュラーと古代ギリシア神話素材、それを見つめるギリシア人演出家テルゾプロスのまなざし、その三者のインターテクストが、ギリシアとトルコの俳優と言語も交錯させながら、さらに三部作それぞれの対峙とグラデーションのあいだで試みられているようでもあった。また、ドイツからハンス＝ティース＝レーマンやギリシアからエレーニイ・ヴァルポウルスといったミュラー研究の専門家を招いての「ギリシア神話とハイナー・ミュラー」というシンポジウムでは、ギリシア神話や古典を現代に蘇生させるミュラーのまなざしや手法が多様に語られた(2)。

へラクレスは試合と闘いの守護神として、オリンピック競技の創始者でもあるという。二〇〇四年のアテネからはスポーツ競技のオリンピックと連動するかたちで文化オリンピックも開催されることになったと聞くが、不死を得たというヘラクレスがこれからもシアター・オリンピックスのなかをミュラーともども千年紀をよぎって変身・蘇生しつづけていくのかと考えると、なんだか楽しい気もする。そういうかたちで、シアター・オリンピックスも存在しつづけてほしいものだ。

3　哄笑するテクストと想起の劇場——遺作『ゲルマーニア3』

つまり亡霊たちは眠らないのだ
彼らの好物は我々の夢

——一九九三年、詩『モムゼンのブロック』より

一九九六年の秋、ミュラーの墓に詣でた。ブレヒトやヘーゲルも眠る旧東ベルリンのドロテーン墓地の一角、だがベゴニアの花が植えられているだけで墓石も墓標もない。掃除していた管理人とおぼしき人に尋ねたら、ミュラーの友人の彫刻家が墓石を作ることになっているのだがまだ完成しないのだという。来春になるのかなあとその男は肩をすくめた。こちらも葬儀のときの大ニュースぶりを思い出して肩すかし。同時に、ミュラーの遺作『ゲルマーニア3』の、「処置1956」と題されたブレヒトの死をめぐる場面を思い出した。

その景の最後ではブレヒトの声がこう語る、「だが僕についてては言われるだろう／提案したるは彼にして　採用せざりしは我らなり／なんで採用しなきゃならんのだと／だから墓石にはそう書いてほしい／そしてその上に鳥どもが糞をして／草が生い茂り　墓石の僕の名前を／消してしまうのだ　僕は／皆から忘れ去られたい　砂の中の痕跡」。いうまでもなく、これはブレヒトの『墓碑銘』という詩のパロディだ、「僕には墓は要らないが／君らにひとつ入り用ならば　こう書いてほしい／提案したるは彼にして　採用したるは我らなり／そんな墓碑銘によってなら　名誉を受けるは全員だ」(3)。ブレヒトの死に自らの死を透視して、哄笑しているミュラーが見えるかのようだ。この場面

にはブレヒトの棺をめぐる逸話も含まれていて、さらにブレヒト亡き後とミュラー亡き後のBEまで重ね合わせで透視されていたかのよう。ミュラーの死後に劇場監督を引き継いだマルティン・ヴトケも九八年で辞任することを言明して、いまやBEは船長なき幽霊船のようでもある。ブレヒトの妻ヴァイゲルは夫の死後それでもBEの舵を取りつづけたが、ミュラーの妻で写真家のブリギッテ・マイヤーはミュラーの著作権をこれまでのロートブーフ社から大手のズーアカンプ社に移そうとして悶着となった。一九九八年からはそのズーアカンプ社より全集が刊行され始めたし、九九年のシーズンからはクラウス・パイマンが劇場監督としてブルク劇場からアンサンブルを率いてBEに移ってくる。しかし、最後にブレヒト／ミュラーの劇場となったかのBEが変質していくのは、避けられないだろう。残るのはやはり、「歴史（／物語）を待つ孤独なテクスト」か。

ともあれ『ゲルマーニア3　死者に取りつく亡霊たち』は、『ヴォロコラムスク幹線路』以降、ドイツ統一＝東ドイツ消滅を挟んで演出や対談・インタヴューは数多くこなしながら、詩『モムゼンのブロック』で書くことへの懐疑表明をしたかにみえたミュラーが最期に遺した劇作で、ここ何年来口にしていたヒトラーとスターリンをめぐる作品である。九三年のクルーゲとの対談で語っていた膨大な構想を、癌の手術後に命の残り時間を意識したのか、いわば一作に凝縮し、同時に死と直面する自らをすでに死者とみて、彼岸から自らの生きてきた時間をテクスト化したかのようでもある。とりあえずは生前に出来上がっていて、九六年春にはミュラー自身の演出でBEで幕を開ける予定でプランニングも少しずつ始まっていたという。没後の一九九六年に刊行された。たとえば『ハムレットマシーン』に比べればト書きや登場人物、場面の設定もあって、一見昔の「わかりやすさ」に戻ったかに見えるが、やはり一筋縄ではいきそうにないどこか居心地悪い代物。ミュラーは何を託そうとしたのだろう。いわばミュラーが最期に遺していったこの謎かけに、私なりに応じてみたい。

最初に構成を概略的に述べておこう。『グンドリングの生涯』と同様に全体は九つの景からなり、それぞれが暗喩的なタイトルをもつ。各景それぞれは断片的に自立していて、累加的に並列し、その間に筋の展開はない。冒頭の第一景はベルリンの壁の前で歩哨するテールマンとウルブリヒトの対話「夜の閲兵」。これがプロローグとするなら、最後の猟奇強姦殺人犯の独白「薔薇の巨人」はエピローグの趣きをもち、その間に七つの景が置かれている。最初の三つは独ソ攻防戦を三つの視角から浮かび上がらせるもので、第二景はスターリンが独ソ戦開始の直前に酒をあおりながら独白する「戦車戦」。第三景のスターリングラード攻防戦における戦場場面「ジークフリート　ポーランドのユダヤ女」はさらに三つに分かれ、ソ連軍とドイツ軍の将校たちや無名の兵士を三様に描き、さらにそれぞれにヘルダーリンの『エンペドクレス』、クライストの『ホンブルク公子』、ヘッベルの『ニーベルンゲン物語』からの引用がはさまれる。第四景がヒトラーの最期を扱った「上手に狩人が喇叭を吹いた」。ヒトラー自殺の銃声のあと、ワーグナーの『神々の黄昏』に合わせて燃え上がる首都を背景にした女たちの舞踏で終わる。

第五景の「外国人労働者」も三つの場面から成っている。最初が、敗戦直後のドイツでクロアチア人のナチス突撃隊の兵士が請われて三人のドイツ軍人の未亡人たちを殺す場面。ついでおそらくは六〇年代にドイツで「外国人労働者」として働いたそのクロアチア人が故郷に帰って妻子を殺してまたドイツに戻って行く様子の語り。最後が、最初の場面で殺された未亡人たちの館を九〇年のドイツ再統一による所有権移管で手に入れた三人の若者たちが浮かれた会話をかわす場面。つまりこの第五景は時間的にも空間的にも三層をなしてテクストの中心に位置し、いわば全体を俯瞰して、その後の戦後の東ドイツを示す三つの場面への折り返し点になっているのだ。

第六景のタイトル「第二の顕現」はキリストの顕現にたいし、社会主義の誕生を暗喩するのか。敗戦直後に妻を強姦したロシア兵を強制収容所帰りのドイツ人政治犯らしい夫が殺害し、収監されたソ連の強制収容所でロシア人囚人になぶりものにされる、その二つの短い景からなる。またこの第六景は、最後の第九景でロシア人将校の妻を殺して「一九四五年にロシア人がママをさんざんになぶったんだ、十二人の男たちがね、親父は傍らに立っていた。……こんどはあんたらの番だ」と語りかける「薔薇の巨人」の場面に呼応するともとれるだろう。第七景が「処置１９５６」。ブレヒト逝去直後の三人の「未亡人たち」の様子に、ブレヒト改作『コリオラン』の稽古と、一九五六年という時代背景が重なる。ＢＥをめぐる群像も実名で登場し、しかも演出家の二人はいまなお健在で、パーリッチュなどはＢＥの演出家としてＢＥ初演のときには本人を演じた。第八景「パーティ」は、東ドイツのフランケンベルクの市長だったミュラーの父親が五一年に西ドイツに亡命する直前の、自伝『闘いなき戦い』でも言及された逸話がもとになっている。西側への逃亡を企てる建築家の家でのパーティに少年ミュラーも市長の息子として登場し、東ドイツの暗喩としてカフカの『市の紋章』や自作『ピロクテーテス』からの引用を語ったり、そこにフルシチョフのスターリン批判の演説がラジオで聞こえてきたりする。終景の「薔薇の巨人」は、八九〜九一年にドイツで五人の女性を殺してピンク色の下着を着せ、「薔薇の巨人」と呼ばれた実在の強姦殺人犯が背景になっているらしい。その語りには、グリム童話の台詞がさまざまに変容して引用されている。

概略的に述べようと思いつつ長くなってしまったが、実際はもっと錯綜している。たとえば第一景で六一年にベルリンの壁を造らせたウルブレヒトと対話するドイツ共産党建党者のテールマンがすでに四四年に強制収容所で殺された亡霊であるように、各場の時空や人物の特定もじつは虚実皮膜のあいだというか、実在なのか亡霊なのか、いったい誰が何を引用しているのやらされているのやら、どこまで真面目でどこからお巫山戯《ふざけ》なのか、どこまでが歴史でどこからが現在か、何が公で何が私事なのか、あるいはフィクションとノンフィクションの境い目すら、怪しいのだ。

『ゲルマーニア3　死者に取りつく亡霊たち』——まずはこのタイトルの謎ときから。

「ゲルマーニア」はもちろんタキトゥスの書名以来、古代ローマからみたゲルマン民族の住むライン側以東の地名だが、次第にゲルマン民族の化身となり、ローマ時代には未亡人の捕虜、中世には冠をかぶった女性像として描かれ、何よりフランス革命が共和国のシンボルとして「マリアンネ」像を創りあげていったのに対抗して、一八世紀半ば頃からドイツ民族のシンボル像として剣と楯をもったドイツの守護女神のイメージが確立され、ことに一八七一年のドイツ統一のときにドイツ帝国の象徴として多くの記念碑像が建てられるにいたった。つまりはむしろ、ドイツの国民意識《ナショナリズム》の形成とともに創られ使われてきたイメージと言える。ヒトラーの野望も「ゲルマーニア計画」と名づけられていた。ちょうどベルリンを訪れた頃に「マリアンネとゲルマーニア 1789-1889」というフランスとドイツの双方のシンボル像をめぐる大展覧会が開催されていて、膨大な収集品をみながら、これもドイツ再統一にさいしての新手のゲルマーニアの復活なのか、それとも問い直しなのか、と考えたものだ。

「ドイツ劇」のミュラーと呼ばれたように、ミュラーにはドイツ＝ゲルマーニアのテーマを扱った作品は多い。ことに七一年の『ゲルマーニア　ベルリンの死』は、東ドイツ建国期を中心におきながら『ニーベルンゲンの歌』の勇者たちまで登場する、十三景からなるいわばドイツ二千年の歴史のモンタージュ劇だ。しかもその第七景「聖家族」は、ヒトラーの子を宿したゲッベルスの産婆役でかつヒトラーの母親役としてゲルマーニアが登場、鉗子分娩の難産で産まれたのがサリドマイド狼（西ドイツの暗喩だろうか）だった、という場面。『ゲルマーニア3』にはゲルマーニアは役としては登場しないが、全体がゲルマーニアを産み出す背景＝風景の暗喩といえるだろう。ヒトラーは国民社会主義《ナチス》、社会主義もインターナショナリズムを標榜しながら、スターリンは一国社会主義、東ドイツを壁で囲ったウルブリヒトも東独ナショナリズムの信奉者だったといえるのではないか。それは近代の枠組みであった国民国家論への問い直しの問題系とも連動するだろう。あるいはドイツの〈歴史家論争〉や日本の〈藤岡信勝発言〉を撃てるのは、どんな論理なのか。

　第一景でテールマンが慨嘆する、「これがブーヘンヴァルトやスペインで思い描いていたものなのか」、「我々は何を間違ってしまったのだろう」。傍らを一九年に惨殺されたローザ・ルクセンブルクが憲兵に連行されて通り過ぎる。ドイツの民謡が聞こえてくる、「上手に狩人が喇叭を吹いた音はみんな消えちゃった」。これは第三景の最後でも聞こえ、第四景のタイトルにもなっている。誰が上手に喇叭を吹いたのだろう。何がみんな消えちゃったのか。そういえば第三景の「ポーランドのユダヤ女」はローザ・ルクセンブルクの暗喩だろうし、最終景の「薔薇の巨人」はローザの巨人ともとれる。たしかに二〇世紀は世界戦争と社会主義革命の世紀、ヒトラーとスターリンの世紀だった。ゲルマーニア＝ドイツを問うとは、とりもなおさずその二〇世紀のもっとも基本的な問題系を問いなおすことだ。

それでは『ゲルマーニア3』の「3」とは何なのだろう。ドイツ三部作と一般にいわれるのは『戦い』と前述した『ゲルマーニア　ベルリンの死』、および『グンドリングの生涯』の三作だが、最後の作品は一八世紀のプロイセンを中心に据えているから代わりに『ゲルマーニア3』を加えた三部作なのだ、というのが大方のとらえかただ。しかしミュラー自身は九三年に演出した『決闘トラクター　ファッツァー』の仮題を『ゲルマーニア2』としていたらしい。それにつづく『ゲルマーニア3』ということなのか。ともあれ、タイトル、テーマ、素材、形式等からしても、『ゲルマーニア　ベルリンの死』の延長線上に立つ試みであることは確かだろう。

だがこの「3」にはもっと大きな開きがあるのではないだろうか。そもそも3という数にはさまざまな含意があるという。霊的な数、聖なる数字で、多くの宗教の神々もキリスト教の父と子と聖霊のように三相、地獄にかかわるものもギリシアの復讐の女神たちのように三相をもつ。世界創造も天上、地上、地下、あるいは陸、海、空。人間の営みも知、情、意、あるいは誕生、生、死、豊穣の循環も（再）生、生長、死。ギリシアでは死者と関連の深い数で、死者の霊は三度呼び出され、服喪は三日間だった。魔力や凶兆や裏切りも三相。『ゲルマーニア3』でも同様に、第二景のスターリンの眼前に現われるのはレーニン、トロツキー、ヒトラーの三人の亡霊、第三景の三つの戦場場面も、二人のロシア兵とひとりのドイツ兵、三人のドイツ人将校に三人のドイツ兵。第五景も三人の未亡人に三人の死んだ夫たちの亡霊。第七景のブレヒトの三人の未亡人はマクベスの三人の魔女たちに重なる、等々。テクストの構造も前述したように、さまざまな三景、あるいは三層が輻輳・共振する。『ゲルマーニア3』はさしずめ「3」の黒いざわめきのポリフォニーのうねりのようだ。さらに、1の単数、2の両数にたいして、3は複数で、割りきれない奇数だし、3は二元性に働きかける統合へのダイナミックな状態、あるいは正―反―合＝正―反―合の弁証法的な働きをもつ閉じない数でもある。2だと表と裏の合わせ鏡で終わるが、3は自閉＝自己完結を阻み、螺旋状の運動をうむ手続き、ともとれる。『ゲルマーニア3』でも、多様な循環と復讐の矢が三度帰ってくるようだ。それに、たしかにミュラーの試み自体もそんな開き方をしている。たとえば、『ハムレットマシーン』と『カルテット』、『メデイアマテリアル』のような、多様なヴァリエーションの三部作。『マウザー（モーゼル銃）』はラクロの小説『危険な関係』を挟んで『カルテット』に反転した。それは演出にもおよぶ。『ハムレット』の対抗劇としての『ハムレットマシーン』、その両者を合体した演出『ハムレット／マシーン』。九〇年の『マウザー』の演出も『ヴォロコラムスク幹線路』の第五部と『カルテット』を挿入して合体。九三年には自作とブレヒトの『ファッツァー』をつないで『決闘　トラクター　ファッツァー』を演出、等々。どの位相でも閉じないのだ。

さて、副題の「死者に取りつく亡霊たち」は何を暗喩しているのだろう。とりあえずは、三一年に刊行された、亡霊たちに取りつかれた将校を描くエティヒホッファーの同名の小説があるらしい。これも引用なのだ。だが『ゲルマーニア3』そのものが、マクロにもミクロにも「死者に取りつく亡霊たち」という構造をもっていよう。マクロにはこの作品自体がすでに死んでいる男＝ミュラーにとりついている亡霊たちのカーニヴァル空間だ。ミクロにはどの場面も同様に亡霊に取りつかれた「人物たち」のオン・パレード。ウルブリヒトにすでに死んでいるはずのテールマンが、多くの人々を粛清したスターリンには二回目の脳卒中のあと回らぬ舌でわめくレーニン、マクベスの斧をまだ頭蓋につけたままのバンクォーのようなトロツキー、ドイツ軍の戦車塔の中で演説を吠え立てるまだ生きているはずのヒトラー、という三人の亡霊たちが現われる。スターリングラードの戦場ではホンブルク公子やニーベルンゲンの英雄たちが、ヒトラー最期の場面にもゲッペルスが自ら殺した子供たちと登場するし、「外国人労働者」では三人の死んだ夫たちと首のない三人の未亡人が食卓に向かい合って坐っている、等々。死者——死と殺しの場面にも事欠かない。第一景ではベルリンの壁を越えようとした逃亡者が射たれて逮捕され、第三景では二人のロシア兵がひとりのドイツ兵を射殺し、二人のドイツ将校は自殺。第四景ではヒトラーも自殺。第五景ではクロアチア人の「外国人労働者」が三人の未亡人と自分の妻子を殺し、第六景では妻を強姦したロシア兵をドイツ人元政治犯の夫が殺し、第七景ではブレヒトの愛人で政治犯として逮捕されたハーリッヒの妻キリアンが、第八景ではスターリン批判の報を聞いた党官僚が首吊り自殺。とどめは第九景の猟奇殺人犯「薔薇の巨人」。たしかに戦争と殺人の世紀であった二〇世紀の、そのさまざまな死と殺人の動機も問いに付されるようだ。はたして何故、誰が誰を殺し、何が殺されたのだろうか。

さらには登場人物も、いわゆる歴史上の人物と無名の人々、作品上の人物、「自伝」でも言及されているようなミュラーの個人史にまつわる人々にミュラーが見聞きした事件やエピソード、いまなお実在の人物に少年ミュラー自身、等々が錯綜する。いったい誰が死者で誰が生者なのか。見ているのは誰で、見られているのは誰なのか。「処置1956」も死んだブレヒトが直後のBEを眺めている、それをさらに四十年後に死んだミュラーがみつめている、ともとれるし、「薔薇の巨人」も「第二の顕現」の場の陵辱された母から生まれた子供の復讐、つまりは母の亡霊に取りつかれて復讐をそそのかされた「ハムレット」、ととれないこともない。

そして亡霊というと連想されるのは、やはりその『ハムレット』だ。『ハムレット／マシーン』の演出に関連してミュラーはある対談でラカンの『セミネール』における、「本質的なことは、それがたんに死んだ父ではなく、死んでいることを知っている父である、ということだ。でなければ亡霊として現われることはできないはずだ[4]」という発言に言及し、「それを政治的なことに置きかえるとおもしろくなる」と述べてもいる。少しラカンとその研究者たちの助けも借りつつパラフレーズしてみよう。フロイトの精神分析を受けている男性が死んだ父親の夢をみて、夢のなかでこう思ったという、「父はやはり死んでいて、ただ父は自分が死んでいるのを知らないだけなのだ」。自分が死んでいるのを知らないで話している者、それは父であり自己であり、父を生き返らせるとともに、自分もそのよみがえった父と同じように死んでいることを知らないで生きている者として自己を認め、夢から醒める。そのとき彼は他者となり、その他者は死んだ他者であることを認め、生者の言葉の外にでる、それでもなお生者の世界に帰ってきたときには、人間の言葉をしゃべれない者として死体に近づいている。その他者の言語に触れられた者の言葉を聞き取る役目を引き受ける人が、ラカンのいう精神分析医＝「渡し守《パスツール》」たちだ、と。『ゲルマーニア3』も、そういった「死んだ他者の言語」のざわめく時空だ、ともいえるのではないだろうか。〈生者／亡霊／死者〉のあいだは相互浸透膜でつながっている。真に夢《トラウマ》から醒めるには、その通路を探さなくてはならない。

　ここから思い至るのが、ミュラーにおける〈記憶／表象／歴史〉という三つの層だ。「死んだ他者の言語」のざわめく時空として『ゲルマーニア3』は、夢か現か不分明のところに漂う。ミュラーの〈白昼夢〉か脳裏に浮かぶ断片的な像＝情景の絵巻物、鳥獣戯画かボッシュの絵のようだ。臨死体験ではないが、ミュラーの意識がすでにあの世とこの世、生者と死者のはざまにあるかのよう。たしかに死の直前の詩や遺稿には夢の描写が多い。たとえば『夢の森』、「昨夜　夢でどこかの森を横切った／……／夢見る僕は僕に見えるものを見るのだが／甲冑と頬当てで武装した子供がやってきた／腕には長槍　その刃っ先がきらきらする／……／死に向かってウインクする夢の森のうしろで／そして突きと刺しの瞬きのなかで／僕の顔は僕をみつめる　その子供は僕だ」。見ている自分自身を見ているもうひとりの自分を夢に見る自分――『ゲルマーニア3』もそれに似ている。その構図は、『ハムレットマシーン』や『画の描写』、あるいは「自伝」の「私」とも重なるだろう。そのとき〈ハイナー・ミュラー〉というテクストはさまざまな記憶のスクリーン、つまりは二九年に生まれて「スターリングラード攻防戦から壁の崩壊まで」の時代を（東）ドイツ人として生きたミュラーの個人史を構成しているさまざまな言説《ディスクール》の網の目だ。そこではたしかにヒトラーもスターリンも、ウルブリヒトもブレヒトも、あるいはクライストやカフカ、ニーベルンゲン物語などの書物も、ミュラーが体験し見聞きした事件やエピソードも、すべてがけっして他人事ではなかった。

個人の記憶が浸透膜のように歴史の記憶のあぶりだしに通底する。その意味で、ミュラーの演劇は死者の召喚の演劇、歴史の想起の空間を切り拓く記憶の劇場でもある。ミュラー曰く、「マルクスは死んだ世代の白昼夢について、ベンヤミンは過去の解放について語っている。死んだものは歴史のなかで死んではいない。ドラマの機能のひとつは死者の召喚――死者たちとの対話は、彼らが彼らの未来において葬られてしまったものを取り返すまでは、途切れてはならない」（『錯誤集』）。イエイツの浩瀚な仕事『記憶術』によると、雄弁術に端を発した記憶術ではよく机《テーブル》をつかって記憶を配置するというが、ミュラーの戯曲や舞台にも、たとえば第五景の三人の軍人とその未亡人たちの亡霊が坐る食卓に象徴的なように、よく机が使われるし、そもそも劇場は死者のための空間で、ことにルネッサンス以降、仕切られた向こう側での死者の霊の呼び出し、亡霊の復活する特権的な空間、「記憶と魂の整理戸棚」として復権したという。『ゲルマーニア3』はまさに死者に取りつく亡霊たちの召喚の場、ラカンのいう〈現実界／想像界／象徴界〉の境い目で、歴史の言説や解釈、評価、表象が分節化される以前の多声的で混沌とした地平、そこで記憶が創られるための想起の発生装置の器官のようである。固有名詞は、それぞれの地平で観客にも記憶を喚起するための仕掛けだろう。そしてそこにあるのは、さしずめ鏡像段階におけるそれぞれがばらばらに寸断された身体のような記憶の断片、あるいは〈意識／無意識／深層意識〉の境い目でのさまざまな亡霊たちの黒いざわめき。鏡像段階においては、主体が鏡像を自己と認めるときにはすでに、根源的な象徴化への促しが働いているという。

それは表象＝代行の問題とも、表裏で重なってこよう。〈ハイナー・ミュラー〉を構成しているのはもろもろの記憶と受容の網の目、その網の目のなかに〈ハイナー・ミュラー〉が拡散・遍在してもいる。「私とは誰／私のことが話題になるとき／それは誰のこと　私　それは誰」――〈私〉とはよろずのものが通過していく浸透膜《フィルター》、ミュラー／ランボーがいうように、「私は他者＝多者」なのだ。近代個人主義の「分割されえない自我」、「不可侵の内面」という信仰は、ここで破産していよう。〈私〉が自我とか内面とかいう軛からはずれて事柄＝外界そのものとして露呈し、そこに遍在している自己を語ることが〈他者としての我々〉を語ることにメビウスの輪のように反転する。内面を辿っていくとその裏側で外面に出る。〈私〉そのものが間テクスト的で対話的なテクストになり、自己完結＝自閉せず、それを語ることが私小説にも虚構にもならない。ミュラーのテクストが固有名詞の氾濫する引用の網《アルシーヴ》の目となるのは、それが記憶の網の目だからだ。それはベケットの対極ともいえるだろう。自己言及性が記憶というフィルターを通して他者性にねじれていく。いや、むしろ自己言及的であるからこそ他者性にねじれていけるのではないか。それはフーコーのいう「表象(代行)《ルプレザンタシオン》の終焉」を裏返す。ミュラー曰く、「誰も自分以外の何ものも表象（代行）できない」、「作者は現実を表象（代行）はできない[4]」。人間とその現実をもっとも包括的に代理・代表して表象する者としての、従来の意味での作家の死滅。作家も語らされているのだ。語っているのは「大文字の他者」（ラカン）としての言葉、私を含めて我々という視点から私を見ていると想定される者としての言語。ミュラーはよく、「私が言葉を獲得するのでなく、言葉が私を獲得するのだ」、「作者は言葉の関数なのだ[4]」と述べる。シュールレアリスムの自動筆記をも連想させる発言だが、語っているのは忘我の無意識の〈私〉ではない、〈私〉を通して記憶の亡霊たち＝ハムレットたちの父親たち、あるいは傷跡《トラウマ》が語っているのだ。それはミュラーだけではなく、スターリンもヒトラーも、クロアチア人の外国人労働者も「薔薇の巨人」も、等々、同じことなのだろう。

語る主体、書く主体は他者化＝三人称化している。言語学でいう言表の主体と言表行為の主体のずれ。書くとは、他者の語らいのなかを潜りぬけていくことだ。ミュラーは巨大な受容器である。そのミュラーの受容したさまざまな断片が書き手としてのミュラーの厳格なフィルターを貫通することで自動筆記的にテクストが書かれていく。それがミュラーのいう「経験の圧力」だろう。言葉はミュラーの外部からやってきて、ミュラーの身体を通過していくのだ。「私は自分でもそれが何なのかわからないものを書き、創り、観客もそれが何なのかはわからないが、そこでなんらかの現実経験とぶつかるのだ[4]」、「真性の経験の圧力が高まりさえすれば、それが〝大衆の心をとらえ〟、政治の終点で人類史の起点でもある物語（歴史）を盲目の白目に映す能力もたかまる。作家は寓意《アレゴリー》より賢く、暗喩《メタファー》は作家より賢い」（『資料集Ⅰ』）、「私はすべてを戯曲の素材として観察していた。私にとっては私自身も素材、私の自己批判も素材だった。私を政治的詩人とみなすのはいつでも考え違いだった」（「自伝」）。その〈主体／言語／他者〉のあいだを相互浸透していくのがムネーモシュネー、忘却を強要する力に抗する記憶の女神だろう。背後に死体となった我々に取りつく亡霊たちのざわめき。無数の人間の死を言語の作用によって象徴化する営みが歴史だとすれば、言語化されずに葬られた亡霊たちの語らいの想起が、勝者による〈正史〉ではないもうひとつの〈歴史〉、経験としての我々の歴史＝物語を生起させるかもしれないではないか。心の傷《トラウマ》の深い者ほど語り出すのはむずかしいはずだ。ホロコースト、従軍慰安婦、もろもろの殺人。しかしそこにこそ歴史の実質があるのだろう。そしてそれはなんらかのかたちで復讐するのではないか。たとえばクロアチア人の「外国人労働者」のように。殺しているのは過去の体験《トラウマ》。個的レベルでもそういった夢《トラウマ》に封じ込められた亡霊たちとの対話を喚起するために、〈歴史／出来事／物語〉の言説や解釈、評価、表象が分節化される以前の多声的で混沌とした地平を召喚すること。思えば、ミュラーのテクストの多くはそういう構造をもっている。そもそも想起とはドイツ語でErinnerung（内化）、わが内に記憶を呼び起こすことだ。

　ベンヤミンの歴史の天使《アンゲルス・ノーヴス》も、進まざるをえない方向とは反対の、過去を向いていた。なんとか過去のカタストロフの断片を寄せ集めて繋ぎあわせようとする、そのモーメントが現在時だ。過去の現前化としての歴史の方法。その歴史＝物語はやはり、それぞれの位相で書かれなければならない、ムネーモシュネーはミューズの詩神たちの母でもあるのだから。方法的な退行のなかで、実現しなかったもの、ありえたかもしれない歴史との対話が始まるだろう、たとえば「我々は何を間違ってしまったのだろう」と。自らの生きた東ドイツの消滅＝社会主義の実験の挫折のなかで、ミュラーのその思いも痛切だったはずだ。テレビ番組によるクルーゲとの対談集1のタイトルは、『死者に借りのあるこの世界』、つまり、私は死者のおかげでこの世界を手に入れているのだ、と。そこに曰く、「思うに、自分たちの地下室の死体について書きうる、そして書くべき時がきたのだ。もはや私は『マクベス』を改作する必要はない、いまならスターリンについてのすべてが書ける」――書き遺したかったのはやはりそんな、だが大方の劇評がなにをいまさら東ドイツ史かと肩をすくめてみせたような、すぐにも歴史の傍注として抹殺されてしまいかねない、ミュラー自身の記憶としての〈歴史〉、ただし、それが整合的な予定調和に封じ込まれないために異物として哄笑するテクスト、『ゲルマーニア3』だった。いくら葬儀のときに騒がれようと、早晩しょせん歴史の他者として埋葬されてしまうであろう自らを、あのシェイクスピア／ミュラー作の『解剖タイタス ローマの没落』で最後に砂の中に生き埋めにされながら哄笑しつづける黒人アーロンのように、哄笑しつづける存在に転化しておきたかったのではなかったか。ヒーローになんかされてたまるか、と。だが、そこにはミュラー自身の歴史についての読みも裏打ちされていよう。たとえば、クルーゲとの対談集ではこうも語っていた、「ヒトラーはスターリンと関連している。彼がスターリニズムの助産婦だった。ドイツの歴史家論争ではそのことが裏返されて、スターリンをヒトラーの助産婦だと名づけているが、これはおかしい。スターリンはこの包囲網のなかでは粛清が必要だというアリバイあるいは妄想をつねにもっていた。それは西側からの脅威への不安と連動していた」、「トロツキーは正しく見抜いていた、スターリンは反革命で、スターリン主義的構造は資本主義が生き延びる条件のための訓練場だったと。条件が未成熟だったから失敗したのだ。亡霊的な考えだが、的外れではあるまい。ヨーロッパという要塞がもはやもちこたえられなくなり、内戦が軍事的なかたちをとれば、構造的なスターリニズムが生まれることだろう」。

それにしても、ミュラーの記憶のスクリーンに残る歴史の傷跡《トラウマ》のなんと深いことか。それは、九五年に「テアーター・ホイテ」誌で語ったような、「東で生きていたときにはまだ歴史が存在していた、歴史の残滓がまだあった。いまは消費し尽くしてしまった歴史の実質を、そこではまだ消費できた。そしていまや我々もこの東でベケットのところに行き着いた、もはや歴史の存在しないこの場所で」、「人類史上はじめて生者の数が死者を上回った。それは芸術から、文化から、その基盤を奪い去っていく。文化とはただ死者の土台の上にのみ存在するもの。つまりは過去という土台。死者たちとの、さまざまな記憶との、伝統とのダイアローグ。死者より生者が多いという状況は不気味なものだと思う」、あるいは「資本主義がつくるのは現在による占領、過去が消費され、十分な現在をもつようになると、未来は不要になる」[4]、そういったこととも関連するのだろう。「ポスト・ヒストリーという虚偽は、我々の前史の野蛮な現実を前にすれば、なんと恥知らずなことか」。歴史を奪われているとは、真性の自分の経験・物語を、出来事を、自分の言葉を奪われている、ということだ。それは私たちがかぎりなく死体に近づいている、ということではないのだろうか。あるいは死んでいることを知らないで生きているものとしてのゾンビ――。九三年の『決闘　トラクター　ファッツァー』の演出には否定的な劇評が噴出したのだが、ミュラーは前述のインタヴューで、あれは意識的な拒絶の行動、死の演劇だったのだとも語っている。舞台上に亡霊、客席に死者たち、観客は死体なのだ、と。言葉を奪われた死体である観客の背後に、ミュラーはさまざまな亡霊たちの語りのざわめきを聞いていたのだ。「忘却　忘却　そしてまた忘却」に抗して、その亡霊たち＝死んだ他者の言語が語り出す演劇空間――『ゲルマーニア３』は、やはりその問いかけの延長線上にあった。

ともあれ、〈記憶／表象／歴史〉という三つの層のあいだも、相互浸透している。

九六年秋の墓詣での旅は、じつはベルリン、ボーフム、ウィーンの三箇所で上演されている『ゲルマーニア３』を観るための旅でもあった。

上演は至難と言われるこのテクストに、三つの劇団は果敢にアプローチして、まったく異なる三つの『ゲルマーニア３』を創り出していた。五月に世界初演の栄誉を担ったボーフム市立劇場のハウスマン演出は、二人の女性が劇場に紛れ込んで幕の中を覗き込む冒頭シーンと「ゲルマーニア」役の道化が狂言回しを務めるという劇中劇構造のなかに作品を置き、テクストが触発するイメージを演劇的仕掛けで膨らませ、バロックの世界劇場的な死者の宴のカーニヴァル空間を繰り広げる。いわば原作に足し算してのその四時間の舞台は、ちょっとシャビイな演劇的楽しさがあった。六月に初日を開けたのがＢＥ。ミュラー演出の『アルトゥロ・ウイ』で主役を演じたヴトケが劇場監督に抜擢され、初演出として取り組んだ。ミュラーの遺志を生かすという前提のもと、白黒を基調に、文学の引用場面は赤を加えるという幾何学的で抽象度の高い空間のなかに、テクストを絵解きするのではなく、語りや群読、あるいは分読として置いていく。余分なものを削ぎ落とし、言葉と人物と場面像が対峙・拮抗しあうという意味では、ウィルソン風のポスト・モダン的できわめて美的な洗練された二時間弱の舞台だった。九月末の三番手が、ウィーン・ブルク劇場でのシュテッケル演出。戦争の廃物やスターリンの銅像の瓦礫まで転がった廃墟の空間での、仮面あるいは厚塗り化粧

『ゲルマーニア３　死者に取りつく亡霊たち』の三つの舞台（1996年）
左上・レアンダー・ハウスマン演出、ボーフム・シャウシュピールハウス
上・マルティン・ヴトケ演出のベルリーナー・アンサンブル
左・カール・ハインツ・シュテッケル演出のウィーン・アカデミー劇場

の役者たちによるグラン・ギニョール的な舞台化とでもいおうか。引用場面はかなりカットされ引き算の二時間上演だが、解釈を舞台に形象化したという意味では、一番旧来の演劇手法に近かったと言えるだろう。ミュラーのテクストは、演じる側の演劇観をもろに白日のもとにさらけ出す。テクストだけでは何が立ち上がるか見えないからおもしろい。だがこの三つの『ゲルマーニア3』を観ながらやはり、演出家ミュラーの喪失の大きさを、痛切に思い知らされもした。

ミュラーの演出は、ことに八〇年代以降、たんに自作の舞台化というレベルを超えて舞台にもうひとつのテクストを書くという創作活動であった、という観がある。自らの作品をそのつどの時代状況のコンテクストのなかでの対話として自在に使い、シャッフルしなおし、さまざまな他のテクスト（断片）をも挿入・合体し、しばしば自ら朗読した声を流し（これがまたじつに味があった）、それによって劇場が書かれたテクストとは違った〈もうひとつのミュラー〉というスクリーンでの多声的な想起の空間に変わるのだ。『ゲルマーニア3』はそういった上演を前提とした遺作であればなおさらに、〈自作〉としてのミュラー演出が観たかった。BEの演出はミュラーの遺志を生かしたというが、テクストを自在に使いうるには作者のコピー・ライトがやはり必要なのだろうか。ヴトケは健闘していたものの、これまでのミュラー自身の演出と比べれば、やはり作品内で閉じていた。思うに、著作権というのもすぐれて近代的で両義的な所産なのだろう。たとえばブレヒト遺族の上演権と版権の独占はいまや上演者には足枷でしかないが、しかし作者だからできると言わせないための例証が、たとえばミュラーの『アルトゥロ・ウイ』の演出だった、という気もする。同時にそれゆえにこそ、『ゲルマーニア3』は意識的にテクストとしての完結度のばらけた、我々にとって奇妙に居心地の悪い作品になってもいるのではないのだろうか。その意味で、座談の名手ではあっても理論構築をしないミュラーの、テクストと演出を車の両輪とした演劇実践は、それ自体が仕掛け方＝手渡し方のデモンストレーションだったのだろう。しかも、たとえばハイナー・ミュラーの場合、というコピー不可能なかたちでの。そこで完成された芸術作品を遺したいというさもしい野心などミュラーには微塵もなかった、と思う。

ミュラーは哄笑しつつ、開かれた謎を遺して逝った。その挑発は、謎解きが同時に謎かけになるような立ち方を私たちに課題として手渡す。遺産としての疑問符――彼が『ハムレットマシーン』の第四景で作者の写真を破ってみせたような〈作者の死＝作家殺し〉は、それぞれがそれぞれの地平で作者に成れ、〈ハイナー・ミュラー〉にデリダ流の×印を付けよ、ということでもあったのだ。啓蒙の終焉はとりあえず孤立＝個立を願望している。もしかしたらそれがいつかどこかで〈記憶／表象／歴史〉を経由してコミューン的な主体形成に通路を拓くかもしれないから。コミュニズムの初心は、「自由とは、異なる考えをもつ者の自由」（ローザ・ルクセンブルグ）に裏打ちされたコミューンにあったはずだから。

「僕は／皆から忘れ去られたい　砂の中の痕跡」――おそらくはそれがやはりミュラーの遺言だった。

4　表現の処女地〈タンツテアーター〉?　——ピナ・バウシュとミュラーとクレスニク

ピナ・バウシュの演劇の時間はメルヒェンの時間。……
領土は処女地。未知の天災で姿を現わす島

——一九八一年、『靴の中の血あるいは自由の謎』より

一九九八年はピナ・バウシュがヴッパタール市立劇場バレエ部門の劇場監督に就任して二五周年にあたり、四度目の来日公演を含めた世界ツアーとともにさまざまな記念行事が催された。ダンスとシアターがクロスした〈タンツテアーター〉も四半世紀余の歴史を経たわけだが、これも、ミュラーやブレヒトの芸術営為とまなざしをクロスさせるものであったと言えるだろう。

初めてピナ・バウシュの舞台を観たのは七七年の『青髭——ベラ・バルトークのオペラ〈青髭公の城〉の録音テープに耳を澄ましつつ』。舞台は白く大きな部屋。そこで背広にコート、ただし裸足の男が、バルトークのオペラ『青髭公の城』の録音テープに繰り返し駆け寄ってはそれを止め、巻き戻す。「青髭」はまずは女たちの代わりにバルトークの音楽を切り刻むようだ。だが音楽は女たちへの関係を思い出させ（「青髭」とは禁断の部屋に入った女たちを殺してしまうメルヒェンの騎士である）、そして女たちが、男たちが登場する。あのピナ周知の〈男と女の闘い〉が、、これもピナ周知の繰り返しの動きとして展開し、さらにしばしば中断される音楽にはダンサーたちのヒステリックな笑いや叫びがかぶさっていく。ときに全員が舞台鼻に並んで、そのまなざしで観客を射抜く。観客は見ているはずが見返され、視線は自らの内部に反転し、満席の劇場全体が〈パンタグリュエルの世界〉のようによじれてひとつの心臓になったかのごとくドクン、ドクン、と鼓動を打

つ――そんな感じだった。

その四年後の八一年に、ハイナー・ミュラーが「テアーター・ホイテ」誌にピナ・バウシュへのオマージュを寄せた。「ピナ・バウシュの演劇では、像は眼のなかの刺。身体が出版と意味の牢獄を拒否するテクストを書く。肉体の奴隷制の刻印の押されたバレエの強制からの解放。……黄金の例だけ挙げると、幸福な瞬間には聴覚が消滅したあのツァデクの『ハムレット』からシュタインの『オレステス』に到る、テクストのない演劇の後の、演劇の新しい言語。一夜のお楽しみに汗の臭いを諦めない観客にたいして、平凡な作品で演劇を南北軸に回転させようとしたグリューバーの挫折した偉大な試みのあとの、もうひとつの自由の演劇。僕らがこの自由を直視すれば、スフィンクスに見つめられても不思議はない」。そういえばミュラーの『ハムレットマシーン』も『青髭』と同じ一九七七年。ある時期からのミュラーのテクストや演出も、ピナ・バウシュの試みとどこかで密接に通底・共振していたのではなかったか。

〈タンツテアーター〉とはなんぞや。「もうひとつの自由の演劇」か。ともあれ八〇年代にはブームともいうべき需要を得てさまざまな演劇祭にも不可欠の存在になり、演劇誌にも頻繁に登場、演劇をめぐる論議が疲れきった頃にニューカマーとして主役になったとも言われたドイツのタンツテアーター。その代表者とされるのが、ピナ・バウシュ、ボーナー、ホフマン、リンケ、そしてピナがタンツテアーターの〈母〉なら、〈父〉はこの人だと言われたのが、出身はオーストリアのヨハン・クレスニクだ。じつは九五年一月、旧東ベルリンのフォルクスビューネで「タンツテアーター二五周年」と銘打った「クレスニク週間」が開催されると聞いて、勇躍ベルリンまで飛んだ。九〇年からのいずれも伝記を基にした四作、『フリーダ・カーロ』、『ローザ・ルクセンブルク』、『ウルリーケ・マインホーフ』、『エルンスト・ユンガー』、並行して「赤いサロン」という名のカフェーではこれまでのさまざまな彼の作品のビデオ上映。劇場の大きな客席は意外にも、連日、若者で満員だった。たとえば、ドイツ統一の九〇年に創られた『ウルリーケ・マインホーフ』。マクドナルドのパックやコップが充満して、それを貪り食っては反吐をはく人々であふれるドイツに、獄中で不審死したウルリーケが帰ってくる。そしてウルリーケ像は三分される、市民社会のなかでの妻・母・ジャーナリスト、RAFのテロリスト、舞台袖の高い所に坐ってタイプを打ちつづけてときおりそのビラを客席にばらまく女。そういう構造のなかで、伝記の再現としてではなく、彼女の思いや夢、願望、彼女が苦しんだ社会、その死に責任をもつ社会の残酷さ、それを想起する我々の現在――それらが言葉のない動きや踊りによるいくつものイメージ的な場面として入れ子になって、展開していく。観客はウルリーケの映っている真空の鏡を真正面に据えられた感じで、その残像が私のなかでもしばらく尾を引いた。

クレスニクは九四年の演劇シーズンからダンサーたちを引き連れてブレーメンを去り、劇場監督カストルフに喚ばれたフォルクスビューネに〈コリオグラフィー（振付）演劇〉の部門を新設した。この劇場は九〇年のドイツ統一後もカストロフを中心に勇猛果敢ともいえる演劇の挑戦をつづけ、若者の圧倒的な支持を受けている。さらには過去にラインハルト、ピスカートル、ベッソンという演出家を擁したフォルクスビューネは九四年十二月に創立八十周年を迎え、カリフォルニアで病気療養中であったミュラーも劇団パンフに祝辞を寄せていた。その一節にこうあった。「どうあるべきかという問いを挑発できないような演劇／劇場は、当然に閉鎖されよう。この／君たちのフォルクスビューネが、いまあるように存在していることを嬉しく思う。望むらくはもうしばし、嵐を超えて死の前夜にまでも、生き延びてほしい。君たちの歴史的な仕事は、声を沈黙させるプログラム化された意味のテープリボンからの解放行為だ。資本のごった煮の台所に入りこんだその後でも、嵐を超えて死の前夜まで、そのごった煮に唾を吐きつづけよ。目標を爆破する、その道に終わりはない。カリフォルニアからの挨拶を込めて」。

さて、ここでは演劇の文脈から〈タンツテアーター〉を位置づけるために、この三連星の光芒と運行を追ってみよう、ピナ・バウシュとミュラーとクレスニクのあいだ――。

おそらくは〈タンツテアーター〉[5]は、やはり特殊にドイツ的な現象だっただろう。〈六八年〉を挟んで、ドイツの芸術と演劇も同時代の美学と新しい機能を求めて模索を始めた。五〇年代のヴァイスやホーホフートの記録演劇に、六〇年代のアナーキーで自己懐疑的なツァデクやシュタイン等の演出の演劇、そしてすこし遅れてミュラーや〈タンツテアーター〉の振付家《コリオグラファー》たちが登場する。思想的な背骨となったのはフランクフルト学派の批判理論、アドルノにブロッホ、ベンヤミン、そして何よりマルクーゼの後期市民社会のメカニズムを説いた「文明のもつ現状肯定的性格」の理論――曰く「権力要因としての魂」、「魂の支配への感覚の従属」。その精神主義からの感性と身体性の解放が時代のキーワードとなり、自律的な身体言語やさまざまな芸術的表現の模索が実験の中心となり、現実や日常への接点を探りつつ、それぞれの芸術言語が旧来の作品概念から自由になるなかで、芸術家は、演出家も振付家もダンサーも、それぞれが自らの作者になっていった。

それなら何も西ドイツに限ったことではない、と反論されるだろうか。確かにリヴィング・シアターもグロトフスキーも、日本のアングラ演劇も舞踏も、同じ文脈でとらえられるかもしれない。

要はその先の、日本ではあまり知られていない〈タンツテアーター〉の成立と展開の仕方、その独自性にあるのだろう。それをまずは、〈父〉と〈母〉の歩みから探ってみたい。

三九年生まれのクレスニクは、ダンサー／コレオグラファーとしての教育と経験を積んだあと、六八年にブレーメン市立劇場のバレエ団の監督として招聘される。同時代の現実に関与しないバレエのありかたに疑義を感じていたクレスニクは、たとえばすでにケルンで非常事態法の施行と反政府デモのうねりを題材にした『パラダイス?』をダンス化し、物議を醸していた。六〇年代半ばからブレーメン市立劇場の劇場監督として演劇とオペラの革新の試みを志したヒュープナーは、演出家としてツァデクやシュタイン、グリューバー、舞台美術のミンクス、ヴォンダー、ヘルマン等を招聘して錚々たるブレーメン時代を創出していたのだが、こんどはバレエ部門の革新者として、この怒れる異端児クレスニクに白羽の矢を立てたのだ。クレスニクは演劇の共同演出や振付も引き受けつつ、彼自身のタンツテアーター＝「コレオグラフィー演劇」を、まずはここで十年にわたって模索・展開させていくこととなる。この時点で彼は「タンツテアーター」という言葉を使ってはいないが、これがやはり「ドイツのタンツテアーター」の起点であっただろう。「バレエは闘うことができる」——今日までクレスニクの作品への批評にも使われるスローガンである。七〇年の『万人のための戦争指導』では日常的な暴力がさまざまな体験領域（仕事、スポーツ、セックス）のヴァリエーションで示され、憎しみが制度的な暴力使用から戦争にまで高まっていく様がダンス化された。あるダンサーはパンフでこう語っている、「心理学を踊れるかどうかについて話し合っています。結論は、行動様式は踊ることができる。ダンスは姿勢なのです」。同じ年にブレヒトのバラードにもとづく『春になった……』とアメリカの六八年の大統領選挙への反対デモを素材にした

『PIGasUS』、この三作でブレーメンでのスタートを切った〈闘うバレエ〉は、だがバレエ界からは不興を買い、ブレーメンのバレエ団は何年かバレエ評から消え、しかしその果敢な企ては代わりに演劇雑誌で次第に頻繁に取り上げられるようになっていく。七九年にハイデルベルク市立劇場に移ってそこで十年、八九年にはまたブレーメン劇場に戻るが、九四年から団員を率いてベルリンのフォルクスビューネに移ったことは、前述した通りである。

九三年にフォルクスビューネの俳優に三人のダンサーが加わってできたという『ローザ・ルクセンブルク——君に赤い薔薇を』も過激だった。冒頭、幕前でバレリーナが『白鳥の湖』の瀕死の白鳥を踊る。終わると作業員のような男が登場してそのバレリーナをゴミ袋に入れて退場。幕が開くと病院の手術室か霊安室のような空間にコートに背広に帽子の男女が登場し、旧東ドイツ市民とおぼしき男がローザとおぼしき女にドイツ統一を語る、といった現在から、ドイツ革命、戦争期へとフラッシュ・バックするのだが、ローザとともにウルリーケが、さらには沈黙のローザが何人も登場し、ローザ像もいくつもの断片で演じられ、多層の時空が入れ子になって短い場面が次々に展開される。舞台上では全裸もあり、大きな半身の豚肉に火が付けられてその臭いが客席に充満し、舞台下ではロック・バンドの演奏。タボリの台本によるという台詞もかなり多い。それぞれの要素がファセットになり、ドイツの現代史を瞬間写真にするかのようだ。踊りも歌も台詞も場面も、ある。だがダンスでも芝居でも、オペラやミュージカルでもない。満員の客席には笑いが、それも朗らかな笑いが溢れていた。

さて、ピナ・バウシュだが、彼女の登場は一九七三年、ヴッパータール市立劇場の劇場監督ヴュステンヘーファーがそこのバレエ団の監督としてピナを抜擢したことに始まるだろう。それを受けたピナはそのバレエ団を「タンツテアーター・ヴッパータール」と改名した。

そもそも〈タンツテアーター〉という用語は、二〇年代にドイツ表現ダンスの薫陶を受けたクルト・ヨースが嚆矢で、一九三五年の『タンツテアーターの言語』という論のなかでも使ったらしい。古典バレエと師ラバンの創出した新しい様式を統合するダンス形式への命名なのだが、当時ナチスに追われて亡命中だったヨースのこの論はほとんど注目をあびることなく、八六年に『バレエ年鑑』に収録されて世に知られることとなった。このヨースは二七年にエッセンにダンスの「フォルクワング学校」を創設、それを亡命帰還後の五一年に再開、ピナもホフマン、リンケもここで学んだ。ちなみにピナが招聘された七三年頃には演劇実験のうねりも沈静化しつつあり、各公立劇場は新しい改革の分野としてバレエ部門に注目し、たとえば一年前の七二年にはボーナーがダルムシュタット国立劇場のバレエ監督として招聘され、すでに「タンツテアーター・ダルムシュタット」と改名していた。そして何よりピナ・バウシュの達成した成果に刺激されて、九〇年代初頭には、西ドイツの公立劇場のバレエ部門や一五〇もの私立のダンスグループの大半が「タンツテアーター」と名乗るまでになっていく。それは、従来オペラ座の付属品のように扱われてきた舞踊が、自律した独自の表現領域を獲得するプロセスとも重なっていただろう。

周知のようにピナ・バウシュはヨースの教え子としてフォルクワング学校を優等で卒業した後、六〇年から六一年にかけてアメリカに留学。アメリカのモダンやポスト・モダンのダンスのみならず、ベトナム反戦の気運のなかで芸術のニュー・ウェーブの空気も存分に吸って帰ってきた。四〇年生まれだからほぼクレスニクと同世代だ。六九年に『時代の風のなかで』の振付けがケルンのコンクールで一等賞を得たことが契機となってヴッパータールに招聘されたのだが、何年かはしかし、ほとんど空席の客席と厳しい批評に耐えなければならなかったという。『青髭』は、そういうなかでピナ・バウシュがやっと獲ち得た喝采でもあったのだ。同時に、それまでダンスには考えられなかった地平と人気と承認を得て、名声だけでなく、模範としての芸術的な影響も大きくなっていく。

そのピナ・バウシュの「タンツテアーター」の画期的な転機になったのが、『青髭』の一年前のブレヒト／ヴァイルのバレエ作品を基にした『小市民の七つの大罪／怖がらないで』だった。原作のブレヒトの教育劇的な筋立てやト書などはほとんど無視され、第一部ではアンナ像は永遠に同じこと、男たちに支配されるこの世では唯一の所有物＝自分の性を商品化するしかないことを示す。そして第二部の「怖がらないで」で、ブレヒト／ヴァイルの他作品からのソングをも使いつつ、女の子たちが男たちに愛や人生についての決まり文句の発想をお涙頂戴で信じ込まされる様子が示される。女の子たちの夢や現実についてのシビアなレビューともいうべきこの作品で、ダンスはもはや自己目的的な芸術ではなく、この男社会も変えられるかもしれないという「ユートピア的希望」に裏打ちされた「女性解放のメッセージを伝える手段」（シュミット）[6]という新しい機能ももつようになった。さらに『青髭』の一年後の『マクベス』による『彼は彼女の手を取って城の中に導く、他の者も従う』は、シェイクスピア学会からの依嘱でボッフム市立劇場に招かれ、そこの俳優たちとの共同作業によって成立した作品である。五人のダンサーと四人の俳優とひとりの歌手が、それぞれに騎士Mへの連想や考え、夢、フラストレーション、願望や恐れなどを即興の稽古のプロセスのなかにもちこみ、それを身体言語に翻訳し、身振りや仕草、イメージ、等の場面へとつないでいく。『マクベス』の筋はメルヒェン形式に語りなおされ、シェイクスピアの原作はライトモチーフ的な性格をもった断片として、場面に照応するかたちで残った。初演は完全な拒絶だったという。ともあれこの七六―七八年に、ピナ・バウシュの「タンツテアーター」の精髄となるものが生まれた、と言えるだろう。それは、ダンス、演劇、音楽のそれぞれが従来の自らの文法を疑い、それを超えたところで出会って、新たなかたちで場面的な表現を探り出していく、その根底的で画期的なプロセスでもあった。ピナはその後も焦らずに一作ごとの試みを重ね、ヴッパータール市立劇場から世界へと発信しつづけていった。

確たる定義もないままですでに自明なもののようにひとり歩きし始めた「タンツテアーター」だが、出自はダンスで古典バレエの形式や規範、内容に疑義を唱え、身体による新たな発言力を求めて出発した、というダンス革新の共通前提のうえに、だが要点はその経緯と命名からしても、演劇概念そのものの揺らぎと革新に共振しつつ、ダンスという身体言語の側から演劇的な表現力を求めた、というそのことにあっただろう。何よりそれは、テーマ性と表現手段において過激な〈父〉と、内的な探求と方法論の自覚の先鋭な〈母〉の勇気に負っていた。この〈父と母〉を例に、ミュラーを軸点にしながら、その方法論的ないくつかの特性の抽出を試みてみよう。

まずは、作品概念からの自由あるいは解放とでも言おうか。すでに六〇年代からの〈演出の演劇〉も作品（＝戯曲）にたいする上演の主権を掲げて、たとえばビキニ姿のデスデモーナがオセロに追い回され殺される場面が延々とつづくようなツァデクのシェイクスピア演出や、六人のペール・ギュントを登場させて「一九世紀の夢と願望の物語」を二晩八時間で上演したシュタインのイプセン演出のような試みを生み出した。バレエにだってたとえばベジャールの『ファウスト』や『指環』がある。しかしそれらはやはり、作品の内部で解釈や構想を転換させたものだと言えるのではないか。だが〈タンツテアーター〉はさらにラディカルにその先へ進んだ。舞台で観るのは作品の新解釈でも現代的衣裳のかぶせでもない。それに向かい合う自分たちの位置や姿までが構造化されている。演出の演劇でもなかなか越せなかったハードルをタンツテアーターは軽々と越えてしまったのだ。

たとえば『小市民の七つの大罪／怖がらないで』や『青髭――ベラ・バルトークのオペラ〈青髭公の城〉の録音テープに耳を澄ましつつ』、『彼は彼女の手を取って城の中に導く、他の者も従う――シェイクスピアの〈マクベス〉による』は、すでにタイトルにそれが折り込まれているように、ブレヒトやバルトーク、シェイクスピアの原作にたいする上演集団の関係をこそ上演化していて、それこそ、ミュラーの『ハムレットマシーン』の『ハムレット』にたいする関係とパラレルだと言える。ミュラーはシェイクスピアの原作を骸骨にまで脱構築し、『ハムレット』を構成するディスクールの網の目に読み手＝書き手ミュラーのスクリーンを照らしだし、二〇世紀末を生きるミュラーを構成するディスクールの網の目へと変換させた。これは読みの構造のモデル的な提示でもあったろう。つまり、先行素材と読み手（／書き手／演じ手）の双方の、テクストとコンテクストのインターテクスチュアルな四肢構造の明確な意識化と構造化（＝作品化）である。シンボルでなくメタファー――ミュラーとピナ・バウシュは、その点においてほぼ重なる。影響関係ではなく、実践的探求の一致だっただろう。ミュラーがピナ・バウシュにオマージュを寄せたのもむべなるかな、だったのだ。『ウルリーケ・マインホーフ』や『ローザ・ルクセンブルク』にしても、伝記の再現ではない、伝記を読む「我々」のスクリーンがともに構造化され、ウルリーケ像やローザ像がメタファーとして読み手（演じ手）によって集団的に想起される。夢や想起にはリニアルな時間は存在しない。クレスニクにも『マクベス』や『オイディプス』など古典を使ったピナと似たような試みもあるし、ちなみに八〇年には『ハムレットマシーン』を、八四年には『ゲルマーニア――ベルリンの死』の一場面を借りた『大売出し』をダンス化していて、ミュラーとの関係はじつは個人的にも芸術的にもさらに密接なのだ。

ともあれこの期のミュラーのテクストとタンツテアーターが切り開いた地平は、「間テクスト的なディスクール化の演劇」とでも呼べるようなものではなかったろうか。本来的にいわゆる戯曲や台詞がそのまま再現というかたちで使えないタンツテアーターは、身体言語への翻訳・変換の手続きを経ないかぎり、作品をダンスによってそのまま演劇化はしにくい、ということもあっただろう。それは、ソンタグの言う「反解釈」とも通底する――「解釈とは、意味という影の世界を作るために、世界を貧しく無化すること、世界をこの世界に変えてしまうこと」[7]。解釈や改作はしょせん原作の呪縛のなかにある。第一章でも述べたような、ミュラーにおける、解釈学の精神での改作や演出からディスクール地平での記号指示の間テクスト的な演劇への移行。いいかえれば、シニフィアンとシニフィエのシンボル的な関係である模写の演劇から、記号群がメタファー的にあるいはメトニミー的に相互干渉しあう演劇への転換。作品内で閉じないためには、読み手の位置まで構造化すること。この「読み手」は作者／創り手／演じ手／観客でもあり、そのいずれもが間テクスト的な関係を切り結べば、そこはさまざまなエクリチュールが重なりあってさまざまなテクストや記号体系がぶつかりあう場となり、演劇はもはや解釈学的な知の伝達の場ではなく、コミュニケーション・マシーンとなり、そこでは、作家やテクスト、演出家、俳優、ダンサー、観客といった概念も、根底から構造変化していくだろう。従来の演劇やダンスや戯曲の文法を疑いはじめた人たちが、期せずして同じ頃に実践的に同じ問題にぶつかった。ミュラーのピナへのオマージュは、いま思えばそのシグナルだったのだ。

しかもこの舞台への実践的なディスクール化という翻訳の手続きを、タンツテアーターは上演者全員との共同作業の探求の稽古のなかでおこなっていく。「すべては『青髭』の稽古で始まったのだ、と思う。ただし『青髭』のときはまだ暗示的で、ときおり使われるだけの作業方法だった。多くのシークエンスは、厳密で物語風なテーマにもとづいてすでにピナの頭のなかでは創られていた。それでも、ピナが我々の即興に委ねようと決心することがときおりあった。問いだけ出して、我々はそれに即興で答えなくてはならない。最初は、我々ダンサーにはこの作業方法の意味が正しくはわかっていなかった。不平を言う者もいたし、抗議する者もいた。大半が、なんで坐ってただ話をするのに何時間も使わなきゃならないのかと、訝しがっていた」(8)。あるダンサーの言葉だが、いまでは有名になったピナの作業方法だ。そういう共同作業の探求から、さらに新しい地平が生まれていった。

ピナの七八年からの作品には、もはや原作も存在しなくなる。たとえば『コンタクトホーフ（娼婦の館）』では、ダンサーたちが観客に向かい合って坐り、自分の名前、住所、電話番号、恋愛や人生の物語、なぜダンサーになったかなどの対話の断片を半ば観客に、半ば自分に語りかける。マイクが回っているあいだの断片しか聞こえないのだが、これもピナ周知の手法のひとつだ。モノローグでもなく、ダイアローグでもない、内語／外語のコロス。ソリローグという言い方をみたことがあるが、うまい命名かもしれない。モノローグ／ポリフォニー——これも、『ハムレットマシーン』と通底する自己言及性／対話性の構図だろう。さらにダンサーたちは自分の身体を示す、これが私の手、私の足、私の鼻――。そこから我々自身の物語（／歴史）の集積がつくられていく。夢、不安、願望、西部劇のヒーローのポーズの男たちに、マリリン・モンローのコピーの女たち、優しさのつもりが暴力になり、すれ違い、傷つけあい――。そこにはダンサーたちの私的な個人史や身体史ともいうべきものも入り込み、ダンサーたちは共同の創り手＝作者のひとりになっていく。次第にコラージュになっていく音楽も、現実を引用し異化する人工空間のような装置も、タンツテアーターの重要なパートナーなのだが、そういう共同作者性のなかで作品にはそれぞれの「私」が遍在し、ポリフォニーとなってこだまし、「ピナ・バウシュ」はすでに集合名詞となる。同時にこの作業方法が定着するにつれ、作品はいわばレビュー的で叙事的な性格をおび、あぶりだしのように「内側から外側へと」生まれてくるようになり、次第に〈work in progress〉という性格も強まっていく。初日ぎりぎりまで完成していないことも、タイトルなしの初日もしばしばだ。

クレスニクにも、日常着のダンサーが登場してそれぞれの母語で（九五年の段階で八人がドイツ人、十八人が外国人だという）自分の名前や生いたちや家族史を次々に語ることから始まる『家族のダイアローグ』という八〇年の作品があり、クレスニクの転機になったと言われた。全員が語り終えるまでほぼ二十分。客席の最前列には「両親の銀婚式の祝い」の席がしつらえられていて、家族写真の記念撮影がその家族の過去を想起させ、両親の結婚式にスライドし、そこから父親のナチスへの従軍に家族の疎開、息子の死といった、ごく普通のドイツ人の家族の歴史がダンサーたちによって二十近い場面で示されていく。精神分析医シュティーアリンの協力を得て集団創造で創られた。そして八〇年代のクレスニクには、時代や社会の犠牲となった人たちの伝記が中心に置かれることが多くなる、パゾリーニ、シルヴィア・プラス、ベルリンで観た四作もそうだ。しかし文献や資料は参照されるもののそれらによる再構成ではなく、具体的な構成と場面作りはダンサーたちとの共同作業の稽古のなかでなされていく、と聞いた。「私に必要なのは考えるダンサー。技術は学ぶことができる」、クレスニク語録のひとつだが、集団作業性、作品の叙事性、集合名詞性等は、ピナ・バウシュの場合と同じだろう。

ミュラーは『ハムレットマシーン』のなかで作家の消滅のメタファーとして自分の写真を破り捨てさせているが、タンツテアーターはそれをも、実践のなかで苦もなくやってのけたのではないか。「作家の消滅は、人間の消滅への抵抗なのです」。

〈ディスクール＝相互関係性の演劇〉は、構造的に作品内で閉じずに、自己言及性だけでなく現実参照性という開きももつ。「私に興味があるのは、人間がどう動くかでなく、何が人間を動かすのか、ということ」というピナの言葉、「行動様式は踊ることができる」とするクレスニクの作業方法は、動きの根拠を先行作品や型や形式にでなく、人間とそれをとりまく外界というコンテクストとの相互関係のなかに探ろうとする姿勢の表明でもあろう。しかも本来ダンスである〈タンツテアーター〉は、それを身体言語で示さなくてはならない。ダンサーたちは自己省察のなかで自分の経験や記憶や実感の海から何かを引き出し、皆に示す。そして互いに分析的・客観的なまなざしを得るなかで、場面化されていく。集団的な想起とポリフォニー的な空間。それはコピーや真似ではない、自己目的的な表現でも形式でもない、ましてや自己表現でも憑依的に現われる情動でもないだろう。そこがモダンやポスト・モダンのダンス、二〇年代の表現ダンスや舞踏などとも違うところ、むしろブレヒトの言う〈ゲストゥス〉に近いのではないか。個人的な身振りが感情同化でなく異化的に社会的な身振りとして発見され、それがさらに引用として観客に示されていくからだ。いわば、等身大で対話的な現在形の美学。

客席にいると、それぞれの身振りや場面は既視感を呼び起こし、実感にもとづく追想・連想を促される。思うに〈タンツテアーター〉のモーターと説得力は、この演じ手たちの自分自身への真正さから与えられるイメージ化され、現実と対決する主体が作品のなかに埋め込まれていく。場面は主体の現実との対峙からイメージ化され、現実と対決する主体が作品のなかに埋め込まれていく。この〈真正さと主体性〉はしかし俗に言われる「新しい内面性」ではなく、ハントケの言う「内界の外界の内界」、あるいはミュラーの「私はハムレットだった」的なメビウスの輪の捻れだろう。それがやって見せる＝示す＝引用となって観客にも及ぶ。ダンサーたちは明確に観客に向かって演技する。観客にとってそれはけっして快感だけではない。むしろ、ピナの場合は、批判的に探られ容赦なく誇張や強調、幾度もの繰り返しで示される個人や両性の社会的に規定された行動規範は、ときに観客の忍耐の限界をも越してしまいそうである。クレスニクの場合も、意識的にいい趣味とは言いがたい観客に嫌悪をも与えかねない演劇が、何故このような異端ともいうべき表現をせざるをえなかったかという理由と根拠を、舞台を通して表明しているようだ。ピナの団員で女優のグロスマンはこう言う、「演劇では自分には相手役がいるのだけど、ピナの所では八五％まで観客が私の相手役、ほとんどの作品で私は観客に向かって語っている――それを私は明白に支持しています。でも、ピナとのときだけそうなのです[9]」。あの射抜くようなまなざしはそこから来るのだろう。それがあるから、劇場全体が〈パンタグリュエルの世界〉のように引っくり返って心臓になって、ドクン、ドクン、と鼓動を打てるのだ。

叙事的演劇、モンタージュ、異化効果、ゲストゥスと並ぶと、これはご存じブレヒト用語である。

じつは、一九八〇年に演劇評論家アンドルジェイ・ヴィルトは、ブレヒト以後の演劇の傾向を「ダイアローグからディスクールへ」と定義していた。「ブレヒトの巨大な影響は今日、形式的な地平に求められなければならない。舞台上での出来事のモンタージュや物語り方、指示的で注釈的な演技、ヴィジュアルな特殊用語、そういった叙事的演劇の使用法のなかに、それは感じとれる。……このパラドックス的な〈ブレヒトなき〉ブレヒト受容は、昨今ではブロードウェイでもロンドンのウェストエンドの劇場でも、オフオフ・ブロードウェイのグループ、ロンドンやパリのフリンジでも実証できる」[10]。いささか大風呂敷で、その「ディスクール」概念も私の言いたいこととはいささかずれるのだが、「ブレヒトの巨大な影響」の指摘は少なくともドイツではあたっていよう。西ドイツのブレヒト受容は五〇年代ボイコットのあと六八年前後からにわかに解放期に入り、七〇年代前半はシェイクスピアを凌ぐ勢いだったが、七〇年代後半にはブレヒト疲れの声にとって代わられた。だがその裏で、ブレヒトの教訓性やイデオロギー性からも戯曲作品からも自由な地平で、いわばブレヒト理論の演技的・演劇的な翻訳というかたちでの〈ブレヒトなきブレヒト受容〉が、たしかに進行していた。「ブレヒトを批判することなく継承するのは、ブレヒトに対する裏切りである」と言うミュラーを筆頭に。この姿なきブレヒトの根付きも、もっぱらアルトーとベケットの影響に席巻された五〇―六〇年代の他の欧米の演劇アヴァンギャルドとは、一味違うところかもしれない。

　事実、西ドイツのアルトー受容はかなり遅れた。六〇年代末のリヴィング・シアターの客演が契機だったようだ。そしてこの遅ればせのブレヒトとアルトーの緊張領域が〈六八年〉を挟んで、〈ドイツ・タンツテアーター〉への推進力にもなったのではないか。シェーマティックに言えば、マルクーゼの文明社会理論的な問いかけにたいし、ブレヒトの視角と方法論を使って、アルトーの言う身体と感性の解放をいかに舞台で実現させるか——その探求がダンスの歴史への内在的・批判的な考察として現われた。だがそれは演劇の始原に帰るのではなく、催眠的な体験の演劇に帰するのでもなく、〈タンツテアーター〉という表現の処女地へと向かった。それはワーグナー流の総合芸術でもなければ、アルトー流の体験の芸術でも、ウィルソン流のイメージの演劇でもない。〈タンツテアーター〉はやはり、身体で「出版と意味の牢獄を拒否するテクスト」を書こうとするのだ。対話や分節言語に頼らない、判じ絵でもない、観客と演者の双方により大きなファンタジーと連想と追思考を、スフィンクスの謎を喚起する新しい発見へと拓かれた「演劇の新しい言語」——ピナのコラージュ的なイメージ場面の思考喚起力、クレスニクのさまざまな引用や表現手段をもちこんだ過剰さの起爆力、そしてミュラーの白昼夢的なドラマ・テクストは、すくなくともそういうものへの探求の道程にはあるだろう。それともピナはダンスの作者、ミュラーは言葉の作者、クレスニクは振付けの作者として、それぞれの表現媒体の発展の最終地点に立ちつつ、その喪の作業をしているのだろうか。

ダンスと演劇の庶子として産まれた〈ドイツ・タンツテアーター〉は、両者に地殻変動を与えつつ、しかしいつしか認知されてしまった。ベジャールでさえ自作を「タンツテアーター」と名乗り、八四年からフランクフルト・バレエ団を率いるアメリカ人フォーサイスは嫡子バレエの側から庶子タンツテアーターの美学、手段、ドラマトゥルギーの要素を取り込み、嫡子に許される境界で新たな可能性を探っている。かくして市民権も市場価値も得た〈タンツテアーター〉だが、いまやその境界線は定かでなくなってしまったようでもある。それによって表現の処女地〈ドイツのタンツテアーター〉から、さらに新たな島が姿を現わしてくるのだろうか。〈父と母〉は未だ健在なのだが、ミュラーは故人となった。ここの最後はやはりそのミュラーの言葉で締めくくろう。
その天災はひょっとしたら上演中のたったいま起こりつつあるのかもしれない。
そこには、ブレヒトがエリザベス朝の演劇にうらやんだ、
生との直接の結びつきのようなものが立ち現われてくる。

5　ブレヒト受容の新地平――ブレヒトとミュラーとウィルソン

我々がシェイクスピアを変えられるなら、我々はシェイクスピアを変えられる――ブレヒト
ブレヒトを批判することなく継承するのは、ブレヒトにたいする裏切りである――ミュラー

一九九八年はブレヒト生誕百年でもあった。その百年行事までヴトケが劇場監督を務めることになったベルリーナー・アンサンブル（ＢＥ）の現状や、ウィルソンが演出するというブレヒト教劇の舞台も気になって、二月にベルリンを再訪した。実際ドイツでのブレヒト生誕百年の祝われぶりはこちらの予想をもはるかに越えていて、国をあげてという観すらあり、ジャーナリズムには関連記事や番組があふれ、展覧会や講演会、映画にコンサート、シンポジウムとさまざまな催しが展開していた。誕生日当日には大統領やベルリン市長などまで墓に詣でただけでなく、その夜の芸術アカデミーでの式典では大統領ヘルツォークのオマージュともいうべき講演まであって全国中継。その二月十日当夜にはドイツ中の一七一の都市でブレヒトの戯曲が上演され、外国での六八の上演

もそれに加わったという。

本拠地BEも長期にわたってさまざまな記念行事を展開し、誕生日前後は開放され夜を徹して祝われて客にあふれ、舞台もトラーゲレーン演出の『ガリレオの生涯』やズシュケ演出の『処置』などいくつものブレヒト作品の新演出を並べていたが、圧巻はやはり、アメリカ・ポストモダン演劇の旗手ウィルソンが演出した、ブレヒト作の『大洋横断飛行』であっただろう。生前のミュラーがBEの劇場監督としてウィルソンに声をかけて成立した企画らしいが、その舞台もブレヒトにミュラーとドストエフスキーのテクストを加えた三部構成。いかにもウィルソン風の軽やかさの背後にミュラー経由と思える演劇観や演劇構想をかいまみさせて、ブレヒトの「教育劇」をウィルソンがどう料理するのだろうというこちらの期待の気負いも「なるほど、そう、きたか」とするりとかわされた感じで、ブレヒト受容のひとつの新しい次元の到来も予感させられた気がしたものだ。そのブレヒトの後継者と目されていたミュラーの最期の演出、ブレヒト作の『アルトゥロ・ウイ』も二年半経ってなお大人気の続演中だった。

二〇世紀の演劇に大きな問いと影響を投げかけたといわれるブレヒトだが、そもそもブレヒト演劇の受容とは何を称して言うのだろう。ブレヒト作品の上演か、劇作家・演出家・演劇人に与えた影響か。それとも演劇構想の革新につながる何かがそこから紡ぎだされることだろうか。そもそもブレヒト演劇とは何なのだろう。そういうことも考えあわせながら、第一章で言及したことと重なるところもあろうが前節からの流れをうけつつ、ここでは〈ブレヒト／ミュラー／ウィルソン〉という連関で最後にもう一度、ブレヒト受容とミュラー受容の位相をみつめておきたい。

戦後のブレヒト・ブームは、一九五四年にBEの舞台『肝っ玉おっ母とその子供たち』がパリの国際演劇フェスティヴァルでグランプリを受賞、一夜にして西側で名声を得たことに始まったといってていいだろう。まずはフランスの演劇人（プランションやヴィテーズ）や批評家（バルトやドール）が、「演劇の歴史に残る日付」としての〈演劇の革命〉を発見した。さらに翌年にも『コーカサスの白墨の輪』が北京の京劇に次いで第二位を受賞。BEはヨーロッパ、アメリカ各地での客演でも大成功を収めて世界的な名声のスタートが切られ、不条理演劇と世界の演劇界を二分したといわれるほどの〈ブレヒトの時代〉が七〇年代半ばまで展開することとなる。また実践現場への影響としては、ストレーレルが五六年二月にミラノで演出した『三文オペラ』にはブレヒトもかけつけて、「叙事的演劇を体現している」と絶賛した。ミュラーの言をかりれば、「ムッソリーニの処刑を冷たく凝視して、イタリアの社会的政治的状況と密接に結びついていた」、「演出家としてブレヒトの意に叶っていたのはストレーレルでしょう。南方性というのと関係している、霧がない、まったく別の光、そのせいで物がシャープな輪郭を帯びてくる」（『自伝』）ということだったのだろうか。さらには六〇―七〇年代のブルック、ムニュシュキン、西ドイツのシュタインやパイマン等々の演出家のその後の国際的な活躍もブレヒトの影響ぬきには語れないだろうし、ドイツ語圏ではブレヒトの寓意劇や叙事的演劇の影響を受けて、フリッシュ、デュレンマット、ヴァルザー、ヴァイスといった劇作家が輩出する契機ともなった。

〈演劇の革命〉――まずはそういうブレヒト演劇の可能性を書かれた戯曲ではなく舞台を通して知らしめたBEの仕事とはどういうものだったのか、ということから確認しておきたい。

劇団BEは四九年十一月に妻のヴァイゲルを主宰者にして設立されたのだが、実際にはそれは、亡命の十数年という長い時間をかけて周到に準備されたものでもあった。ブレヒトは生きのびていつかまた演劇実践の現場をうる日のために、「在庫品」としての戯曲を書きため（亡命期の傑作戯曲はそこから生まれた）、演劇を理論的にさまざまな角度から考察し（たとえば『真鍮買い』）、ドイツ敗戦の報を聞いた後はアメリカでロートン主演の『ガリレオの生涯』の、スイスではヴァイゲル主演の『アンティゴネ』の演出でいわば舞台実践の小手調べをした。そして敗戦ドイツの行く末を見守るなかでスイスに届いた東ベルリンで劇団を主宰しないかという誘いに応じて、四八年秋に東ベルリンに帰還する。さっそくヴァイゲル主演の『肝っ玉おっ母とその子供たち』の稽古にかかり、翌年一月に初日をあけた舞台は演劇史に残る大喝采となった。それらの土台の上に、まさに満を持して生まれたのがBEだったのだ。昔からの演劇仲間も呼び寄せた総員二五〇名を超す劇団員、三十四万マルクの準備金、年間二十五万マルクの助成金、外国人俳優へのギャラ、十分な稽古期間と、日本の演劇現実からみるとため息のでそうな条件だが、舞台機構も最新式に改築されたシフバウアーダム劇場を本拠地として獲得したのは一九五四年五月になってからのこと。かつて『三文オペラ』が初演された劇場がこのときにやっと「ブレヒト劇場」となった。それが、いまの劇団＝劇場BEである。

その劇団BEでのブレヒトの仕事は、まずは共同作業のなかで演劇を構成するすべての要素をそれぞれに検証して自律化させ、従来の演劇からの総体的なパラダイム・チェンジをはかることだったろう。狙いの基本は、戯曲の再現というかたちで演劇を舞台上での作品として閉じるのでなく、舞台をはさんで演じる者と観客のあいだに生きた対話を生起させる、そのための方法論の具体的で実践的な探求にあったといえる。観客への直接的な語りかけ、役になりきるのでなく役を人間の社会的身振りとして示す演技、舞台に拮抗し注釈として機能するソングや音楽、舞台上での出来事をより大きな連関に透かしだす装置や小道具、テンポのいい多場面の叙事的構成、劇場で演じられていることをはっきり示す照明やブレヒト幕、スライドの使用、等々。そのなかで、俳優ヴァイゲル、ブッシュ、ギーゼ、装置家ネーアー、オットー、作曲家デッサウ、アイスラー、演出家モンク、ベッソン、パーリッチュといったそれぞれの職分でのプロが自律して、劇団名通りアンサンブルとしてのすぐれた舞台を創っていくこととなる。その経験を理論としてだけでなく、写真や装置図などまで収めた実践の記録集「モデル・ブック」として他の人の役にたつように残しもした。この時代に、演劇という芸術ジャンルのもつ力と役割への自負に裏づけられたそれらの営為は、たしかに画期的で、〈演劇の革命〉と言わしめるものではあっただろう。

もうひとつ揚言しておきたいのが、ブレヒトがとくにこの時期は意識的に〈劇作家／演出家〉だったということだ。亡命までの二〇年代も「演劇革命」の時代で、その時期にシアターの場におけるドラマの位置の可能性ということを叙事的演劇や音楽劇、教育劇など、さまざまに実験したブレヒトだったが、亡命とはそういう演劇実践の場を奪われること。だから反ファシズムを闘いつつ、亡命が簡単には終わらないと覚悟してからは実践再開のための準備期間となった。そして十数年ぶりにふたたび得た演劇の現場で、「いま、ここ、我々」のシアターのためにドラマをどう拓くか、ということを実践的に探っていくこととなる。それゆえBE時代には、亡命期に書きためた自作の舞台化のみならず、積極的に「古典の改作」と銘うった作業を重ねもした。その改作作業のもつ意味は第一章でも触れたから詳述はしないが、たとえBEが「ブレヒト劇場」としてブレヒト作品を演目の中心に置く特殊な劇団ではあっても、ドイツの劇場は演目の六〜七割は外国戯曲や近代古典もふくめた古典に置くという伝統もある。それに、古今東西、そもそも成立した時代や場所の異なる他者の作品を舞台に乗せるときにはどういう視座と方法論が考えられうるかということは、演劇営為の根幹にかかわる問題でもあろう。ブレヒトの改作の仕事は、その必要性の自覚に裏打ちされた探求とモデル化でもあり、また、テクストは受容（という上演）のなかで成立するという近年の受容美学やテクスト理論を実践的に先取りする作業でもあった。

たとえばともに一八世紀後半に書かれたゲーテの『原ファウスト』やJ・M・R・レンツの『家庭教師』の改作は、古典にたいする冒瀆・誤読だと批判されて論争にもなったが、埃に埋もれていた古典をいま、ここの舞台に蘇生させた。それらの「改作」の多くは、『三文オペラ』のときほどではないにしてもほとんどブレヒトの作品と言っていいものになって、改作物として全集にも収められている。同時に「古典」の枠付けをも問い返し、レンツの場合には作家再評価の機縁にもなった。しかも、たとえばブルックは、アルトーのいう意味での〈残酷演劇〉を観たことがあるかと尋ねられて、「ええ、一度だけ、ベルリーナー・アンサンブルで、『家庭教師』でした。あれは残酷演劇だった。意識への干渉であり、誤った意識への攻撃であり、イリュージョンの破壊でもあった」と答えているのだ。これもミュラーの「自伝」で語られている話なのだが、ミュラー自身も家庭教師が自分を去勢する場面などは「客席の空気が凍りついた」感じで、あれはBEの頂点だったと語っている。それもこれも、ブレヒトの改作と演出があいまってこそのことだっただろう。

東ドイツ帰還後のブレヒトにオリジナルな戯曲が少ないのは創造の力と自由を奪われたからだとするエスリンなどからの非難もあったが、ドラマとシアターが一体になって考えられて「ブレヒト演劇」なのだ。いまでこそとくに日本ではあたりまえのことかもしれないが、そういう〈劇作家／

演出家〉は、ことに分業が確立したヨーロッパの演劇界にはそうはいない。そして、実践の場での亡命の空白を埋めてからブレヒトはまた、おそらくは亡命前のゼロ地点に戻って新しい段階での試みを始めるつもりだったのではないだろうか。死の直前の『処置』が未来の演劇だという発言やたくさんの遺稿断片がその証左だ。だがそれを果たす遑もなく、亡命帰還後わずか八年たらずの五六年八月、『ガリレオの生涯』演出の稽古途上で逝去。『処置』のスタイルでの『アインシュタインの生涯』も構想の途中だった。

ともあれ、こうしたブレヒトの仕事が劇作家や演出家・演劇人に与えた影響が大きかったのは、けだし当然かもしれない。だから表に現われたブレヒト作品の上演数だけでなく、その深層で進行していた、前節の〈タンツテアーター〉でもふれたような「ブレヒトなきブレヒト受容」の方こそ重要なのだろう。もちろんブレヒトは西ドイツでもボイコットのあと、七一／七二のシーズンから何年かはシェイクスピアをさえ凌いで最多上演作家となったし、いまなお演目数ではビッグ5には入る。そういうなかである意味でブレヒトの方法論や視角が自明化し、それを学びとった演劇人たちが自立してもいった。同時に、受容や研究の進展のなかで、ブレヒト像も多様に変化していく。そういうブレヒト受容のひとつの転換を象徴するのが、やはりハイナー・ミュラーだった。

ミュラーにとってそれこそブレヒトは何よりも東ドイツに留まる存在理由であったし、劇作家を志す動機にもなった。自伝『闘いなき戦い』によれば、ＢＥへの入団を希望して生前のブレヒトに会ったこともあるが果たせなかった、とか。だが、ブレヒトの死去と入れ代わるようにその地の劇界にデビューしたミュラーにとって、明確に「ブレヒトの教育劇を前提／批判する試みである」ことをうたった『マウザー(モーゼル銃)』などにみるように、ブレヒトは前提であるがゆえに批判的に対峙し、創造的に乗り越えるべき対象でもあった。

興味深いことに、ミュラーのブレヒトとの最初の直接のつながりは五七年に書かれた『賃金を抑える者』だったという。ブレヒトは晩年に『処置』のスタイルで東ドイツの労働者を書こうとして挫折、そのとき英雄労働者のガルベをモデルにしようとしたのだが、ミュラーも素材としてそれを共有していた。だがブレヒトの遺稿断片そのものを参考にしたというのではなく、それについて作家同盟で議論したことがあり、そこで次のようなことがあきらかになったという。ブレヒトがその戯曲を、あるいは東ドイツについての戯曲を書けなかったのは、「東ドイツに完全な労働者階級があるという誤った前提から出発していた。……現実はそんなことでは把握できない、もっと複雑で入り組んだものだったから」、また「東ドイツという文脈のなかには主人公は存在しないのだということがブレヒトにはわかっていなかった。主人公なしの劇作はブレヒトには考えられなかった」からだ、「だから私はまったく本能的にですが、主人公のいない作品を書いたのです」(「自伝」)。

「ブレヒトには最初から選り好みして関係している」というそのミュラーにとって興味があったのは、二〇年代後半から一九三三年までにブレヒトが到達したゼロ地点、そして、一般に好まれるのは前工業化段階の野生児ブレヒトか、スターリン主義的な歯止めのかかった古典的なブレヒトだが、おもしろいのはゴシック的な系統、つまり啓蒙主義者でないドイツ的ブレヒトだ、と。「ブレヒトで私にとって興味深いのは、悪です。彼自身は後期になるとそれを隠蔽してしまった、あるいは少なくとも妻で女優のヴァイゲルに隠蔽することを許してしまった。それでも悪は、ブレヒトにおける実質なのです。『ガリレオの生涯』において〈知識欲〉のようなものが表現されている場合でも、アクセントは〈欲〉のほうに置かれており、〈知ること〉自体が両義的なものであることは、彼だってわかりすぎるくらいわかっていた。まさにそのことが〈欲〉をつくる、知ることや考えることの破壊的な要素です。『アルトゥロ・ウイ』はブレヒトの最高傑作ではないでしょうが、ドキッとするじつに奇妙な場面がいくつもある。たとえばローマが、つまりレームですが、ギヴォラ、つまりゲッベルスの短足をからかったときに、ギヴォラはこう言ってローマを処刑するのです、〈俺のあんよは寸足らずさ、お前のおつむとおんなじだ。さあ、その立派なあんよで壁に向かって立つんだな〉。そういう箇所で、そんな表現や状況を楽しんでいるブレヒトに気づかされる。……そして『ファッツァー』は本質的にこういった悪の場面の鼓動から成り立っていて、それゆえ最高のテクストなのです。それはまた、真の楽しさとは何かということの例証でもある。悪意と容赦のなさは、楽しむことに必要なのです」（『錯誤集1』）、「『ファッツァー』はすべてのブレヒトのテクストのなかでも最上のもので、ポスト・ブルジョアジーのエッセンスです。シュタインやパイマンのような人たちが、言語が独特の重力をもっていて演劇のことを問題にしていないと『ファッツァー』を忌み嫌うのはおもしろい。ブレヒト自身が最後に、『ファッツァー』が技術的には最高の水準にあった、それに匹敵するのが『処置』だと言明している。問題はこの技術的な水準。技術的水準というのは大都市と工業ぬきには語れない概念です」（『自伝』）。そのブレヒトが未完のまま遺した教育劇『ファッツァー』からミュラー版を七八年に完成させてもいる。

ラジオ劇や学校劇、合唱劇といった劇場という枠を離れた場のために三〇年前後に集中して書かれたブレヒトの「教育劇」というのは、個人と集団の関係性といったテーマを余分なものを削ぎ落とした様式で扱った一連の小さな戯曲群で、通常の大劇場で上演されることは少なく、むしろそういうかたちでブレヒトが新しい演劇の可能性を探った試みであった、ともとれる。この教育劇こそがブレヒトが未来に照準を合わせた演劇であるとされた七〇年代にはミュラーも教育劇の衝迫力を創造のモーターとしてきたのだが、一九七七年に「教育劇訣別宣言」を公表、その直後に発表されたのが、ミュラーの名前を世界的な地平に押し出す契機となる『ハムレットマシーン』であったことは、第一章で述べたとおりである。

この『ハムレットマシーン』は、〈改作〉という次元を超えた原作への読みの〈ディスクール化〉の地平へのミュラー演劇の転換を象徴するとともに、劇作家ミュラーからの演出家ミュラーの誕生をも促すこととなった。この〈劇作家／演出家〉というありようも、ドラマとシアターの両極を見据えたブレヒトと重なりつつ、演出家としてもミュラーがブレヒトを「前提／批判する試み」へと展開していくのだ。つまり、舞台と客席のあいだでの対話空間を志向することは同じでも、その上演の場をもミュラーは〈ディスクール化〉の空間へと転換し、ひとつの作品や意味に収斂させずに、さまざまな他の作品や断片をそのつど引用、モンタージュ、コラージュしつつ、間テクスト的に多様な解釈が可能な地平へと拓いていく。たとえば三時間半の『マウザー』は、プロローグとして断片テクスト『ヘラクレス2またはヒドラ』を置きつつ、『マウザー』、『カルテット』、『拾い子』という三つの自作の合体で、〈マウザー問題＝処刑・死というかたちによる生まれ変わり〉を互いに反響させあう。あるいは自ら劇場監督となったBEでの、自作にブレヒトの『ファッツァー』を合体させた『決闘　トラクター　ファッツァー』。劇評はすべて酷評に近かったが、東ドイツ消滅への結節点をドイツ革命の挫折まで溯って〈ファッツァー＝裏切り〉問題を逆向きに問うこの構成は、〈ブレヒト／ミュラー〉のかたちで、自ら生きた東欧と二〇世紀の歴史を想起として観客の内部空間に響かせようとする、ミュラーの痛切な仕掛けでもあったのだろう。

そしてBEでのブレヒトの悪の魅力をヒトラーの悪の魅力に重ね合わせたかの『アルトゥロ・ウイ』演出が、ミュラー最期の仕事となった。遺作となった『ゲルマーニア3　死者に取りつく亡霊たち』は、ミュラーとブレヒトとBEと（東）ドイツをもろともに、「未来からやってくる亡霊」に変換させようとしているかのようだ。

さて、ウィルソンとミュラーの出会いは八〇年代初め、じっさいに共同作業が始まったのは、一九八三年の『シヴィルウォーズ』ドイツ版にミュラーがテクストを依頼されたことによる。「自伝」によると「あっという間に互いをよく理解し合うようになった」というが、「僕らはこんなに違う」という関係が互いにとって生産的でもあったのだろう。彼の八六年の、舞台を五つの切片に分けて各場ごとに時計仕掛けのように回転してみせた『ハムレットマシーン』演出に関しては、稽古にもつきあったミュラーは「ウィルソン演劇の真骨頂は、各要素を分けるところにある。それはブレヒトの夢でもあった」とも述べている。この『ハムレットマシーン』は濃密なこのテクストを解釈することなくアメリカ文化のイメージ・コラージュのような舞台に置いて、両者の照らし返しあいを間テクスト的に透かしだし、ミュラーの唯一みとめる舞台となったし、『画の描写』もそもそもはウィルソンの八七年の『アルケスティス』演出のために依頼されて書かれたものだった。両者の関係は、相互影響のなかでどんどんホモロジー的なものになっていったともいえるのだろう。ミュラーいわく、「私はウィルソンが私のテクストを演出するやり方がとても好きだ。それはまるで石を水の中に投げ込むかのよう。石は濡れてしまうが、石そのものの姿は変わらない。つまり、私のテクストは恣意的に解釈されるのでなく、ただ演出のなかに置かれるのだ」。

そして生誕百年を祝うBEでのいわばミュラーの遺言のような企画に、初めてウィルソンがブレヒト物としてとりあげたのが、「少年少女のためのラジオ教育劇」である『大洋横断飛行』であった。ただし作者「ブレヒト／ミュラー／ドストエフスキー」の、『大洋横断飛行／アルゴー船員たちのいる風景／地下生活者の手記』という、上演台本で確かめても構造的にじつに明快な仕掛けのいわばミュラー流三部構成というかたちで――。

その三部作の全体は、シュールレアルな色と光のマグリットの画のような、小さなドアだけの沈黙のプロローグとエピローグにはさまれている。ウィルソンはもともとが造形美術家なのだ。第一部が、二七年に世界的なニュースとなったリンドバークの大西洋横断飛行を題材にブレヒトがバーデン音楽祭のために書いた、ただしその二九年の初稿でなく三〇年の第二稿で、のちにリンドバークがファシストになったために『リンドバーグの飛行』からタイトル変更された『大洋横断飛行』である。ドアから登場した俳優が自ら飛行士（リンドバーグ）となってニューヨークで飛行機に乗りこむ。その飛行機が舞台中央に宙吊りにされた四角い机の前の自転車という設定は意表をついて楽しく、秀逸。そこで、主にマイクを通した格闘相手である霧や吹雪、眠りなどからの語りかけを受けるのだが、〈霧の台詞〉がミネッティの声で聞こえてきたのもミュラーの『アルトゥロ・ウイ』演出の引用のようで愉快だった。最後にパリに到着。ただし、テクストはかなり簡素化され、もちろん役も筋も台詞も心理主義的に固定化されるのでなく、何人かの俳優たちによって分担・引用され、多層化されている。

第二部が、ミュラーが八二年に発表した『メデイアマテリアル』第三部のテクスト、『アルゴー

ハイナー・ミュラーのテクストを使った上演の新地平
上・1995年夏の第一回シアター・オリンピックスで上演されたハイナー・ゲッベルス演出『プロメテウスの解放』(1995. 8、デルフィの古代競技場にて)。舞台にいるのが俳優のシュテッツナー、キーボードのゲッベルス、パーカッションのボス。
下・1998年、ブレヒト生誕百年で上演されたロバート・ウィルソン演出『大洋横断飛行』(1998. 2、ベルリーナー・アンサンブル)。机の前の自転車に乗って宙に浮かんでいるリンドバーク役のシュテファン・クルト船員たちのいる風景』。砂漠の大きな岩山のような風景のなかで、七人の女優たちが遍在する意識のコロスのように、ただし各人はそれぞれ掃除機を使ったり、水泳の身振りで吼えたりとそれぞれ任意の動きをしながら、海底に沈む古代のアルゴー船から戦争を日常的に孕む現代の情報化社会までの黙示録的なテクストの風景を分読、リフレイン、群読していく。「私のことを話せというのか私とは誰／私のことが話題になるとき／それは誰のこと」——第二部はそういう〈私〉を問いかける声と響きの空間の詠唱《コロス》のようだ。

第三部は、十年のシベリア流刑から帰還後のドストエフスキーによって一八六四年に書かれた『地下生活者の手記』。その主に第一部からの独白のテクスト断片が、ふたたび第一部『大洋横断飛行』に登場した男優たちによって、繰り返しやどもりを加えたモンタージュとして引用、朗唱される、「人間が一番語りたがるのは自分のこと。だから自分のことを話そう」と。ここでもミネッティの声が最後に聞こえてくる。第一部に登場したドアの画が、今度は黒地に白のネガに反転して、段階的に縮小していき、第三部との対称性をきわだたせる。そしてそのドアが沈黙のタブローのエピローグとなって、スイッチが切られるように終幕。

こうしたウィルソンの構成によって（BEという牙城でよくブレヒト遺族が許可したと思うが）、二〇世紀初頭の科学技術時代の開始の讃歌ともとれるブレヒトのテクストは、その帰結ともいうべき人類破滅後の風景を思わせるミュラーのテクストと、「魂の牢獄」（フーコー）か「第三次世界大戦後のシェルター」（ミュラー）のなかに閉じこめられた最後の生き残りの人間の内語のようなドストエフスキーのテクストに、逆向きに問い返されることとなる。地球という惑星を支配しようとした人類は自滅を準備し、テクノロジーの増大は近代の呪いとなり、人間を孤立させアトム化させていくのではないか、とでもいうかのように。それは、ブレヒトの最期の仕事が未完のまま終わった『ガリレオの生涯』のBEでの演出と『アインシュタインの生涯』の戯曲構想であったこと、科学の進歩とその帰結の問題はブレヒトが最後まで抱えつづけた問題圏でもあったことを想起させる。またバフチンの『ドストエフスキー論』も想起させられて、外界へ拡張する〈人類〉と、内界で自己増殖していく〈個人〉、その間の振幅に遍在する本質的な空白としての〈私〉——そういうブレヒトとドストエフスキーとミュラーの三つのテクストの深層が、H・P・クーンのコラージュ音楽とともにポリフォニーとしてこだましあって、聴く演劇であるブレヒトの「ラジオ劇」がウィルソン流の観る音楽である「オペラ」に変換させられたかのようでもあった。

　それぞれに衝迫力のあるテクストとミュラーの技法を、しかしウィルソン流のスローテンポな動きと照明のパノラマ、声のポリフォニーの二時間半のメルヒェン的イメージに置き換えたこの舞台は、『大洋横断飛行』の問題系をめぐる〈ブレヒト／ミュラー／ウィルソン〉の壮大な対話にもなっていたし、ブレヒトの原作が「少年少女のため」であることと呼応しあうような子供心と遊び心にあふれてもいた。同時に、ブレヒトの〈教育劇〉は従来の意味での作品ではなく、レーマンやレーテンの言うように、「教育劇の構造は、二律背反のうちにある。言われつづけてきたような、弁証法による解決は望みえない。……この構造によって、教育劇はある種の〈マトリクス〉、クリステヴァいうところのさまざまな利用方法を認める〈装置〉へと転じるのだ[11]」ということをも、くっきり際立たせてくれたように思った。そして『ヴォロコラムスク幹線路』のみならず、『ハムレットマシーン』や『画の描写』も、実践原理的にはそういう〈装置〉、〈マトリクス〉として同様のベクトルの線上にあったのではないか、ということも——。

もちろんここにとりあげたのは、〈ブレヒト／ミュラー／ウィルソン〉という連鎖でのブレヒト受容のありかたへのひとつの視角、可能性のサンプルにすぎないだろう。だが、ブレヒトやミュラー、ウィルソンが示してくれたそのそれぞれの〈素材〉の使い方、その自己言及性と間テクスト性の自在さは、そういう拓きも「あり」なのだという演劇の可能性の連鎖にもなってはいないだろうか。彼らに言われるまでもなく、テクストとして遺されたシェイクスピア、ブレヒト、ミュラーを上演するのは、私たち自身のためなのだから。現代演劇におけるドラマ・テクストの位置の変容を、ハンス＝ティース・レーマンは古代ギリシアのプレドラマ的演劇から近代のドラマ的演劇を経た「ポストドラマ的演劇」(12)への流れだと総称したが、ミュラーはそういう流れのなかの最後のドラマティストとなるのだろうか。さらには二一世紀においては「ドラマ」は、どのように変容していくのだろう。

ここでまた第一章冒頭に引いたミュラーの巻頭言に戻って、全体を締めくくることとしたい。

彼を殺すことが僕らの結婚　ウイリアム・シェイクスピア
僕らのインクで彼が流した血の中で
僕の名前と君の名前が　赤々と輝く

第五章　ハイナー・ミュラー・ダイアローグ

1995年６月のミュラー夫妻。ミュラーの色紙には「いつも上からと下からの二つのドイツがあった。私はその両方で生きている」、妻で写真家のブリギッテ・マリア・マイアーの色紙には「ビートルズも年金も機会を逃し、外国では嫌われて」と書かれている。

私について語れというのか　私とは誰
私のことが話題になるとき
それは誰のこと　私　それは誰
鳥の糞の雨にうたれ　石灰の層に覆われたものか
それとも私は別のもの　旗　血まみれのぼろ布
晒されて　風があれば　虚無と
無人のあいだにはためくものか

――一九八二年、『メデイアマテリアル』第三部より

壁の崩壊あるいはヨーロッパと演劇の黙示録――ハイナー・ミュラーとの対話

［この対話は、一九九三年十月三十日、旧西ベルリンの外国人労働者街で「前衛芸術家村」としても知られたクロイツベルクの一角にある、先年ハイナー・ミュラーが四度目の結婚をした女性写真家ブリギッテ・マリア・マイヤーの大きなアトリエを訪れておこなわれた。日本への言及もふくめたミュラーの語りの面白さを味わっていただければと、「群像」誌の許可を得てここに再録する］

■自伝と現在のヨーロッパの状況について

谷川　じつは最近、ここしばらくはインタビューは受けたくないというご発言も耳にしたのですが、今日は日本の読者やファンのために特別にお願いします。あなたの作品はこの数年来、日本でもかなり翻訳され、話題になっているのですが、まず最近翻訳が出て反響を呼んだ自伝『闘いなき戦

い』について伺いたいと思います。これは多くの点で非常に独特ですよね。ひとつには旧東ドイツにたいするレクイエム、ヨーロッパ史にたいする深い懐疑の表現でもありますが、他方ではあなたの個人史の「ピカレスク小説」で、かつあなたの作品の成立・受容史でもある。その三つがいわば三位一体となり、インタヴューというかたちでまだご活躍中のいま現在において出版された。これはご自身のアイデアだったのですか？

ミュラー　そもそも私の思いつきではないんですよ。出版社の編集者のアイデアで、長いことかけて説得された。私にはそんなものを出すつもりはなかったし、私の考えではなかった。けれども編集者は東ドイツ終焉のあとで商売的な観点からもちょうどよい時期で、何が終わったのかとか、東ドイツの終わりについてのものならよく売れるのではと考えた。彼の思いつきだったのです。それで私たちはカナリア諸島のどこかの島に三週間滞在することになった。出版者が別荘をもっていて、私たちはそこで飲みながら話をした。長さは、五千頁ぐらいでしたね。そんなのを私は読みたくなかったので、縮めるように頼みました。編集者とカーチャ・ランゲが、カーチャ・ランゲは私の弟と結婚したのでカーチャ・ランゲ＝ミュラーというのですが、それをおそらく八百頁か五百頁ほどに縮めた。他はすべて取り除いて、その段階で初めて私が目を通すことになったのですが、それでもやる気にならないので、私たちは今度はキューバにいっしょに行くことになった。ハバナです。ハバナでようやくそれを縮め、訂正した。まるでやる気はなかったのですがね。まあ、インタヴューはひとつの仕事のかたちで話をするわけですが、話したことからそのまま本を作るという考えは馬鹿げています。それは文学、つまり「書かれたもの」ではないのですから。それはいわば練り上げただけの麺類、パスタのようなもので、茹でる必要があるのだと私は主張しましたが、編集者の考えは、ただそこにある「情報」が大事なのだということだった。

谷川　なるほど。それによく売れもした。

ミュラー　ええ、戯曲はよく上演されますが、本としては売れませんからね。むずかしいテクストで理解しにくいと思われるようです。この「自伝」でようやく、ハイナー・ミュラーが「わかった」という気になったのでしょう。それは「書かれたもの」ではないのですから。

谷川　「書くこと」と「話すこと」はあなたの場合まったく違いますよね。インタヴューがおもしろいのはあなたの物事を隠そうとしない性格にもよるものだと思われますが。意図的にそうなさっているわけですか？

ミュラー　そうでしょうかね。

谷川　テクストは凝縮されたものですが、「自伝」の方は日本の読者にも読み易いものとなっています。通常、あなたの戯曲はそれほど売れないのですか？

ミュラー　まあね、でもとりあえずは十分なほどです。いくつかは売り切れていますが、戯曲の場合には作品の数は結構多いですからね。

谷川　「自伝」はすでに他の国でも翻訳されているのですか？　我々の日本語訳が最初だと思うのですが。

ミュラー　ええ、日本語訳が最初ですね。その他、英語訳とフランス語訳がそのうち出ることは決まっていますが。

谷川　この「自伝」はちょうどドイツ再統一の直後に出たものですが、あなたはワイマール共和国、ヒトラー第三帝国、東ドイツ、そして現在のドイツと体験なさったわけで、それをあなたご自身も作家にとって「特権的な立場」だと記しておられる。しかもつねにそのつどの政治体制には意識的に距離をとって、権力にたいして賛成も反対もしておられない。それでも東ドイツあるいは社会主義のエートスや理想にはシンパシーをもっていて、資本主義にたいするオールタナティヴな可能性だと考えておられるように見えます。東ドイツはあなたにとって作品のための素材に富んでいたし、この転換期もいい素材と考えておられるようですが、いまの状況をどうお考えですか？

ミュラー　いまの状況はローマ帝国の末期に譬えることができますね。「蛮族」、つまりゲルマン人がまわりにいるわけです。モムゼンのローマ史のようにカルタゴは没落した。

谷川　東ドイツはカルタゴだったわけですか。

ミュラー　東側がカルタゴだったのです。ローマには強大な敵がいた、何世紀にもわたって。それがカルタゴであり、ハンニバルだった。西側にとって東側は、つまりソ連ですが、つねにこの「敵」のイメージをなしていた。いま、それが消えてしまったわけで、空白、真空状態が生じており、それは大変危険なことです。対立がなくなり、均衡がなくなり、管理不能になり、いまやあちらこちらで小さな地域戦争が生じている。名前は忘れましたが、あるイタリア人のテーゼによるとスターリニズムはいずれ西欧的産業社会へと造り変えられるだろうということだった。それはいま現実になり、また西欧社会はどんどんスターリン主義的になってきた。大きな不況のあとには経済管理が必要になり、いまでは社会保障などが必要になったのですから。二者択一は消え去りました。資本主義だけが残った。

谷川　しかし、資本主義はつねに「敵」を必要としている。

ミュラー　ええ。ソマリア、イラクなどあちこちで「敵」を求めています。壁がなくなったあと、湾岸戦争があった。東西の抗争が終わると南北の抗争が表面化した。ただ、この場合にはなんら解決がつきませんね。

谷川　残念に思ったのはハーバーマスのような人々までが湾岸戦争にさいしてアメリカの側に立つ発言をしたこと、ドイツの人々がイスラエルなどに良心の呵責があるのはわかっても、それとは別問題のように思えるのですが。

ミュラー　ええ、馬鹿げた話です。その馬鹿のひとつのヴァージョンをエンツェンスベルガーが示してくれた。彼はフセインをヒトラーにたとえているのです。フセインはヒトラーではありません。ヨーロッパとアジアとはまったく異なる歴史的発展があるのですから。フセインはひょっとしたらジンギス・カンなどに譬えることはできるかもしれませんが、けっしてヒトラーとは比べられない。フセインをヒトラーにたとえるのはまったく西欧中心的な思考です。ヨーロッパの尺度でのみすべてを計ろうとしている。日本にたいしても同じです。歴史的にまったく別の段階に存在しているのに。比較自体がすでにひとつのデモンストレーションなのです。

谷川　ヨーロッパ中心主義だけではなく、アメリカニズムがそれと一組になっていますよね。いまやアメリカの独壇場となり、すべて、戦闘もコンピュータで操作できるようになった、たとえばどこを攻撃するかとか……

ミュラー　しかし、それはうまくいってはいない。ソマリアはいい例です。すべて愚かしい。そしてこの愚かしさは傲慢からくる。異質なものにたいする傲慢さです。アメリカは日本にたいしてもその傲慢さを示している。そして白人の傲慢さを自分では理解していない。傲慢さは異質なものにたいする無理解ですが、それはまた異質なものにたいする恐怖でもある。異文化理解の問題についいてのふざけた冗談話があります。カウボーイが草原を通っているとインディアンに会う。カウボーイはこうして（両手でピストルを突き出す身振り）、インディアンはこうする（両手で頭に角を立てる身振り）。カウボーイは家に帰ってこう言いました、途中で狂ったインディアンに会ったよ、奴は俺を殺すと言うんだ、だから俺は、ピストルを二丁持ってるぞ、だから家に帰れと身振りで示したのだ、と。インディアンも家に帰るとこういいます、途中でカウボーイに会ったが、狂ったやつで自分は山羊だと言っていた。

谷川　なるほど。先ほど「危険」とおっしゃいましたが、誰にとって「危険」なのですか？

ミュラー　ヨーロッパにとってです。もうヨーロッパは終わりでしょう。これはヨーロッパの終わりの始まりなのです。弱い個所が最初に崩壊し、その次に強いところでも崩壊が始まる。東側、つまり社会主義が崩壊しましたが、それはまさに西側、市場経済の崩壊のプロローグのように思われます。

谷川　あなたは「自伝」で都市犯罪の増加は演劇にとって大きなチャンスだとおっしゃっていましたが……

ミュラー　ええ、犯罪的エネルギーが増加すると、演劇には大きなチャンスが生まれる。希望が生じるのです。

谷川　あなたがおっしゃったことはアメリカにも当てはまるはずではないですか？　今日アメリカでは非常に多くの犯罪があるのですから。

ミュラー　ええ、二～三週間前にアヴィニョンで映画監督のピーター・セラーズに会いましたが、唯一機能しているファシズム国家はＵＳＡだと言っていました。人口の一・五パーセントが国民総生産の六〇〜七〇パーセントを所有しているという。その結果は都市での内戦、市街戦です。いまや内戦はユーゴスラヴィアをはじめとする方々の小さな国家で生じています。

谷川　でもアメリカでは内戦はありませんね。

ミュラー　いいえ、ありますよ。でも長いのはありません。いまにあちこちで内戦が生じるでしょう。

谷川　そのあとに何が来ると思いますか？

ミュラー　第二次大戦後のあるときにグリニッチ・ヴィレッジのある居酒屋に画家のデ・クーニングや友人といっしょにいました。もうひとり、画家のジャスパー・ジョーンズも来た。そのとき私はラジオで恐ろしいことを耳にした。戦後、世界の人口は四億人増えた、何やっても無駄だ、というのです。三〇年代のブレヒトにも的確な言葉があります、世界は悪くなるのではなく、満員になるだけだ、と。いまや人間は非常に大きな数になった。自然災害とて被害者はそれほど大きいわけではない。だから戦争が必要となる。大量虐殺です。ヒトラーはそれをやろうとしたパイオニアとでもいえるのかもしれない。これほど多くの人間を養う手段はない、システムが許容する以上の人間は必要ないわけですから。他の者が生きることができるように、別の人間が死なねばならない。淘汰、それこそがアウシュヴィッツの原理です。そのためのやり方がいつも新たに発見されねばならない。ドイツの新聞でソマリアについてのおもしろい記事がありました。そこでは「二人の国連兵が殺害され、十人のソマリア人が殺消された」とあった。国連兵は「殺害」ですが、ソマリア人は、つまり黒人は「殺消」なのです。「殺害」と「殺消」とでは大きな違いがある。これは大きな違いのはずですが、誰もそれに気づかない。これこそアウシュヴィッツであり、淘汰ですよね。この点でもっとも成功した政治家はアドルフ・ヒトラー、ヒトラーは勝利者です。

谷川　ジョージ・ブッシュも勝利者でしたか？

ミュラー　ええ、でも惨めなかたちの勝利者ですね。クリントンはシェイクスピアの戯曲の道化です。愛すべき男だが、何もできない。

谷川　アメリカにはいまや「敵」がいませんね。

ミュラー　ハイチなどに探していますが、うまくいってない。まあ、内戦に至るのでしょう。

谷川　内戦の次に何が生まれるとお考えですか？

ミュラー　ゴダールの映画に『ウィークエンド』というのがあります。二十年ほど前のものですが。ユーゴスラヴィアの問題などについての最高の描き方と言えるでしょう。週末のパリで交通渋滞が生じ、そのうちに暴力淘汰が生じる。

谷川　いかにもゴダールですね。そしてその次に何が来るのですか。

ミュラー　「無」でしょうね。あるいは虫や蟻の国かもしれませんが。危機はもはや阻むことができないということです、エコロジー的観点からしてもチャンスはない。

■シュタージ（秘密警察）疑惑

谷川　あなたが巻きこまれたシュタージ疑惑の問題はもう片がついたのですか？　あなたはあるインタヴューでご自身を「国際的犯罪者」と呼んでいらっしゃいましたが……

ミュラー　ええ。まったく馬鹿らしいとしか言いようのない話です。もともと次のようなことだったのですよ。私が話をした国家公安局《シュタージ》の将校が語ったことですが、その将校はおかしな男で、ナチスの収容所にいたこともあり、奇妙な経歴の持ち主だった。共産主義者としてナチ時代に亡命し、スペイン内戦に参加したあとモスクワに行き、また再びスペインに派遣され、戦後東ドイツのフランクフルトに戻ったのです。その男が言うには、ビアマンの市民権剥奪後、第二十課が、つまりミールケの主課なのですが、為替振込みを問題にしたという。じつに簡単なことで、外国為替条例違反だというのです。西側から印税や執筆料をもらったりしたことですね。典型的な裁判がシュテファン・ハイムの場合です。彼は東ドイツで許されていない小説の出版で五千マルクの罰金を払わなければならなかった。けれどもこれは出版社が払ったのでなんの問題もありませんでしたがね。私の話に戻ると、ベルリンに演劇担当の二人の将校がいた。この二人が劇場を管理していたわけです。ゲネプロに参加するなどしてね。公的な評価によれば否定的・敵対的な要素であるという、私がね。しかし、彼らはそれが正しくないと考えた。それでごまかしをしようとしました。彼らは私についての書類を提出した。いま私はじつに多くの書類を持っていますが、彼らはBEに関する書類といっしょに『セメント』についての書類も作成しました。いわゆる私にたいする「犠牲書類」です。彼らは「IMV（非公式協力者予備調査）『セメント』」という書類を作成した。つまり、彼らはこれによって自分の課に「私たちはいま、貴方のためにIM（非公式協力者）を作る仕事に従事している」という通達をしたのです。いまは邪魔してはならない、と。それで彼らは一年の時間を得ます、IM作りという仕事のために。そしてまた半年延長し、それから結果報告を提出した。つまり私が犯罪者と見なされるか、あるいはIMとなったかということについてです。彼らはIMVからIMを作り出したということにした。私はまったく知らないことなのですがね。でも書類上、私が何かをしていなければならないことになるので、私はたとえばアフリカの解放運動などについてありそうな嘘話をしたということになった。ただ書類上だけのことです。それでもいまはプロテスタント的な書類信仰のために、書類にあることはすべて真実だということになる。

谷川　あなたはそれをすでに公に説明なさったのですね？

ミュラー　もちろん、当然です。

谷川　こうしたでっち上げを公然の騒動にすることを組織した者がいるそうですが。

ミュラー　ええ、悲劇的なことです、見たところ非常に才能のある若者でした。彼は過去に二度の裁判を受けた。ひとつ目は彼の反社会性についての裁判、仕事をしない者の信用を貶めるための東ドイツの方法なのですが、彼は作家になりたかったのです。もちろん、出版までには至らなかったものの、非常に才能があった。フューマンが面倒を見ていました、クリスタ・ヴォルフもです。彼はしかし作品が完成しなかったので裁判を受けた。それで私たちは彼に弁護士を世話しました。しかし、裁判では負けた。それで私たちがホーネッカーや文化省に手紙を書き、判決が取り消され、彼は再び自由になった。そしてまた次の裁判が起こった、今度はある女性にたいする傷害事件でした。彼女は殴りつけられて入院したのです。彼は孤児院育ちの若者だった。それでフューマンと私とで話し合ったのですが、二つの選択肢があるとのこと、つまり刑務所か市民権剥奪かです。それで市民権剥奪の方がよかろうということで話はどうにかまとまって西ドイツに移ったのですが、帰国後、つまり、ドイツ再統一後に再び帰って来たとき、彼は東ドイツの刑務所にいたほうが自分の経歴にとってずっとよかったということを知って恨みに思った。それで今回のこの事件が始まったのです。本当に悲しいことです。

谷川　クリスタ・ヴォルフやフォルカー・ブラウンはいまどうしているのですか？

ミュラー　ブラウンには数日前に会いました。彼が言うには、自分のシュタージ文書を見てもっとも動揺したのは、彼が誰と寝たかとか、彼の妻が誰と寝たかとかがすべて記してあったことだというのです。そんなことはごく普通のことで、別にどうということでもないのですが……。問題はどこかの大学の助手だか学生だかがフォルカー・ブラウンについて論文を書いていて、彼はブラウンについてのシュタージ文書を名前を匿名にすることなくすべて見ることができたということの方なのです。このことに彼は動揺したと言う。

谷川　そんなことが許されるのですか？

ミュラー　ええ、東ドイツでは「秘密諜報」だったことがいまは公にされたのです。

谷川　公に？　当事者だけにではないのですか？

ミュラー　いいえ、学術的目的に使おうとする者なら誰でも見ることができるのです。

谷川　「学術的目的」とは何なのでしょうね？

ミュラー　馬鹿げたことです。フォルカー・ブラウンについて博士論文を書こうとする学生は、彼や彼の妻がいつ誰と寝たかまですべて知ることができるのですから。

谷川　シュタージ文書に書いてあることがすべて真実というわけではないのに？

ミュラー　その通りです。東ドイツでは書類に嘘をつかない者なんていなかった。嘘をつかねばならなかったのです。嘘のことばかり書かねばならなかった。本当に馬鹿げたこと。でも人が信じるのは書類だけなのです。

谷川　書類に一度サインしたら真実になりますからね。

ミュラー　いいえ、私はサインなんかしていませんよ。私はＩＭだとかなんとかについてはまったく知らされていなかったのですから。元首相のヘルムート・シュミットがシュタージ問題にたいして「私は人を救うことができるのならいつでも悪魔とだって話をします」と言いましたが、適切な言葉だと思います。

谷川　誰かこのシュタージ沙汰に抗議した者は？　たとえばギュンター・グラスは批判的発言をしてますが、実際にはマスコミのなすがままだった。

ミュラー　これはある種の麻痺なのです。誰かが私を告発できるようなものを発見するかどうかなんてことは私にはどうでもよいことなのですが、「ツァイト」の編集部は十人の記者をベルリンに派遣してミュラーにたいする資料を一週間にわたって探しまわった。これはもう一大キャンペーンですね。

谷川　あなたが援助したその作家志望の男がファックスで……

ミュラー　ドイツの新聞の七十七の編集部にファックスで送ったという件ですね。興味深いのは、誰がそのための資金を出したかということです、なぜなら彼はお金がないのですから。彼は友人がいないのに、少なくとも五万マルクもするような高価な電動印刷機でビラを印刷した。誰が援助したのかということ、これがおもしろい。まあ、このキャンペーンで利益を得る者でしょうね。

谷川　「ツァイト」の編集部も絡んでいるのですか？

ミュラー　他の誰かでしょう。東ドイツ出身の知識人の信用失墜や連邦共和国の左派、あるいは左派と見なされるような人々にたいするキャンペーンですから、そのためには資金が出るのでしょう、どこぞの所から。興味深いことですが、最近、かなり若い男が本を出した。いまでも手に入れることができますよ。東ドイツで育って東ドイツの党員の息子で、ドイツ統一後にネオナチに近寄りますが、それから足を洗ってこの本を書いたのです。ネオナチ時代やスキンヘッズ時代についてですね。東ドイツのスキンヘッズ、つまりネオナチですが、彼らは金が必要なときには、住所リストがあって、そのリストには西ベルリンやハンブルクの学者や医者、法律家が載っていて、そこに電話すると必要なお金はみな貰えるというのです。たとえば車が故障して新しいのが欲しいとき、一万マルク欲しいと言うと次の日には貰える。彼らはドイツの保守的グループによって援助されているのです。そういうグループの人々が、名前はもちろん出したがりませんが、そのようなキャンペーンを援助しようとするのです。

谷川　その本には本当のことが書いてあるのですか？

ミュラー　すでに出版されていて、タイトルは『決着』。アウフバウ出版からです。筆者はインゴー・ハッセルバッハ。もちろん偽名でしょうが。この本を出したあと、彼の妹や母親は殴られ、家は爆破されるなどしたそうです。非常におもしろい本です。

■経験の圧力と書くこと、演劇・演出について

谷川　あなたの作家・演出家としての話に戻りたいと思います。一九九二年に「自伝」は出たものの、一九八五〜八八年の『ヴォロコラムスク幹線路』五部連作のあと、九三年の『モムゼンのブロック』を除いて、詩集やインタヴューは別にしてドラマ・テクストは何も書いておられませんが、この長い沈黙はこの転換、あるいはドイツ再統一と何か関係がおありなのですか？

ミュラー　直接の理由としては旧東ドイツのアカデミーの会長となり、事務的な日務に追われてかなり時間を取られましたからね。ただ、それはもう数ヶ月前に終わりました、東西のアカデミーが

統一されたのです。それからいくつか舞台演出もした。この二つのことがあって、書くための時間がほとんどなかった。けれども、もちろんそれだけではありません。別の困難もあった。いまの状況については私は「すべてもう知っている」という感じがするのです。それは「もうすでに」なのです。一九三三年の時点において、つまり私の幼年時代において、子供の頃にすでに知っていたことばかりで、書くには退屈。東ドイツは悪しきものだったのかもしれませんが、何か新しいものであり、何か新しいものを作り出すという実験だった。それにたいしていまここにあるのはすでにあったものばかりで、退屈なのです。それはチェーホフがすでに書いており、またブレヒトも書いてしまったことなのですから。おもしろいものはすべてそれらが崩壊してからくるのでしょう。

谷川　「経験の圧力」ということについてしばしば触れておられますが、その「圧力」がいまやどこかにいってしまった。でもこの圧力は目に見えないかたちとしてはひょっとしたらもっと大きくなっているのではないでしょうか？

ミュラー　ええ、その通りでしょう。けれども非常に複雑で、おそらく大きくても、ばらばらなものなのでしょうね。たとえば壁は消えた、しかしポーランドとの国境はまるで壁のようになっている。誰も入ってこられません。流民、つまり、移民の流入にたいする恐れからです。国境はハイテク機器でまるで壁のように守られていて、誰も入ってこれない、管理なしにはね。それはちょうど東ドイツの壁のようなもので、ヨーロッパは壁を必要としており、それは「蛮族」にたいするローマの壁、万里の長城にも譬えられる。それでも人が入ってくることは言うまでもない。止めようはないのです。

谷川　書くことがなくなってしまったとおっしゃいますが、私にはハイナー・ミュラーの場合には読むこと、たんに書物ではなく、すべてのもの、現実における歴史的な出来事もあなたの個人の出来事も、あなたはすべてを「読む」。その「読むこと」と「書くこと」、さらに演出はつながっており、ほとんど間テクスト的な活動であるように思われます。たとえば、あなたは『ハムレット』改作から『ハムレットマシーン』を生み出し、そしてこの二つを合体させて『ハムレット／マシーン』を演出された。あるいは『カルテット』の場合にはたんにド・ラクロだけではなく、マリヴォー、マルキ・ド・サド、ニーチェ、ワーグナー、フーコー等も同時に「読」まれて。一九九一年の『マウザー』演出のときには真ん中にはさまれた。ひとつの「テクスト・ゲーム」とでも言いましょうか、このいわば「ハイナー・ミュラー・マシーン」は今後も展開していくように思われるのですが……

ミュラー　ええ、訴えるもの、おもしろいもの、それが素材です。しかし、書くときにそれを人は読むのでもあり、読むと書くはつながっている。エリオットにぴったりの言葉があります。「作家の質はしばしば彼が書いたものよりも、引用されたものによってもっとも良く知ることができる」。

谷川　あなたの作品のなかの引用の出典を探すのはむずかしいですよね。たとえば『カルテット』のなかの「海は空虚に凪いでいる」という台詞はワーグナーの『トリスタン』からの引用だったり……

ミュラー　ええ、それは『トリスタン』のどこかからの引用ですね。でも『トリスタン』から直接引用したのではなく、T・S・エリオットからの引用です。『トリスタン』のテクストはその頃はまったく知らなかったのですから。

谷川　そうなのですか。しかも演出の場合もそのまま上演なさるわけではないですよね。

ミュラー　ええ、その通りです。引用もいつも変えられます。

谷川　翻訳する方としては注釈をつくるのが大変です。しかもどこからの引用なのか明示されていないから、逆に連想の可能性は大きくなる。いわば連想遊びですよね。あちらにニーチェを見つけ、こちらにフーコー、クリステヴァ、そしてここにドストエフスキーを見つけるといった具合に。

ミュラー　ええ。そうした遊びがなければ退屈ですからね。ひとつ自慢に思っていることがあるのです。かつて私は『竜のオペラ』というのを書いたことがあるのですが、パウル・デッサウのためにです。その最初の場面は竜に支配されたどこかの国で、ちょっとしたメルヒェン。それでいつも犠牲が必要となる。儀式があり、まじない師がいてラテン語のテクストをもっている。だけど翻訳者がいません。まじない師が翻訳するのですが、それはテクストとはまったく異なったものとなっている。テクストはそもそもカトゥールスのポルノまがいの詩なのです。

谷川　カトゥールスですか。

ミュラー　ええ、古代ローマのアウグストゥス時代の詩人です。彼の詩は、たとえば叔父が甥と寝て、甥が叔母と寝る等のポルノなのです。それがそもそものテクストなのに、翻訳ではまったく別のテクストになっている。私の引用で誰もそれに気づかないので、それを自慢に思っているんですよ。誰もそれがカトゥールスのラテン語からのテクストだとは気がつきません。ラテン語のテクストでは叔父が甥とやって、甥が叔母とやって、従姉妹もまた云々という話なのですから。テクストにはそのことがきちんと書いてある。

谷川　二重の意味のテクストだということなのですか？

ミュラー　誰もそれがカトゥールスの引用だとわからない。人が気づくのはヨーロッパの教育システム……

谷川　あるいは学者……

ミュラー　その注釈による章句の方です。

谷川　引用は謎かけクイズの遊びなのですね。ローマ時代にはそのようなポルノ・テクストがたくさんあったことがヒントですか。ところで、単純な質問なのですが、あなたはなぜ演劇という分野を選ばれたのですか？　ここドイツでは演劇というもののありかたが日本とは違っているようにも思えるのですが。

ミュラー　きちんとお答えすることはできないのですが、ひょっとしたら私は幼年時代には孤独で、いつもひとりぼっちで、パートナーを空想で作り出していたからなのかもしれませんね。それはもう演劇なのです。

谷川　実際の演劇という舞台においてというよりも、演劇という形式のことですね？

ミュラー　形式のことです。だから演劇志向はコミュニケーションにたいする欲求から生まれたのでしょう。劇を書くときには自分の考えをもってはなりませんからね。仮面をしているのです。あれやこれやの仮面を。

谷川　ブレヒトの影響もあったのではないですか？

ミュラー　ええ、確かに。その他に、フランスの現代作家やイギリスやアメリカのものをブレヒトより前に読んでいます。フォークナーは私に大きな影響を与え、またシュールレアリスム、表現主義にも影響を受けた。そのあとにブレヒトがきて、そのあとには他に何もきませんでした。けれどもそのあとで以前のものが再び戻ってきたわけです。

谷川　それらがいままた間テクスト的に再来し、交互に重なり合っているわけなのですね。他方、ここ五年ほどはあなたのお仕事は主に演出に集中してきたように思えます。「自伝」では「演出は自分のテクストを忘れる唯一の方法であり、解放行為、治療法だ」とおっしゃっていますが、それ以上に演出という活動は「ハイナー・ミュラー・マシーン」の連結運動の延長線上にあるようにも思われる。いわば演出とは三次元あるいは四次元に「書くこと」であり、そのさいテクストは、あなた自身のテクストもですが、素材、つまりあなたが再び新たに読むことができる間テクスト的素材のようなものとなる。「読むこと」「書くこと」「舞台の上に書くこと」はあなたにとってもはや境界が存在しないように思われるのですが、実際にそうなのでしょうか？

ミュラー　ええ、その通りです。

谷川　私はハイナー・ミュラーは「境界居住者」とか「壁壊し人」、「浸透膜」、つまり「スラッシュ」だという言い方をよくするのですが、たとえば『トリスタン』演出のさいにはあなたはワーグナーとのあいだに、あるいはオペラと演劇とのあいだに「スラッシュ」を置いたような印象を受けた。ハイナー・ミュラーがバイロイトでワーグナー、しかも『トリスタン』を演出すると聞いたときは、幾分怪訝な気がしたのですが、何ゆえミュラーが、またどのようにやるのだろうか？　などと。あなたのこれまでの演出はいわばご自分の作品のテクスト・コラージュだったと思うのですが、バイロイトではテクストも音楽も変えることはできないのですからね。それにもかかわらず『トリスタン』の演出をお引き受けになった。その理由はなんだったのですか？

ミュラー　じつは自分がオペラを演出するなどとは思ってもみませんでした。ましてワーグナーなんて考えもしなかった。しかし『トリスタン』は私が見た唯一のワーグナーのオペラなのです。

谷川　けれどもそれは退屈なものだったのではないですか？

ミュラー　終戦直後、私は十八かそこらでした。自発的に見に行ったわけではなく、義理の姉がワーグナーやオペラが好きで、私を連れていってくれたのです。まあひどいものだと思いましたね。ですから、『トリスタン』を演出しなければならないなんて馬鹿げた考えだと思った。でも興味もありました。ワーグナーはシェイクスピア的要素をたくさんもっています。音楽的でありながら、独話、対話などのテクニックを駆使している。それは非常に興味深いものでもあった。それにちょっと興味があったのはすっきりしたものにしたいということだった。『トリスタン』は伝統においては偉大なロマン主義的オペラです。それをすこし冷めたものにしたいと思った。つまり聞くことと見ることとの分離です。それが観衆を怒らせた。そのさいにヤマモトに衣裳を担当させたことは重要であり、それは私の考えによるものです。彼とは初対面のときに気が合って朝までいっしょに飲んだ。

谷川　山本耀司氏の性格もあなたの気に入ったわけですね。エーリッヒ・ヴォンダーの舞台もまたひとつの前提でもあったと思いますが、音楽、衣装、舞台装置、演出のそれぞれが分離しつつ拮抗し、そしてそれらがいわばいつもスクリーンのようなフィルターにかけられてまるで果てしない映し絵で、私はそこにワーグナーではなく、自分自身を見てしまったという印象を受けた。しかもすべては距離を置かれており、各要素は独立しており、そこにポリフォニー的な空間が生まれ、シニフィアンの遊戯が生じた。

ミュラー　ワーグナーの偉大な発明は「見えないオーケストラ」なのです。それがワーグナーだった。つまりそれがどこにあるかわからない。それは遍在するものなのです。ワーグナーのもうひとつの夢は、いわゆる「聞く劇」です。ワーグナーは『トリスタン』を「聞く劇」と呼んでいた。つまりそれは「見えない演劇」。「見えないオーケストラ」であり、「見えない演劇」なのです。

谷川　「見えないオペラ」ですか。なるほど、オペラは「見る」ではなく「聴く」と言いますからね。そして結果としてあなたの演出は功を奏した。結果にご満足ですか？

ミュラー　とても良かったと思います。バイロイトで「効果があった」というのは観客の抗議が多いことですからね。抗議がない場合には「素晴らしい」という言葉を使うべきなのでしょう。ワーグナーを見に来る人たちは祖母が見たものを見たがるのですから。祖母が八十年前に見た通りに見たがるのです。

谷川　なるほど、ところが今度は娘が見るだろうものを見せられたので、観客が怒ったわけですね。

■ベルリーナー・アンサンブル（BE）とブレヒト

谷川　この一年ほど前からあなたは新たなシステム、つまり有限会社となったBEに移られた。最初は五頭体制で始まったわけですが、そのひとり、マティアス・ラングホフのベルリン市議会あての手紙には感銘をうけたのですが、彼はもうアンサンブルを去ってしまった。

ミュラー　ええ、去ってしまいました。残念ながらマティアスが手紙に書いたことはユートピアですね。現実に存在する客観的条件にたいする抵抗です。とくに問題なのは雇用契約。俳優は五十歳になるともう解雇することができない。劇場でもっとも高くつくのは固定費用なのです。俳優に支払う給料が大半で、制作のためのお金はありません。

谷川　何人くらいいるのですか？

ミュラー　六十人ほどですね。必要なのは二十人ほどなのですが。
谷川　ラングホフが言うところによれば、ブレヒトの唯一の後継者はハイナー・ミュラーだ、「ブレヒトが言ったことはすべて、劇場を創設することをあれほどスリリングなものにしていたことはすべて、ハイナー・ミュラーにこそ、もし彼が自分の劇場をもてたら当てはまるのではないか」と述べている。このことがあなたがＢＥに移った主な理由なのですか？
ミュラー　それはもちろんひとつの理由ですが、幻想でしたね。
谷川　あなたはブレヒトからブレヒト以前、たとえばシュールレアリスムやダダイズムに戻って、またブレヒトに戻る。ブレヒトとブレヒト以前が混ざり合った、そういうブレヒトの後継者とお呼びしてよろしいのですね。
ミュラー　ええ。ブレヒトにはさまざまな段階があります。私は一九三三年までのブレヒトの仕事に興味をもっている。
谷川　一九二〇年代のなかごろから一九三三年までのブレヒトですね。私もそれに興味をもっていますが、一般にはあまり関心を寄せられていませんね。
ミュラー　ええ。ブレヒトが完結して物事をおこない、彼の名を一般に知らしめたのは一九三三年以後の仕事ですからね。思うに、ブレヒトには時間がなかったために実現できなかった夢や構想が山のようにある。たとえば、パーリッチュが語ってくれたところでは、彼は劇場の桟敷席にブレヒトといっしょに坐っていた、舞台では『コーカサスの白墨の輪』が上演されていた。そこでパーリッチュがブレヒトにこれは叙事的演劇かと尋ねたところ、ブレヒトは「当然ながら違うね」と答えたそうです。ブレヒトにとって叙事的演劇とは贅沢を職業にするという倒錯がなくなって初めて可能なものなのであり、皆がときには俳優、ときには舞台監督、ときには舞台作家になること、これがブレヒトのユートピアだった。もちろん実現はしませんでしたし、我々にもまだ実現できていません。しかし、たえず試みられねばならないものです。私にはブレヒトの夢の方が彼の現実よりも興味深い。彼が実現できなかったものの方が実際に実現できたものよりも興味深いのです。プログラムやユートピアは実践においては実り少ないものですが、可能性の塊のようなもので、だから、そこから再び新たに始めねばならないのです。

谷川　つまりその時期のブレヒトにおいてはある意味でテクストと演劇のあいだには境界がなく、そうした実験をしようとしたわけでしょうが、実現はせずに多くの断片が残った。テクストと演劇、書くことと劇場での実践、この二つを結びつけることは東ドイツ時代にもブレヒトは成功しなかった。テクストと演劇のあいだの境は取り払わねばならない。あなたはさらにその方向を推し進めようとしているわけですね？

ミュラー　私がウィルソンに関心をもつのは、彼が各要素にたいしておこなったことです。光や動きや音やテクスト、これらは別々の要素なのです。彼はたとえばニューヨークで『ハムレットマシーン』を演出しましたが、そのさい、彼は五つの部分に分けた。

谷川　ハンブルクの上演とは異なるのですか。

ミュラー　ニューヨークの方が先ですね。だいたい同じなのですが、ニューヨークでは演劇大学の学生を使っておこなわれたのです。彼はまず最初の四週間テクストなしでコレオグラフィを試み、次に二週間テクストを用いておこなった。これは要素と要素のひとつの分離ですね。

谷川　まず分離があり、それから混ぜ合わせられるわけですね。

ミュラー　ええ、大変興味深いものです。ブレヒトにも同様の構想があった。要素の分離です。日本の演劇が大きな影響を与えています。それから中国の演劇も。
谷川　とくに教育劇においてですね。
ミュラー　ええ、でもただ形式上のことだけではありません。要素の分離のもっとも極端な例は文楽の場合ですね。これはおもしろかった。
谷川　「自伝」でも文楽については触れておられますよね。あなたはご自分を「演出家としてはディレッタントである劇作家」と呼んでいらっしゃいますが、この場合は演出と文学との分離が廃されるわけですが、それにもかかわらず、あなたはまず第一に作家でいらっしゃるわけで、これからもそうなさっていくおつもりですか。
ミュラー　その通りです。
谷川　一方でテクスト、凝縮されたテクストを書き、他方で劇場での演出をおこなっていかれる。その場合、書くことと演出することとはどうなっているのでしょうか？
ミュラー　書くことと舞台演出との関係についてですか。私はものを書くときにはまったく演出をおこないません。書いていないときには演出がおこなえます。しかし、大切なのは当然のことながら書くことです。私は自分のテクストを演出しているときには、おうおうにしてその演出によってまだ書いていない次のテクストを試している。次に書いてみたいテクストのための一種の準備作業ですね。それがどんなテクストだかまったくわかっていない場合にもね。目下上演されるテクストには関心はとのみ関係するだけではないものを扱っているのです。すでに書いてしまったテクストには関心はなく、次のテクストに関心がある。

谷川　十月以降は戯曲を書くことに集中したいとおっしゃっておられますが、しばしば言及されているようにその新作はヒトラーとスターリンをテーマにしたものですか。

ミュラー　それが次に書くものかどうかはわかりませんね。やってみなければわからない。いま五つぐらいの計画が頭にあり、どれを先にするかは始めてみないことにはわからないのです。

谷川　いまのところの最新作『モムゼンのブロック』は、演劇テクストとして書かれたものでありませんね。

ミュラー　ええ、まったく違います、せいぜい自分との対話といったところですね。

谷川　それにもかかわらず、『決闘　トラクター　ファッツァー』の上演のさいに使っておられます。

ミュラー　ええ、しかし録音したテープを用いて途中で流すだけです。

谷川　『モムゼンのブロック』も多義的に理解できますが、そこには何かハイナー・ミュラーの書くことにたいする懐疑のようなものが感じ取れるような気がするのですが。この懐疑をあなたご自身の懐疑と同一視してもいいのですか？

ミュラー　ええ。しかし書いてしまえばそれは消えてしまいます。ゲーテの『若きウェルテルの悩み』の場合と同じです。ウェルテルは悩んでおり、その悩みはゲーテの悩みであり、その本を読んで当時のドイツでは多くの若者が自殺した。しかしゲーテ自身は「書いてしまえば、実際におこなう必要はない」と言っている。

谷川　書くことによってゲーテは自分自身を治療しているわけですね。

ミュラー　ええ、そして他の人たちが自殺するわけです。

谷川　なるほど、それであなたのテクストには「死」がたくさん出てくるわけですか。死が毎日くり返しおこなわれる、それは自らの内部における死者の召喚でもあるわけですね。それでもやはり次のテクストが頭のなかにすでにある。

ミュラー　ええ。けれども、それが紙の上に書かれるまでには長い時間がかかるでしょうけどね。

谷川　それでは次には何を演出なさるのですか。

ミュラー　まず来年もバイロイトの演出の手直しをしなければなりません。

谷川　イゾルデ役のヴァルトラウト・マイヤーはとてもよかったと思います。

ミュラー　彼女はつづけて歌うことになります。マルケ役は代わって別の誰かが歌うことになりますが。そして来年の秋にはＢＥで自作を演出します。おそらく『移住者』を演出することになるでしょうね。戯曲全体をやります。それから『タイタス・アンドロニクス』を演出します[1]。

谷川　ＢＥの状態はいまどうなのですか。たとえばラングホフに代わって別の人が来ることは？

ミュラー　いまのところないでしょうね。

谷川　それではいまミュラーとツァデク、パーリッチュとマルカルトの四人体制なのですね。現在、ブレヒトの作品がさまざまなかたちで取り上げられているようですが。たとえば上演のみならず、ブレヒトの遺稿の朗読会とか公開稽古とか。演目も『パン屋』とか、これはあなたの演出ではありませんが。あなたの『決闘　トラクター　ファッツァー』は「ブレヒト／ミュラー」の試みですし、次はパーリッチュ演出の『男バールの生涯』。

ミュラー　ええ、それからツァデク演出の『イエスマンとノーマン』です。

谷川　一九二〇年代中頃から一九三三年までのブレヒト作品が中心のようですが、それはおのおの別々にではなく、すべて組み合わせられている、四人の演出家が話し合ってるわけですね。

ミュラー　そうです。

谷川　昨日はツァデク演出の『ミラノの奇跡』でした。ブレヒトの作品ではなく、デ・シーカが映画化したザヴァッティーニのシナリオの舞台化でしたが、ブレヒト化されている。たとえば、ストレーレルやダリオ・フォーの様式も取り入れられていた。これらはBEの新しい路線という気がしますが。それではあなたはこれからも演出の仕事をしていかれるわけですね。

ミュラー　当然です。

谷川　それじゃ、書くためのお時間がないのでは？

ミュラー　いいえ、次の年の秋には何か書きますよ。それまでは書けませんが。

■演劇の衰退、ロバート・ウィルソンや他の芸術家との共同作業について

谷川　にもかかわらず、BEで何かをやろうとなさることには困難もある？

ミュラー　ええ、むずかしいですね。演劇はそもそももうドイツではなんの意味ももたないのです。演劇は全般的に悪化している。観客も減っています。もう演劇には十分な関心がないのです。いまでは演劇ではなんでも言うことができますが、それはなんの意味もありません。ドイツにもまだ二、三のタブーはあります。ユダヤ人の悪口を言ってはならない。それからRAF（西ドイツ赤軍）への言及もできない。それだけがタブーで、他はなんでも言えます。他方、多くの政治的タブーを抱えていた東ドイツやロシアでは演劇は批判という点で意味があった。その点で演劇は映画に優っていた。映画は簡単に管理されますから。演劇はライヴですからそう簡単には管理できません、それゆ

え演劇は非常に重要だったのです。しかしいまではテレビもあり、四十ものチャンネルがある。誰も演劇を必要としない。

谷川　どこに原因があるのでしょうか？

ミュラー　演劇はもう死んでしまったのです。演劇は現実を描くという場合にのみおもしろくなるのですが、ただ現実を反映するだけではなく、「別の現実」をも描き出す場合に限ってです。しかし、いまでは別の可能性も未来もなく、ただ現在があるだけ。だからもう演劇は存在しえないのです。

谷川　演劇だけでなく、芸術そのものが存在しえないということではないのですか？

ミュラー　ええ、もうなんら未来像が存在しえないからです。ヨーロッパにはただひとつの政治的理念あるいは構想が存在するだけ。全部同じように見えます。現状（Status Quo）だけ。これは芸術にとっては致命的です。

谷川　悲観主義的ですね。それでは芸術は現在において何ができるのでしょうか？

ミュラー　人はユートピアなしでは生きていくことができません、あるいは、夢なしではね。ある医学的実験がありました。なんらかの電気的な器具を用いて、眠っている最中に夢がいつ始まるかを読み取るのです。違った脳波が出るから。そこで次のような実験がおこなわれた。二週間か四週間のあいだ、夢が始まると眠っている人を起こす。二週間のあいだ、夢をみることができないようにする。するといつのまにか狂ってしまう。全員がひどい精神障害をおこしてしまう。夢を見ないと病気になるのです。あるいは暴力的になる。ここにこそ芸術の役割があります。夢を見ること、それが芸術なのです。

谷川　しかし、現在、この夢見る能力も失われつつある。

ミュラー　ええ、だから暴力が生じるのです。

谷川　これまでは高度に精神的ないわば頭脳的な赤い文化が中心だったとすると、それにたいして別の文化、感覚的で夢想的な青い文化が必要とされている、と言えるでしょうか。そこでは主体と客体、感情と理性等のこれまでの対立項のあいだにある境界がなくなり、二つのあいだを行ったり来たりすることができるような。あなたの芸術観もそのようなものだという気もするのですが。

ミュラー　ええ、その通りです。

谷川　そこにはこれまでのヨーロッパ文化、とくに啓蒙主義にたいする疑念がうかがえるように思えますが、そのように言ってよろしいのでしょうか？

ミュラー　ええ、そう言えるでしょうね。啓蒙主義については一八世紀のある話がとても興味深い。サンクト・ペテルブルクで、一七九〇年か九二年だったと思いますが、ある法律家と犯罪学者の会議があり、パリからの代表も招かれた。ジャコバン派で革命の側です。ロシアにはひとつの問題があった、つまり犯罪者が多すぎて監獄が足りないという。そこでこのことについて議論がなされ、フランス代表はロシアにたいして労働収容所を創るように提案したのです。グラックスですね。それが啓蒙主義のアイデアなのですよ。

谷川　でも、あなたのテクストを読むと、犠牲者として死んだ者が再び呼び戻されるような気がします。招魂でもあり、黙示録的ですが、悲観的であると同時に楽観的にも思える。なんらユートピア像を提供しないのに、どこかユートピア的で、夢を見る力を呼び覚ます。ところであなたはいろいろな別の芸術家たちとの共同作業もおこなっておられますよね。たとえばロバート・ウィルソンとはいまもコンタクトがおありですか？

ミュラー　ええ。彼はいま、非常に多くのことをおこなっています、商業的にね。一方で小さなものもおこなっており、そっちの方がとても優れていると思う。成功をおさめている大きなものはあまりよくない。成功しているものはよくないものばかりです。

谷川　何がいいものなのですか？　『浜辺のアインシュタイン』ですか？

ミュラー　『聾者のまなざし』ですね、たとえば。もちろん、成功はおさめてはいませんが。それから『死・破壊・デトロイト』、これは素晴らしいですよ。

谷川　『シヴィル・ウォーズ』はどうですか。

ミュラー　一部は素晴らしいですが、だめなところもあります。

谷川　しかしいまベルリンで上演中の『ベッドの上のアリス』はよくない？　これから観ようと思っているのですが。

ミュラー　まったくひどいものですね。おしまいですよ。

谷川　ロバート・ウィルソンはおしまいだとおっしゃるのですか。

ミュラー　いいえ、そうではありません。彼はニューヨークでいろいろおこなっていますが、それはいい。けれどもこの上演は余計なもので、退屈です。スーザン・ソンタグの戯曲自体がどうしようもありませんね。アメリカのスターリニズムは精神分析。それがその戯曲の対象なのですが、けれども退屈なものですよ。

谷川　しかし、これはシャウビューネによるものですよね。七〇年代に伝説的なほどの評価を受けた西ベルリンのシャウビューネの現在はどうですか？

ミュラー　シャウビューネも終わりですね。死んだ風景です。

谷川　あなたは他にもヴォンダーやゲッベルス、クネリスといった美術家や音楽家ともいっしょにさまざまな演劇的パフォーマンスもおこなっていらっしゃいますが。『スコットランドの渦巻き・南極』というヴォンダーやゲッベルスとのパフォーマンスとか。

ミュラー　スコットランド島の側の渦巻きをめぐるエドガー・アラン・ポーの物語があります。私は終わりの部分で南極について書きましたが、そこでポーのテクストを少し使った。それでこの名前を取ったのです。

谷川　いわばポリフォニー的な芸術活動も同時におこなっておられるわけですね。

ミュラー　オランダのフロニンヘンでもあるプロジェクトがありました、あるおもしろい建築家の計画で、私もそれに参加し、草稿を作成した。

谷川　ダニエル・リベスキンドのプロジェクトへのあなたの作品、「ルイジ・ノーノの墓」ですね。それについて日本で浅田彰氏も書いていました。

ミュラー　そうです。彼もそこにいましたよ。これらは私の楽しみです。

谷川　それ以外には、たとえばどんな楽しみをなさっておられるのですか?

ミュラー　アレクサンダー・クルーゲをご存知ですね。彼のテレビの仕事にたいして電通が大きな部分を出資しているのです。昨日も電通のオオシマさんたちと遅くまで飲んで今日は二日酔いなのですがね。この電通のお金で、彼はRTLとかSATIとか民放のいくつかのチャンネルの決まった時間帯を買い取った。毎週三時間くらいです。放送時間を買い取るには非常にお金がかかりますから。だから電通の人たちには愛想良くしておく必要があるのです。お金を払ってくれるのですから。この時間を使ってクルーゲはなんでもできるのです。この番組はもう四～五年になる。土曜日の夜の十時以降ですが。この時間帯がもっとも安いので、テレビでも知的なことができるのですよ。それより前の時間帯では馬鹿なものしかできませんが。

谷川　いまもやっているのですか、ミュラー氏もいっしょに？

ミュラー　ええ。毎週土曜日。テレビ欄に「ニュース・アンド・ストーリー」とあるのがクルーゲの番組です。私たちはそこで多くのものをいっしょにやっている。これは対談と映画とを混ぜ合わせたようなものです。(2)

谷川　他の芸術家も参加しているのですか？

ミュラー　ええ。それに、古い映画と新しい映画を混ぜて使います。興味深いものです。最近の仕事は日本についてだった。

谷川　日本についてですか。日本人が知らないのは残念ですね。

ミュラー　ええ、でも電通が知っていますよ。

谷川　演出のみならず、多くのことを同時になさっておられるようですが、たとえば今後もアレクサンダー・クルーゲとの仕事はおつづけになるのですか？

ミュラー　一年に一度か二度、何かをやることになっています。(2)

■ミュラーの日本体験

谷川　最後にあなたの日本との関係についてお伺いしたいと思います。あなたは何度か日本にいらっしゃった。おそらく日本にたいしてはアンビヴァレントな思いがあるのではないでしょうか。日本は典型的な資本主義国ですから。

ミュラー　日本の面白さは、伝統、とくに仏教的・儒教的伝統ですが、それと資本主義との結びつきです。同じようなものがイギリスにもある、ピューリタニズムと資本主義との結びつきです。それゆえにイギリスの資本主義はダイナミックだった。それがアメリカの産業の動力でもあった。禁欲的労働のモラルとしてのピューリタニズムです。日本にもそれと同様の規律があり、この規律が形式になっている。これが資本主義システムと協働しているのです。

谷川　それが仏教・儒教的伝統だとおっしゃるのですね。

ミュラー　ええ。もうひとつはたとえば日本における個人主義の欠如です。それが産業社会にとってのとてもよい前提となっている。いまでも自分が個人であるということを発見するのは、日本では困難なことなのでしょうね。

谷川　しかし、ピューリタニズムは文化を発展させるうえでは妨げになった。どのような点にあなたは日本では仏教的・儒教的伝統と資本主義との結びつきがあると思われるのですか？

ミュラー　たとえばコンツェルンの組織全体とか、日本人は有給休暇をすべて使おうとはしないことなどです。いまでもおもしろいと思っているのはとくに大阪であったこと。私はしばしば飲み屋に連れて行ってもらいました。大阪には私の作品を演出した人がいて、その俳優のひとりがあるコンツェルンの仕事をしていて、それで彼は私たちをしばしば飲み屋に招待してくれました。コンツェルンのお金で、打ち合わせという名目で。そこには多くのサラリーマンが仕事帰りに来て酒を飲み、次第に酔い始め、するとネクタイがだんだんゆるんできて、しまいにはそのネクタイを頭のまわりに巻いてしまう。そこに労働規律の厳しさを見て取ることができます。

谷川　ここ（ドイツ）ではそうしたことはないのですか？

ミュラー　いいえ、ありません。まあ、西ドイツと東ドイツでは異なりますが。東ドイツはソ連と同様に人はあまり働く必要はありませんでした。ある冗談話があります。日本の労働組合の代表が東ドイツに来て、企業や工場を見学した。「ここの仕事ぶりはお気に召しましたか？」と尋ねられると日本の代表はこう応えた、「ええ、とても。しかし私たちは外国人なのであなたがたのストライキに参加できないのが残念です」と。日本人には東ドイツでの通常の労働がストライキに見えたのです。クルーゲも日本についておもしろい話を私にしてくれました。フロイトには日本人の弟子がいた。彼はフロイトのもとで精神分析を学び、日本に戻りましたが、日本では精神分析がうまくいかなかった。そこで彼はフロイトに、日本にはそもそもエディプス・コンプレックスが存在しないと説明した。日本は母権社会であって母をめぐるライバル関係が存在しえない、日本ではヨーロッパにあるようなノイローゼには至らない、というのです。精神からくる暴力は存在しますが、ヨーロッパにおけるようなノイローゼは家族関係においては存在しないと。それと日本でおもしろかったのは――これについてはまだどこにも書いていないのですが――東京から大阪への列車の中で、新幹線ですが、多くのサラリーマンが坐って書類ケースを持ち、ネクタイをしめていて、それででてほとんど全員が鼻くそをほじっている。この東京―大阪の区間はほとんどひとつの都市みたいで工場などのない風景はほとんどありませんでしたね。ある駅のベンチで酔っ払いが寝ていましたが、彼は私が日本で見た唯一の自由人だった。おそらく彼は仕事もなく、金もなく、業績に縛られることもなく……五～六年前に「ツァイト」誌にある解説が掲載されて、そのころ私はまだ日本に行ったことがなかったのですが、日本と比べれば毛沢東の中国は自由な国だと書いてあった。

谷川　アイロニカルなコメントなのですか？

ミュラー　いいえ、真面目なコメントです。毛沢東の中国だって日本と比べれば自由な国だというのです。政治システムはもちろん一種の立憲君主国ですが、規律も厳格に形式化されていて自由な空間はほとんどない。ホーネッカーも日本が気に入ったようで、日本に熱狂していましたよ。

谷川　それに比べれば東ドイツやソ連は自由な国だというのですね。

ミュラー　そのことに関連してひとつの話を思い出しました。ある教師の話ですが、学校には門があり、子供たちは時間どおりに登校しなければならず、ある女の子が遅れて来てその教師が閉めた門に挟まって死んでしまった。まさに典型的な出来事です。私が日本に初めて行ったときですから。それで教育システムについての議論が起こっていた。

谷川　日本人はこれまでつねに欧米の方ばかり向いていましたが、もうそれでは立ち行かなくなって客観的な、外から見たまなざしを逆の意味で必要としているのでしょうね。たとえばロラン・バルトが日本について書いた『表徴の帝国』とかヴェンダーズの映画『東京画』は、その意味でもおもしろい。

ミュラー　ええ。日本よりもね。でもおもしろいことに日本の映画はヨーロッパで大成功しています。

谷川　ええ、でもかなり前の映画ですね。黒沢、溝口、小津など……

ミュラー　ええ、しかもそれらは日本ではあまり人気がない……

谷川　あなた方の目で私たちは彼らを再発見したのかもしれない。いわば「逆輸入」ですね。

ミュラー　私が気に入っている映画は英語のタイトルが『ポルノ製作者』で、監督の名前は忘れましたが、少なくとも五回は見ています。おそらく五〇年代か六〇年代のものでしょう。二人のけちなサラリーマンが主人公で、この二人はいつも茂みで売春婦を使ってポルノ映画を撮影し、時間のない管理職や重役たちに売りつける。そして商売を広げて若い女の子も扱うようになる。それを忙しいけれど若い女の子を欲している大企業の重役に売るのです。さらに商売を広げようとして暴力団との争いに巻き込まれ、暴力団のために小さな仕事をするようになる。主人公のひとりはある女と同棲していて、この娘を愛しています。彼女にはひとつ問題があり、オルガスムの寸前になると金魚が水槽から飛び出すのです。この金魚は彼女の亡き夫の生まれ変わりで、オルガスムの寸前に水槽から飛び出す。それで彼女はオルガスムに達することができない。彼女は悩んで精神科に入院する、狂ってしまうのです。まったく素晴らしい映画です。非常にさめた語り口で語られている。最後に二人のサラリーマンは世の中に嫌悪がさして、居住船を買い、この船で生活を始めます、プラスティックのような理想的な人工の女といっしょに。船に坐ってそれに最後の陰毛をつけていると大企業の使いがやってきて、その人工の女のパテントを買い取ろうとする。宇宙飛行士用にです。二人はもう金なんか要らないのでそれを拒否する。彼らにはただ理想的な女、人工の女だけが必要なのです。それでボートに戻って縮れ毛を縫い付けつづける。すると蒸気船が近くを通り過ぎ、大きな波が起こる。それに居住船のザイルが引っ掛かって太平洋に向かい、最後にはニュージーランドの近くかどこかに辿り着きます。

谷川　商業的な映画ですか、それとも前衛的な映画ですか?

ミュラー　どちらなのかはそう簡単には言えませんね。非常にリアリスティックに描かれている。ベルリンでロング・ランでした。それからロンドンでも見て、またテレビで見た。英語のタイトルは『ポルノ製作者』ですが、ドイツ語のタイトルは『男性学入門』です。

谷川　まったくドイツ的なタイトルですね。

ミュラー　ええ。でも非常にすごい映画です。監督の名前がわかったら手紙を書きましょう[3]。私が見たなかでもっともいい映画のひとつです。そこで私が興味をもったのは、規律化から生じる葛藤です。この問題は三島も扱っており、彼は社会のこの道徳や規律を打ち壊そうと試みて挫折した。これは日本の興味深い矛盾ですね。第二次世界大戦後に日本は資本主義の真っただなかに飛び込み、とてつもない加速が生じ、いまひとつの危機を迎えていると思います。あまりにも速く動いていたのに、突然に静止しはじめたのですから。これはとても危険です。似たようなことがドイツでは一九三〇年代に起こっている。日本でファシズムが生じるといっているわけではありませんよ。しかしそれは破滅的な結果をともなう緊張状態であるはずです。おそらく次の段階には日本では内的構造から多くの犯罪が生じるでしょう。しかしご承知のように、犯罪とはつねに希望なのです。エンゲルスが新聞でルール地方のヴッパータールの犯罪発生率が非常に高まっているのを知り、もうすぐ革命がくるだろうと喜び、そうマルクスに手紙で書いている。最初の運動、つまりひとつの圧力が大きければ、それへの最初の反応は犯罪なのです。もちろんこの犯罪的なエネルギーを下手に向けると、ヒトラーのナチズムのような政治的危機が生じる。映画の『ブラック・レイン』をご存知ですね。アメリカの映画ですが、非常におもしろい。日本のマフィアの話で、彼らがニューヨークで犯罪をおこない、アメリカの警察が大阪に行き、日本の警察と協力し捜査を始めます。当初のアメリカの傲慢がやがて崩壊する。何がなんだかさっぱり理解できなくなるのです。日本のマフィアのボスがそのアメリカ人警官に日本の最大のエネルギー源は何かと聴かれて、それは広島と長崎であり、それが忘れることのできない心的外傷《トラウマ》、心の傷だと答える。そこからエネルギーが生じ、加速度が生じるのだという。けっして知的な映画ではありませんが、非常に興味深い描写がなされています。

谷川　日本のものでおもしろいのはいつも映画なのですね。

ミュラー　日本の映画にはアメリカ、つまりハリウッドにない何かがあるのです。残念なのは黒沢がアメリカ映画を作製していること。彼はいまやアメリカ人になってしまった。少なくとも最近の映画では。それはもうおもしろくありません。おもしろかったのは大島の映画で、私は一週間のあいだ大島渚の映画を見つづけました。『愛のコリーダ』は彼の最悪の映画だと思います。ちっともおもしろくない。商売としては成功し、よく売れましたが。おもしろいのは初期の映画です。タイトルは忘れましたが、若いカップルの話。仕事がなく、子供を当たり屋にして稼いでいる。子供を車にぶつからせて、そして金を要求するのです。素晴らしい映画です。結婚式の場面もいいですね。強制された結婚なのです。この話は私には非常に身近なのです、というのも私の「自伝」にある通り、私は独裁しか知らないのですから。この強制がいつも日本には存在している。

谷川　日本人はそれを意識していませんがね。

ミュラー　ええ、そう思います。

谷川　長い時間ありがとうございました。楽しかったです。非常にお忙しいようですが、これからも縦横無尽に活躍してくださいますよう。どこかでいつも動いているハイナー・ミュラー・マシーンとのいろんなかたちでの再会を、楽しみにしています。

終章　後書きにかえて

上・1990年夏、東京での国際ゲルマニスト大会に招待されたミュラーを中央に岩淵達治、千田是也、越部暹の諸氏とともに六本木の鮨屋さんで。
下・1993年10月30日にミュラーを訪ねて行なった「群像」誌へのインタビューのときの写真

最後に、個人的な思いを記すことを許していただきたい。

ハイナー・ミュラーは、私にとっていくつもの意味で特別な存在だった。そしてその私の〈ハイナー・ミュラー〉との出会いは、やはり一九九〇年だったのだと思う。

もちろんドイツの現代演劇研究を専門とする身としては、ブレヒトの後継者と目されていたミュラーのテクストはかなり早くから読んでいた。一九七七年に『ハムレットマシーン』が発表されたときはいったいこれは何なのだと思ったし、一九八二—八三年に留学先を西ドイツはケルンに選んだのも、そのころクラウス・パイマンが率いていた近くのボーフム市立劇場などで、ミュラーの作品が、ミュラー自身の演出も含めて集中的に上演されていたからでもあった。東西ベルリンは何度も訪れたものの、西ドイツに置かれた東ドイツのミュラー作品の位相というのが気にかかっていたし。帰国して越部暹氏を中心とした「東ドイツ演劇研究会」でミュラーがテーマとして取り上げられたとき、私もボーフムで観た『指令』を中心に報告したり、ついでに『指令』や『ハムレットマシーン』を試訳してみたり——。しかし日本のメジャーな地平では、まだまだマイナーな存在だった。一九八五年の「ユリイカ」誌十一月号に岩淵達治氏による『ハムレットマシーン』の翻訳と紹介が掲載され、一九八六年の日本独文学会誌「ドイツ文学」の「ドイツ現代演劇特集」でもミュラーがさまざまに言及されたりしたのが、公けでの受容の最初の契機だったろうか。

そういうなかで、演劇評論家の西堂行人氏から声がかかって、劇作家の岸田理生さん、演出家の鈴木絢士さん、アメリカ演劇研究家の内野儀さんと私を加えた五人を中心に、演劇の創造現場が現在形で抱える問題を『ハムレットマシーン』と切り結んで考えていこうというプロジェクトが起動したのが、一九九〇年の初頭だった。「ハムレットマシーン・プロジェクト」として始まって、探求のなかでいつしか「ハイナー・ミュラー・プロジェクト」へとスライドしていったHMP。

おりしも、〝ドイツ統一〟をはさんでハイナー・ミュラーは「時の人」になっただけでなく、春にはベルリンでのミュラー演出の『ハムレット／マシーン』が評判になり、初夏にはフランクフルトで「エクスペリメンタ6」が二十二日間のミュラー特集として開催されるなど、世界の演劇シーンでも「台風の目」となっていった。そして秋にはミュラーその人が国際ゲルマニスト会議に招かれて来日し、自作の詩を朗読した。私たちもインタビューしたり、岸田理生さん宅で夜明けまで皆でパーティしたり。千田是也氏、岩淵達治氏、越部暹氏といった大先達の方々と、六本木でミュラー氏を囲んでお鮨をご馳走になったのも忘れがたい思い出だ。そしてイタリアの劇団イ・マガジーニが『ハムレットマシーン』を来日公演したのも同じ年の秋。十二月には東京は池袋のスタジオ200で太田省吾氏も招いて、「ハムレット・マシーンは可能か」というHMP主催による一日がかりの〈トーク、ビデオ、パフォーマンスによる実験劇場〉を開催。一九九〇年は文字通り、私／私たちにとっても、H・M（ハイナー・ミュラー）および〈HMへの謎〉が集約的に出会って、炸裂し、日本でも〈HMMM＝ハイナー・ミュラー・マシーン・マシーン〉が始動し始めた年だったのだ。

それから、いくつものシンポジウムにミュラー作品の上演。ミュラー文献も、七〇年代までの戯曲を中心とした早稲田大学出版会刊の『ゲルマーニア　ベルリンの死』を皮切りに、それを受けるかたちで未來社から三巻本のハイナー・ミュラー・テクスト集『ハムレットマシーン』、『メディアマテリアル』、『カルテット』、そして自伝『闘いなき戦い』、窓社などから評論集『人類の孤独』や『悪こそ未来』と相次いだ。HMPの機関紙「ハムレットマシーン（Ⅲ号からはハイナー・ミュラー）は可能か」も刊行。それらのいくつかに編者や訳者として、あるいはHMPのメンバーとしてかかわりつつ、そのつど評判となるミュラー（演出）の舞台を観にバイロイトやベルリン、さらにはギリシアにまで飛んだり、ミュラー氏を訪ねたり、インタビューしたり……。すべてが並行・連動しながらモーターが回っていったのが、私／私たちの〈ハイナー・ミュラー・マシーン〉だった。ミュラー氏は、私／私たちを「日本の若いファンたち」と呼んで、いつも暖かく迎え、そして支えてくれた。

そのハイナー・ミュラーの訃報を一九九五年十二月に聞いたとき、癌の手術のことは知っていたからどこかで覚悟していたとはいえ、身内の死のような、しかしそれともどこか違う痛切な痛み／悼みを感じた。

しかしそれを「幻視痛」にしつつ、あるいはすることなく、私／私たちの〈ハイナー・ミュラー・マシーン〉は動きつづけたし、動きつづけている。九六年春には『ユリイカ』誌で大部な「ハイナー・ミュラー特集」が組まれ、五月には清水信臣、岡本章、太田省吾、鈴木絢士、川村毅の諸氏の日本の演劇人を招いての「テクスト・パフォーマンスとHMとの対話」、秋には墓参りと遺作

『ゲルマーニア3』を観る旅、十二月には一周忌のシンポジウム。九七年夏には黒テントの佐藤信演出『ハムレットマシーン』のアヴィニヨン演劇祭参加に翻訳者として同行させてもらい、九八年秋には岡本章氏が「現代の夢幻能」として『ハムレットマシーン』を演出、等々。そして九九年には静岡で第二回シアター・オリンピックスが開催され、その国際委員のひとりだったミュラーに捧げるかたちで、シュトルヒ企画・構成の「ハイナー・ミュラー写真展」や、ドイツのレーマンなどの専門家を招いての「ハイナー・ミュラーとギリシア神話」というシンポジウム、ギリシアの演出家テルゾプロスによるミュラーのテクストにもとづく『ヘラクレス2、5、13』の上演、等々――ミュラーへの深い思いをいまなお共有する人たちが国境を越えてたくさんいることを再確認させられたものだ。秋には『ドイツ文学』誌で十三年ぶりのドイツ現代演劇特集が組まれ、そこにはミュラーの影が色濃く射しているだけでなく、新野守弘氏編による上演記録まで含んだ詳細な「日本におけるハイナー・ミュラー文献」も収録された。そして二〇〇〇年春にはパリでのハイナー・ミュラー国際シンポジウムに参加して「日本におけるハイナー・ミュラー」を報告するとともに、多くのミュラーゆかりの人たちと出会い・再会し、世界のハイナー・ミュラー・シーンとの連動も広がりつつある。

本書はつまり、そういった〈ハイナー・ミュラー〉との九〇年の「出会い」から九五年の彼の「死」をはさんで九九／二〇〇〇年の「再会」までの、私なりの〈ハイナー・ミュラー・マシーン・マシーン〉である。私が個人的に研究を進めたというのでなく、HMPをひとつのモーターに、〈世界〉と〈演劇〉の脱構築に向けて回りつづけた〈ハイナー・ミュラー・マシーン〉を、九〇年代という時代とともに、日本人の女性ドイツ演劇研究者で「ミュラー・ファン／ウォッチャー」である私が同伴する思いで追ったドキュメント、ともいえる。だからその歩みをもなるべく刻みこんで、九〇年代に書いたものを中心に、ただし大幅に手を加えて再構成するかたちで、本書はまとめられた。その方が、二〇世紀末までの歴史を現在形で透視しつつ、かつ留まることなく変幻自在に動きつづけた〈ハイナー・ミュラー・マシーン〉を映し出す、ひとつのスクリーンになりうるかもしれないと思ったからだ。そして本書を二〇世紀のうちにまとめることは、私のハイナー・ミュラーへの思いとかかわりへの責任としても、果たしておかなければならない務めではないか、とも考えた。西堂行人氏の『ハイナー・ミュラーと世界演劇』も昨年、論創社から刊行された。それにも連動しながら、〈ハイナー・ミュラー・マシーン〉がさらに作動しつづけてほしい、という思いもあった。

こんなふうに二〇世紀最後の九〇年代に〈ハイナー・ミュラー〉に出会えたことは、見えざる糸に手繰り寄せられたような気もするし、時代に、いや時代のなかの〈ハイナー・ミュラー・マシーン〉に仕掛けられたことだったような気もする。

未來社は、三巻本の『ハイナー・ミュラー・テクスト集』や自伝『闘いなき戦い』を刊行してもらった縁ある出版社であり、そこに収められた「解説」も本書の第一章、第三章の基盤になっている。本書を上梓するのに、これ以上ふさわしい出版社はなかったともいえるだろう。昨今の厳しい出版事情のなか、私の思いを受けとめて、あらゆる意味で支えてくださった未來社社長の西谷能英氏には、ほんとうに心からの感謝を捧げたい。文部省の科研費〈基盤研究〉に採択されて研究費や旅費の補助を得たことも助けとなった。そしてもちろんＨＭＰを中心とする、またＨＭＰやＨＭ、Ｈ・Ｍとさまざまな形で連動してくださった仲間、たくさんの人たちにも、ありがとう、これからもよろしく、という思いを伝えたいと思う。しかし何より本書は、そのマシーンのモーターで〈私の殺し屋〉でもあったハイナー・ミュラー、あなたとの〈僕らの結婚〉になっていてほしいと思うのだが——。

二〇〇〇年夏、生誕七一年、没後四年半のハイナー・ミュラーに——

引用文献および註

ハイナー・ミュラーの引用は主に以下の文献による。かなりの量にのぼるので、紙数の関係上、「テアーター・ホイテ」誌のような雑誌や新聞、上演パンフなどからの引用も含めて、それらの出典文献は作品名や文献題名だけを本文中に記載し、巻数・号数や頁数などの註は省略した。また、上演台本やビデオ、劇評などはハイナー・ミュラー本人やベルリーナー・アンサンブルの「ハイナー・ミュラー文庫」の好意で入手したものが多く、それらの註も割愛したが、末尾ながらここで謝意を表したい。

Heiner Müller Texte 1-11; Rotbuch Verlag, Berlin, 1974-1989.
1, Geschichten aus der Produktion 1 (“Der Lohndrucker”, “Die Korrektur”, “Der Bau”, “Herakles5”, usw.)
2, Geschichten aus der Produktion 2 (“Traktor”, “Prometheus”, “Zement”, usw.)
3, Die Umsiedlerin (“Die Schlacht”, “Medeaspiel”, “Die Bauern”, usw.)
4, Theaterarbeit (“Glücksgott”, “Drachenoper”, “Horizont”, “Weiberkomödie”, usw.)
5, Germania Tod in Berlin (“Die Reise”, “Germania Tod in Berlin”, usw.)
6, Mauser (“Philoktet”, “Ödipus-Kommentar”, “Der Horatier”, “Hamletmaschine”, usw.)
7, Herzstuck (“Herzstück”, “Leben Gundlings Friedrich von Preusßen Lessings Schlaf Traum Schrei”, “Der Auftrag”, “Quartett”, “Verkommenes Ufer Medeamaterial Landschaft mit Argonauten”, usw.)
8, Shakespear Factory 1 (“Bildbeschreibung”, “Wie es Euch gefällt”, “Macbeth”, “Waldstück”, “Wolokolamsker Chausee 1”, usw.)
9, Shakespear Factory 2 (“Hamlet”, “Anatomie Titus Fall of Rome“, “Wolokoramsker Chasseee 2-5“, usw.)
10, Kopien 1 (Molière: “Don Juan”, “Arzt wider Willen”, Lu Hsün: “Der Misantrop”)
11, Kopien 2 (Tschechow: “Die Möwe”, Suchow-Kobylin: “Tarelkins Tod”, Majakowskii: “Tragödie”

なおズーアカンプ社から新たに以下のミュラーの作品集が刊行中である。全七巻の予定でまだ三巻しか出ていないが、完結すれば、散逸しているミュラー文献のほぼすべてがとりあえずここに収められるであろう。そのことも、ミュラーの引用文献に詳細な出典註を省略した理由である。

Heiner Müller Werke, hrsg. von Frank Hörnigk, Suhrkamp Verlag, Ffm, bisher erschienen:
1, Die Gedichte（詩はこれまで未刊行だったものも含めてこの巻にほとんど収められている）, 1998.
2, Prosa（小説などの散文も同様にこの巻にほとんど収録）, 1999.
3, Stücke 1（戯曲は全三巻の予定で、この巻には一九五二―一九六八年のたとえば以下の作品が収録されている。“Der Lohndrücker”, “Die Korrrektur”, “Philoktet”, “Der Bau, “Herakles5”, usw.）, 2000.

［邦訳］
『ゲルマーニア　ベルリンの死』、早稲田大学出版部、一九九一年、市川明・越部暹・吉岡茂光編訳（『戦い』、『トラクター』、『賃金を抑える者』、『ゲルマーニア　ベルリンの死』、『ホラティ人』、『マウザー（モーゼル銃）』他所収）
『ハムレット・マシーン（ハイナー・ミュラー・テクスト集1）』、未來社、一九九二年、岩淵達治・谷川道子編訳（『ハムレットマシーン』、『タイタス解剖　ローマの没落　シェイクスピア・コメンタール』、『画の描写』、『マクベス』解説、『シェイクスピア　差異』他所収）
『メデイアマテリアル（ハイナー・ミュラー・テクスト集2）』、未來社、一九九三年、岩淵達治・越部暹・谷川道子編訳（『メデイアマテリアル』、『ピロクテーテス』、『ヘラクレス5』、『ヘラクレス13』、『セメント』他所収）
『カルテット（ハイナー・ミュラー・テクスト集3）』、未來社、一九九四年、岩淵達治・越部暹・谷川道子編訳（『カルテット』、『グンドリングの生涯』、『ヴォロコラムスク幹線路1―5』他所収）

“Germania3　Gespenster am toten Mann”, Kiepenheuer Verlag, Köln, 1996.
［邦訳］遺作『ゲルマーニア3　死者にとりつく亡霊たち』、「ハイナー・ミュラーは可能か　Ⅳ」所収、五九―九九頁、HMP編・発行、一九九六年、谷川道子訳

“Krieg ohne Schlacht in zwei Diktäturen”, Kiepenheuer Verlag, Köln, 1992.
［邦訳］『闘いなき戦い――ドイツにおける二つの独裁下での早すぎる自伝』、未來社、一九九三年、谷川道子・石田雄一・本田雅也・一條亮子訳。なおこの自伝からの引用も多いので、簡単に「自伝」とも表記されている。

"Zur Lage der Nation", Rotbuch Verlag, Berlin, 1990.
［邦訳］『人類の孤独――ドイツについて』、窓社、一九九二年、照井日出喜訳。

"Jenseits der Nation", Rotbuch Verlag, Berlin, 1991.
［邦訳］『悪こそは未来』、こうち書房、一九九二年、照井日出喜訳。

"Rotwelsch"（『泥棒仲間の隠語集』）, Merve Verlag, Berlin, 1982.
"Gesammelte Irrtümer. Interviews und Gespräche"（『錯誤集』）; 1: 1986, 2: 1990, 3: 1994, Verlag der Autoren, Ffm.
Alexander Kluge/Heiner Müller: "Ich schulde der Welt einen Toten. Gespräche"（『死者に借りのあるこの世界』）, Rotbuch Verlag, Berlin, 1995.
Alexander Kluge/Heiner Müller: "Ich bin ein Landvermesser. Gespräche. Neue Folge"（『私は測量技師』）, Rotbuch Verlag, Berlin, 1996.
"Explosion of a Memory. Heiner Müller DDR. Ein Arbeitsbuch"（『記憶の爆発』）, hrsg. von Wolfgang Storch, Edition Heinrich, Berlin, 1988.
"Heiner Müller Material. Texte und Kommentare"（『資料集』）, hrsg. von Frank Hörnigk, Philipp & Reclam Verlag, Leipzig, 1988.

註

序章

（1）Norbert Otto Eke: "Heiner Müller", Philipp Reclam jun., Stuttgart, 1999, S. 285.
（2）Jan Christoph Hauschild: "Heiner Müller", rororo Monographie, Rohwolt Verlag, 2000, S. 7.
（3）"Drucksache N. F. 1", hrsg. Von Paul Virilio und Heiner Müller Gesellschaft, Richter Verlag, Düsseldorf, 1999.

（4）Paul Virilio:“Müller-Bunker”, a. a. O., S. 7-15.
（5）Toni Negri: “Der <Unverbesserliche> und die Ewigkeit”, a. a. O., S. 35-39.
（6）Alexander Kluge: “Zwischenmusik für große Gesangmaschine. Ein Projekt von Heiner Müller und Luigi Nono”, a. a. O., S. 64-66.

第Ⅰ章

（1）このクリストフ・リューターのドキュメンタリー映画は、ハイナー・ミュラーの好意によりビデオを入手した。Christof Rüter: “The Time is Out of Joint”, 1995, Berlin.
（2）Vgl. “Hamletmaschine. Heiner Müllers Endspiel”, hrsg. von T. Girshausen, Prometh Verlag, Köln, 1978. これには上演挫折のいきさつ等だけでなく、関連論文や引用文献への詳しい注もついている。
（3）Bertolt Brecht: “Einschüchterung durch die Klassizität”, in “Gesammelte Werke in 20 Bänden (GW)”, Suhrkamp Verlag, 1967, Bd. 17, S. 1275-77. ブレヒトも邦訳文献は多いので適宜参照されたい。
（4）Vgl. Reiner Steinweg: “Das Lehrstück. Brechts Theorie einer politisch-asthetischen Erziehung”, J. B. Metzler Verlag, Stutgart, 1972.
（5）初出は、Heiner Müller: “Absage”, in “Auf Anregung Bertolt Brechts. Lehrstücke mit Schülern, Arbeitern und Theaterleuten”, hrsg. von Reiner Steinweg, Suhrkamp Verlag, Ffm., 1978, S. 232. ロートブーフ社の第六巻に収められるときに、“Verabschiedung des Lehrstücks” というタイトルになった。
（6）Heiner Müller: “Drei Fragen”, in “Theaterbuch 1”, München, 1978, S. 259.
（7）Burghard Schmiester: “Ein Fragment gegen Strohköpfe”, in (2), S. 161.
（8）Bernhard Greiner; “Einheit und Vorgang”, in “Jahrbuch zur Literatur in der DDR 7”, Bouvier Verlag, Bonn, 1990, S. 69-81. この本全体はミュラー生誕六十年の特集号である。
（9）Heiner Müller; “Brief an Erich Wonder”, in “Explosion of a Memory”, 1988, S. 47. このシュトルヒ編纂によるいわばワークブック『記憶の爆発』はミュラー還暦の前祝いのように出版された、ミュラーだけでなくさまざまな人の寄稿や写真、スケッチなども含めた大部のアンソロジーで、楽しく有益な本でもある。
（10）アントナン・アルトー『演劇とその形而上学』、安堂信也訳、白水社、一九六五年、一九頁。

（11）アルチュール・ランボーの一八七一年五月一五日ポール・ドメニーへの手紙、平井啓之訳、『ランボー全集』第一巻、三六三頁、人文書院、一九七六年。
（12）Walter Benjamin: “Zement”, in “Gesammelte Schriften”, Bd. 3, Suhrkamp Verlag, Ffm, 1972, S. 62.

第二章

（1）日本におけるハイナー・ミュラー作品の上演記録、および劇評などに関しては、日本独文学会編「ドイツ文学」一〇三号所収の新野守宏編の書誌「日本におけるハイナー・ミュラー」を参照されたい。
（2）川村毅「歴史のクローニング」、『ハムレットクローン』所収、二二四―二三四頁、論創社、二〇〇〇年。
（3）“Zeit”, 1993, 2, 19.
（4）“Schock ist kein Konzept”, Gespräch mit Heiner Müller von W. Bronnenmeyer, in “Festspielnachrichten der Nordbayerischen Kultur”, Verlag Lorens Ellwanger, Bayreuth, 1993, S. 22-23.
（5）“Es gibt Stellen, wo ich wirklich verzweifelte”, Interview mit Heiner Müller, in “Gondroms Festspielmagazin 1993”, Buchhandlung Gondrom Bayreuth, 1993, Bayreuth, S. 2-11. この雑誌はミュラーやヴォンダー、山本耀司についての詳細な記事やインタビューまで掲載されて有益だった。
（6）Vgl. Peter Wapnewski: “Tristan der Held Richard Wagners”, Berlin, 1981; Carl Dahlhaus: “Richard Wagners Musikdramen“, Friedrich Verlag, Velber, 1971. 邦訳文献としてはディートマル・ホラント他編『ワーグナー　トリスタンとイゾルデ』、音楽の友社、一九八八年参照。
（7）Vgl. Thomas Mann: “Leiden und Größe Richard Wagners”, in “Gesammelte Werke”, Suhrkamp Verlag, 1960. 邦訳は青木順三訳で岩波文庫所収。

第三章

（1）Hans-Thies Lehmann: “Raum-Zeit. Das Entgleiten der Geschichte in der Dramatik Heiner Müllers und im französischen Poststrukturalismus”, in “Text und Kritik 73”, München, S. 72.
（2）この作品における〈プロイセン問題〉はたとえば以下の文献を参照されたい。Vgl. Wolfgang Emmerich: “Der Alp der Geschichte. <Preußen> in Heiner Müllers <Leben Gundlings Friedrich von Preußen Lessings SchrafTraumSchrei>”,

in “Jahrbuch zur Literatur in der DDR 2”, Bouvier Verlag, Bonn, 1982. この叢書は東ドイツ文学をさまざまな新しい角度からとらえたものとして示唆的なものが多いのだが、とくにこの巻は東ドイツ文学における〈ドイツの悲惨＝プロイセン・シンドローム〉をとりあげている。

（3） Bertolt Brecht: “Arbeitsjournal”, Suhrkamp Verlag, 1973, S. 915.

（4） Norbert Otto Eke: “Heiner Müller. Apokalipse und Utopie”, Verlag Ferdinand Schöningh, Paderborn, 1989, S. 118.

（5） Genia Schulz: “Abschied von Morgen. Zu den Frauengestalten im Werk Heiner Müllers”, in “Text und Kritik 73”, 1982, S. 68. この論も女性の目でミュラー作品の女性像を論じていて面白い。

（6） Katharina Keim: “Theatralität in den späten Dramen Heiner Müllers”, Niemeyer Verlag, Tübingen, 1998, S. 151.

（7） この『カルテット』ではミュラー自身もギャラの見込める「ウェルメイド・プレイ」を目論んでいたようだ。一九八二—八八年に西側でのミュラーの上演権の代理人であったブラウンもこの作品を「ミュラーのブロードウェイ」と名づけたという。Vgl. Jan-Christoph Hauschild, a. a. O., S. 115.

（8） Vgl. Thomas Eckardt: “Der Herold der Toten. Geschichte und Poltik bei Heiner Müller”, Peter Lang Verlag, Ffm. u. a., 1992, S. 8.

（9） Wolfgang Emmerich: “Leben oder sterben lassen. Exekutionen bei Heiner Müller”, in “Jahrbuch zur Literatur 7”, a. a. O., S. 147-156. なお「歴史家論争」に関する文献も数多いが、コンパクトにまとめたものとして以下の文献を参照されたい。“Historikerstreit”, hrsg. von Ernst Reinhart, Piper Verlag, München, 1987. 邦訳は『過ぎ去ろうとしない過去——ナチズムとドイツ歴史家論争』、徳永洵他訳、人文書院、一九九五年。

（10）「シアターアーツ」4号に訳出したこの「アウシュヴィッツは終わらない——若いフランス人演出家との対話」は、出典は、“Auschwitz kein Ende”, in “Drucksache 16”, hrsg. von Berliner Ensemble GmbH. 1995.

第四章

（1） シャウビューネに関しては以下の文献が参考になろう。Peter Iden: “Die Schaubühne am Halleschen Ufer 1970-1979”, Hanser Verlag, 1979. 日本語では次の拙論も参照されたい、「白鳥の歌、演劇の道化、抵抗の美学——西ドイツ演劇の現在」、「ユリイカ」一九八五年十一月号所収。

（2） このシンポジウムは「第2回シアター・オリンピックス公式記録。特別プログラム、シンポジウム21世紀を読む」、六三―八四頁に全文が収録されている。

（3）Bertolt Brecht: “Ich benötige keinen Grabstein”, GW. Bd. 10, S. 1029.

（4）Heiner Müller/Robert Weimann: “Gleichzeitigkeit und Repräsentation. Ein Gespräch”, in “Postmoderne-Globale Differenz”, hrsg. von R. Weimann u. a., Suhrkamp Verlag, 1989, S. 182-207. この本は一九八八年に東ドイツで開催された〈ポストモデルネ〉をめぐる文学会議をもとに編纂され、このミュラーとの対話は一九八九年七月におこなわれているが、ヴァイマンの粘りもあってか、とても面白い。以下、ここからいくつか引用する。

（5）本書では〈ダンスシアター〉でなくドイツ語の〈タンツテアーター〉という語で統一したが、いまやかなりの文献がある。演劇の文脈からはとくに次の研究書が有益だった。Susanne Schlicher: “TanzTheater. Traditionen und Freiheiten. Pina Bausch, Gerhard Bohner, Reinhild Hoffmann, Hans Kresnik, Susanne Linke”, Rohwolt Verlag, 1992. 通常なら“Tanztheater”なのに著者が“TanzTheater”とことさらに綴っているのは、Tanz（ダンス）とTheater（演劇）の関係に力点を置いているからである。

（6）Jochen Schmidt: “Pina Bausch. Tanz gegen die Angst”, Econ & List Taschenbuch Verlag, München, 1998. 拙訳で『ピナ・バウシュ――怖がらずに踊ってごらん』としてフィルムアート社より刊行。引用はその五二頁。

（7）Susan Sontag: “Gegen Interpretation” in “Kunst und Antikunst”, Hamburg, 1968, S. 13. 独訳で参照したが、邦訳はスーザン・ソンタグ『反解釈』、高橋康也・由良君美訳、竹内書店新社、一九八〇年。

（8）Dominique Mercy, in (5), a. a. O, S. 113.

（9）Mechthild Grossmann, in “Jahrbuch Ballet 1986”, S. 42.

（10）Andrzej Wirth: “Vom Dialog zum Diskurs. Versuch einer Synthese der nachbrechtschen Theaterkonzepte”, in “Theater heute”, Januar, 1980, S. 10.

（11）Hans-Thies Lehmann/Helmut Lethen: “Ein Vorschlag zur Güte. [Zur doppelten Polarität des Lehrstücks]”, in “Auf Anregung Bertolt Brechts”, a. a. O., S. 306.

（12）Vgl. Hans-Thies Lehmann: “Postdramatisches Theater”, Verlag der Autoren, Ffm, 1999.

第五章

（1）ベルリーナー・アンサンブルではこれらの演出は実現せず、このインタビュー後の生前九四―九五年に実現したハイナー・ミュラーの演出は『カルテット』と『アルトゥロ・ウイ』のみだった。

(2) このミュラーのクルーゲとのテレビ番組は九三〜九五年にわたった。そのうちの二つは九八年の静岡でのシアター・オリンピックスの「ハイナー・ミュラー写真展」で同時録音の日本語入りでビデオ放映され、その拙訳もブックレットに掲載されている。またミュラー文献リストにあげたように、ドイツでは二巻本となって刊行されてもいる。

(3) この件に関してはハイナー・ミュラーから手紙はこなかったが、言及されている映画は今村昌平監督の『エロ事師』だろうと思われる。

〔付記〕近年ドイツでのハイナー・ミュラーに関する研究文献はブレヒトにも劣らぬほどに増えつづけている。ことに若い世代の研究書には注目すべきものが多い。文献書誌もいろいろ詳細なものが刊行されており、それらを参照して頂くことにして、本書では煩瑣になるのでそれらの文献への言及も最小限にとどめた。

初出一覧

序章　ハイナー・ミュラー――二〇世紀あるいは〈近代〉への挽歌？　本書初出

第一章　ハイナー・ミュラー・ファクトリー

1〜3　――ハイナー・ミュラーの〈シェイクスピア・ファクトリー〉
『ハムレット・マシーン（ハイナー・ミュラー・テクスト集1）』解説、未來社、一九九二年

4〜5　――ハムレット・マシーンvsオフィーリア・マシーン？
東京大学文学部科研費論文集「ドイツ文学に表れた女性像」、一九九三年

第二章　ミュラー・マシーン／ミュラー・マテリアル

1　――HMPのこと　「ハムレット・マシーンは可能か」Ⅰ、一九九一年
HMの謎　「群像」一九九二年十一月号

2　――台風の目　ハイナー・ミュラー？　「シティロード」一九九二年八月号
『ハムレットマシーン』日本上陸？　「未来」一九九三年一月号
訝しあう「謎」　「図書新聞」一九九九年一月一日号
『ハムレット』と『ハムレットマシーン』の間　「東横短大女性文化研究所報14」一九九九年三月

3　――ハムレット／オフィーリアからメデイアへ　「ハムレット・マシーンは可能か」Ⅱ、一九九二年

4　――訳者あとがき、『闘いなき戦い』、　『闘いなき戦い』、未來社、一九九三年

5　――バイロイト――静かなるスキャンダル　「図書新聞」一九九三年十月九日号
ワーグナー／ミュラーの『トリスタンとイゾルデ』
『思索する耳――ワーグナーとドイツ近代』（三光長治編著）、同学社、一九九四年、所収

第三章　ハイナー・ミュラー・コンテンポラリーズ

1〜4　――「ミュラー・コンテンポラリー／コンテンポラリー・ミュラー？」
『カルテット（ハイナー・ミュラー・テクスト集3）』解説、未來社、一九九四年

5　――遍在を透視する眼差し――ハイナー・ミュラーにおける戦争／歴史／演劇
「シアターアーツ」4号、一九九六年一月

第四章　ハイナー・ミュラー・メモリーズ

1　――「東」にとどまり時代を問う　「朝日新聞」一九九六年一月十日号

追悼ハイナー・ミュラー
ハイナー・ミュラー傷痕　「群像」一九九六年三月号
2　──現代に生きるギリシア世界──ミュラー／デルフォイ／ゲッベルス　「シアターコミューンV」一九九六年六月
ハイナー・ミュラー写真展によせて　「劇場文化」第4号、一九九七年
3　──哄笑するテクストと想起の劇場──ハイナー・ミュラーの遺作『ゲルマーニア3』　「静岡新聞」一九九九年五月六日号
ムネモシュネー──記憶の劇場と哄笑するテクスト　『ドイツ演劇・文学の万華鏡──岩淵先生古希記念論集』、同学社、一九九七年、所収
4　──表現の処女地？──ピナ・バウシュとハイナー・ミュラーとヨハン・クレスニクの間　「図書新聞」一九九七年一月二十五日号
5　──ブレヒト受容の新地平──ブレヒト／ミュラー／ウィルソン　「ユリイカ」一九九五年三月号
第五章　ハイナー・ミュラー・ダイアローグ　「PTパブリックシアター（特集ブレヒトの時代）」第6号、一九九八年
──壁の崩壊あるいはヨーロッパと演劇の黙示録──ハイナー・ミュラーとの対話　「群像」一九九四年二月号
終章　後書きにかえて　本書初出

人名索引

あ行

か行

た行

な行

は行

わ行

[著者略歴]
谷川道子（たにがわ・みちこ）
1946年生まれ。東京外国語大学教授。ブレヒトやハイナー・ミュラー、ピナ・バウシュを中心としたドイツ現代文化・演劇が専門。著書に『娼婦と聖母を超えて——ブレヒトと女たちの共生』（花伝社）、共著に『感覚変容のディアレクティク——世紀転換期からナチズムへ』（平凡社）、訳書にドナルド・スポトー『伝記ロッテ・レーニア』（文藝春秋社）、ヨッヘン・シュミット『ピナ・バウシュ——怖がらずに踊ってごらん』（フィルムアート社）、共訳書に『ブレヒト作業日誌』全四巻（河出書房新社）、『ハイナー・ミュラーテクスト集』全三巻（未來社）、など。

ハイナー・ミュラー・マシーン

二〇〇〇年十月二十五日　初版第一刷発行

定　価——本体二八〇〇円＋税
著者©——谷川道子
発行者——西谷能英
発行所——株式会社　未來社
東京都文京区小石川三-七-二
振替　〇〇一七〇-三-八七三八五
電話・(03) 3814-5521～4
http://www.miraisha.co.jp/
Email: info@miraisha.co.jp
印刷・製本——萩原印刷
ISBN4-624-70083-X C0074